U0671638

佛山科学技术学院学术著作出版资助资金

九州文库

二十世纪三十年代
中国文学理论的现代性表征

刘雄平 著

九州出版社
JIUZHOUPRESS

**图书在版编目（CIP）数据**

二十世纪三十年代中国文学理论的现代性表征／刘雄平著 . -- 北京：九州出版社，2022.12

ISBN 978-7-5225-1382-9

Ⅰ. ①二… Ⅱ. ①刘… Ⅲ. ①中国文学—现代文学—文学理论—研究 Ⅳ. ①I206.6

中国版本图书馆 CIP 数据核字（2022）第 214013 号

**二十世纪三十年代中国文学理论的现代性表征**

| | |
|---|---|
| 作　者 | 刘雄平　著 |
| 责任编辑 | 刘　嘉 |
| 出版发行 | 九州出版社 |
| 地　址 | 北京市西城区阜外大街甲 35 号（100037） |
| 发行电话 | （010）68992190/3/5/6 |
| 网　址 | www.jiuzhoupress.com |
| 印　刷 | 唐山才智印刷有限公司 |
| 开　本 | 710 毫米×1000 毫米　16 开 |
| 印　张 | 16 |
| 字　数 | 279 千字 |
| 版　次 | 2023 年 3 月第 1 版 |
| 印　次 | 2023 年 3 月第 1 次印刷 |
| 书　号 | ISBN 978-7-5225-1382-9 |
| 定　价 | 95.00 元 |

★版权所有　侵权必究★

# 序

蒋述卓

2020 年以来，由于新冠肺炎疫情，人们的活动范围受限，这一方面让不少人感到郁闷，毕竟人际交往少了很多，外出旅行也少了，但另一方面也让人们多出了静思与写作的时间，尤其对从事教育和出版工作的人来说，也就有了更多的时间整理旧作和创作新作。雄平这两年从事学报编辑与管理工作，恰好也可以在工作之余修改与整理书稿，细细推敲书稿中的难点与重点，将新的看法与意见带入其中。这就有了如今的《二十世纪三十年代中国文学理论的现代性表征》。

此书涉及的核心概念有四，要完全将它们表述清楚，需要一个清晰的思路。作者划定"二十世纪三十年代"，首先就需要突破原来的文学史的分期，而根据当时文学革命向革命文学的转变与文学理论的论争、发展以及鲁迅在上海的病逝、西安事变的爆发、国共两党再一次走向合作等重要事件为标志，将这个"三十年代"定位"1928—1936 年"。这样的时间段就有了言说的空间，也有助于相对集中地对此时文学理论现代性的构建及其表征问题展开论述。

"现代性"问题众说纷纭，在梳理完"现代性"阐述的各家之说之后，作者采用了简化和提炼的方法，将其限定在三个维度上，即"时间进步性""空间开放性""自我批判性"，并以此为标尺去衡定二十世纪三十年代"文学理论的现代性"。从思想进路上来说，作者路向明确，稳打稳扎，逐步推进，深入开掘。

在论述的技术上，作者并不按三个标尺去平铺直叙，生搬硬套，而是突出重点，扣紧逻辑，在学理上建立起自己的理论建构。他将"现代批判意识的勃兴"放在最前面来论述，而后再从科学精神、开放视野、话语建构以及传媒推动等空间与时间的双向展开去进行阐述。

在现代中国的起步阶段，思想界包括文艺理论在西方进步思想的启蒙下开始对文学传统和已开始的文学运动进行反思，这便带有强烈的批判意识，也是一种现代性的反思意识。正是在解构传统的不断地反思自身、批判自身中认识自身和建构自身，此时的批判与自我批判才成为文艺理论的基本品格。当时的文坛热闹非凡，充斥着各种争论与思想交锋，即使是处于同一阵营也要辩一个青红皂白。理论家自身也不顾面子，在批判别人的同时也批判自己，进步的理念渗透到每个人的血液中。这种现象后人将其比喻为中国思想史上的又一次"百家争鸣"，现在回过头去看，觉得那时的文坛是蛮可爱的，不盲从，不跟风，不崇拜权威，这反而能快速地推动理论的进步，而且带有一种强烈的主体性，强调在接受中过滤、转化和创造。相对于二十世纪八十年代中期文坛对西方各种文艺理论的囫囵吞枣、生吞活剥与没有批判与反思的接受，二十世纪三十年代的接受与反思则显得理智得多。有争鸣才有活力，有反思才有进步，康德的美学不就是在"三大批判"中建立起来的吗？现代性体现在批判性上才是抓到了问题的根本，这正是此书最能吸引人目光的地方。

此书还从开放性视角讨论了文学理论自主性的建立，认为当时正是在大量的翻译过程中，才使中国人的阅读视野发生改变，也促使文学观念的改变。在那个时期，文学理论甚至不再附属于文学创作，反而成为创作的指导，走在创作的前面。理论家成为文学进步的倡导者和引导者，文学社团也纷纷打出理论的旗号和主张，并且在论争中使理论得到人们的认可，这便为文学理论走向现代提供了科学和现实社会需要的基础。此外，文学理论教材的兴起、文艺大众化的讨论与推进以及文学语言、语体和文体的改造、现代传媒的推波助澜等，形成合力，共同推动了文学理论现代性的进程。

当然，作者的研究也是很有分寸的，一方面，他通过文献的梳理肯定了当时文学理论的进步和所具有的现代性气质，赞赏当时的文学理论家在现代性追求过程中所表现出来的批判精神、科学态度和开放意识，对他们的贡献做了高度评价；另一方面，也指出了它们所存在的不足、局限与弊端，虽然这是以"余论"的方式出现，但都非常有针对性，抓住了要害，其实这种种弊端对以后中国文艺理论界也影响至深，直到二十一世纪初，中国文艺理论界也还在对此做理论清算，消化不良造成对西方理论的强制阐释、理论脱离实际和不顾及中国国情与文化传统、一味追新求变的问题并没有得到较好的解决，在文艺理论领域如何建立起中国学科体系、学术体系和话语体系还任重道远。作者提出要处理好三大关系，但依然还是要在实践中加以验证的。

中国文学理论的现代性远没有完成，更谈不上终结，在西方后理论时代的冲击下，又面临着更大的挑战，更何况数字时代文艺的发展对理论的建立提出了更多的诉求，推进新的理论创造将成为新时代的重要标志。此书的出版为我们总结过去提供了反思的基础，也为文学理论走向未来提供了思索的起点。

# 目　录
## CONTENTS

# 绪　论

　　一般来说，20 世纪 30 年代指的是 1930 年至 1939 年这十年，但在中国现代文学史上却有几种说法，且都不指这个时段，20 世纪 80 年代以前学界比较普遍地把"1927—1937 年"这十年作为一个阶段，并统称为 30 年代，但也有其他几种略微不同的提法，而 80 年代之后对这一时段如何划分的提法就更多了。① 本书所指的 20 世纪 30 年代又与其他论者不尽相同，特指 1928—1936年，因为这一时期的文学思潮、文学理论、文学批评在 20 世纪中国文学发展史中具有十分重要的地位。正是在这个时期，文学理论作为一门独立课程开始在现代大学设立，这意味着文学理论的地位已得到凸显，毫不夸张地说，其他任何一个时期都不如当时那么强调文学理论的重要作用。正是在这个时期，文学理论的争鸣才渐次展开，围绕着一些重大理论问题进行了比任何时期都要激烈的探讨。五四时期虽然各种西方文学理论流派纷至沓来，但只能说是众声喧哗，各言其是，并没有多少正面交锋，即使有，也规模不大，时间不长；20 世纪 50—60 年代，文学批判运动虽然一次接一次，规模一次大过

---

　　① 刘绶松的《中国新文学史初稿》（1956 年版），唐弢、严家炎的《中国现代文学史简编》（1980 年版），郭志刚的《中国现代文学史》（1989 年版），凌宇的《中国现代文学史》（1993 年版），高玉的《中国现当代文学史》（2013 年版）等不少现代文学史著作和教材就把"1927—1937 年"划为一个阶段。而王瑶的《中国新文学史稿》（1951 年版），刘勇、邹红的《中国现代文学史》（2006 年版），（德）顾彬的《二十世纪中国文学史》（2009 年版）则把"1928—1937 年"划为一个阶段，香港司马长风的《中国新文学史》则把"1929—1937 年"称为"收获期"，雷达的《中国现当代文学通史》（2006 年版），朱晓进的《政治文化与中国 20 世纪 30 年代文学》（2006 年版）论及的这一阶段是"1927—1936 年"，也有论者主张把"1928—1938 年"称为中国现代文学的成长期。

一次，时间也一次长过一次，但政治因素过多，只有批斗，很少争鸣。正是
在这个时期，涌现了一大批职业、专业的著名文学理论家、文学批评家、美
学家。五四时期的文学革命论者虽有文学理论主张，但更多的倾向文学创作，
甚至也没把文学批评当作职业，无论是白话文运动的倡导者还是反对者几乎
都一样。而此时在文学理论与批评方面崭露头角者，如周扬、胡风、茅盾、
朱光潜、宗白华、蔡仪以及叶以群等，更是成为日后举足轻重的、影响文学
和美学走向的文艺理论家。

迄今为止，学界对这一时期的文学理论进行了大量研究，成果相当丰富，
大致可以归纳为以下几种：一是对文学理论家的个案研究，对重要的理论家
如周扬、胡风、朱光潜、宗白华、冯雪峰、茅盾等人研究成果很多，已有不
少专著问世；对较为重要的批评家如成仿吾、阿英、瞿秋白、李长之、梁宗
岱、李健吾、沈从文等人的研究成果也有不少，有论文发表也有著作出版；
就连以前长期被当作批判对象的梁实秋、胡秋原、苏汶等人也颇受关注，甚
至一些以往不太起眼的非主流都引起了研究者的兴趣。① 二是对一个流派或社
团的文学观念或思想进行群体研究，对后期创造社、"左联""京派""新月
派""第三种人""新感觉派""语丝派""论语派"等流派的文学理论和文
学批评的研究都已取得较为丰富的成果，被称为保守主义、复古主义文学代
表的"学衡派""甲寅派""鸳鸯蝴蝶派"也得到了研究者关注，甚至连国民

---

① 主要有蔡清富的《冯雪峰文艺思想论稿》（文津出版社 1991 年版）、商金林的《朱光潜
与中国现代文学》（安徽教育出版社 1995 年版）、黄开发的《人在旅途：周作人的思想
与文体》（人民文学出版社 1999 年版）、支克坚的《胡风论》（广西教育出版社 2000 年
版）、余玉花的《瞿秋白学术思想评传》（北京图书馆出版社 2000 年版）、董强的《梁
宗岱：穿越象征主义》（文津出版社 2004 年版）、高旭东的《梁实秋：在古典与浪漫之
间》（文津出版社 2005 年版）、庄锡华的《中国现代文论家论》（光明日报出版社 2006
年版）、陈方竞的《文学史上的失踪者：穆木天》（北京大学出版社 2007 年版）、张新
赞的《在艺术化与现实化之间：李健吾的文学批评》（知识产权出版社 2014 年版）等。

党所开展的"三民主义文艺"和"民主主义文学"也有论者开始挖掘了。①
三是对各派别、社团甚至个人之间的文学论争进行追溯、总结和评价，如
"革命文学"之争、"京派""海派"之争、"文艺自由论辩""文艺大众化"
讨论、"两个口号"之争等。② 四是把这个时期的文学理论进行综合研究，多
表现在一些中国现代文学史或现代文学批评史的著作或教材中，但一般篇幅
较小。③

　　本文把 20 世纪 30 年代的文学理论作为研究对象，但不是对其进行文学
史的梳理，而是把它作为一个横断面，以折射出百年来中国文学理论现代性
追求和向现代转型过程中的得与失，突出其总体的现代性表征；不过多地进
行文学理论批评家的个案研究，不着重于各个文学派别的分歧，而在于突出
文学纷争中所共有的"现代性"；对于贯穿这一时期的文艺大众化的理论探
讨，也不只是进行简单的梳理，而是研究其深层动因，并反思当时难以真正
实现文学大众化的根源；对于以往研究中较被忽视的文学理论的现代生成机
制等方面，则花较多笔墨，旨在突出现代大学制度对文学理论学科建制产生

---

① 主要有艾晓明的《中国左翼文学思潮探源》（湖南文艺出版社 1991 年版）、黄淳浩的
　　《创造社：别求新声于异邦》（社会科学文献出版社 1995 年版）、黄献文的《论新感觉
　　派》（武汉出版社 1999 年版）、林伟民的《中国左翼文学思潮》（华东师范大学出版社
　　2005 年版）、黄健的《京派文学批评研究》（上海三联书店 2002 年版）、高恒文的《京
　　派文人：学院派的风采》（上海教育出版社 2002 年版）、吕若涵的《"论语派"论》（上
　　海三联书店 2002 年版）、朱寿桐的《中国现代社团文学史》（人民文学出版社 2004
　　版）、沈卫威的《回眸"学衡派"》（人民文学出版社 2000 年版）、倪伟的《"民族"
　　想象与国家统制——1928—1949 年南京政府的文艺政策及文学运动》（上海教育出版社
　　2003 年版）、赵新顺的《太阳社研究》（中国社科出版社 2010 年版）等。
② 主要有李何林编著的《近二十年中国文艺思潮论（1917—1937）》（陕西人民出版社
　　1981 年版）、廖超慧的《中国现代文学思潮论争史》（武汉出版社 1997 年版）、刘炎生
　　的《中国现代文学论争史》（广东人民出版社 1999 年版）、吴立昌主编的《文学的消解
　　与反消解——中国现代派别论争史论》（复旦大学出版社 2004 年版）等。
③ 主要有王永生主编的《中国现代文学理论批评史》（贵州人民出版社 1986 年版）、温儒
　　敏的《中国现代文学批评史》（北京大学出版社 1993 年版）、玛丽安·高利克的《中国
　　现代文学批评发生史（1917—1930）》（社会科学文献出版社 1997 年版）、黄曼君主编
　　的《中国近百年文学理论批评史（1895—1990）》（湖北教育出版社 1997 年版）、周海
　　波的《中国现代文学批评论》（上海人民出版社 2002 年版）、许道明的《中国现代文
　　学批评史新编》（复旦大学出版社 2002 年版）、杨春忠的《二十世纪中国文学理论史
　　论》（齐鲁书社 2007 年版）等。

的深远影响，现代传媒的政治化、商业化和多元化特征对各种文学理论广泛传播产生的推波助澜作用。本文正是在尽可能地阅读大量文学史料的基础上，运用有关现代性的理论和观点，并尽量返回历史语境中，通过与中国古代文论的思想观念、表达方式和传播媒介的比较，来阐释 20 世纪 30 年代中国文学理论的现代性表征。为此，有必要对论题中所涉及的核心概念"20 世纪 30 年代""现代性""文学理论的现代性""现代性表征"做个阐述。

## 第一节　现代文学理论史的 1928—1936 年

提到文学史的分期，就不得不指出以往普遍存在的一种观念，即把文学史、文学理论批评史完全与政治史、革命史甚至党史等同。以往中国现代史把 1919 年的五四运动爆发作为起点，把 1949 年中华人民共和国成立作为终点，之中再分为 1919—1927 年、1927—1937 年、1937—1949 年三个阶段。文学、艺术、教育、哲学甚至科技等各领域都依此分期，当然这种做法也不只是中国所独有。美国学者雷·韦勒克（Rene Wellek）和奥·沃伦（Austin Warren）在他们合著的《文学理论》中指出："大多数文学史是依据政治变化进行分期的。这样文学就被认为是完全由一个国家的政治或社会革命所决定。如何分期的问题也交给了政治和社会史学家去做，他们的分期方法通常总是毫无疑问地被采用。"① 这种政治主导的分期分段法显然有不尽合理之处，也许意识到这个不足，后来有不少文学史家都认为，"不应该把文学视为仅仅是人类政治、社会或甚至是理智发展史的消极反映或摹本。因此，文学分期应该纯粹按照文学的标准来制定"，"如果这样划分的结果和政治、社会以及理智的历史学家们的划分结果正好一致的话，是不会有人反对的。但是，我们的出发点必须是作为文学的文学史发展。这样，分期就只是一个文学一般发

---

① 雷·韦勒克，奥·沃伦. 文学理论［M］. 刘象愚，邢培明，陈圣生，等译. 北京：三联书店，1984：303.

展中的细分的小段而已。它的历史只能参照一个不断变化的价值系统而写成，而这一个价值系统必须从历史本身中抽象出来。因此，一个时期就是一个由文学的规范、标准和惯例的体系所支配的时间的横截面，这些规范、标准和惯例的被采用、传播、变化、综合以及消失是能够加以探索的"①。20 世纪 80 年代以来，不少研究者对中国现代文学史有了新的划分甚至新的命名，有的把 1917 年新文化运动作为起点，有的把 1898 年维新变法作为起点，还有的追溯到 1895 年甲午战争，对终点的说法更是五花八门，可大多还是把 1927—1937 年作为一个相对独立的阶段，并统称为 20 世纪 30 年代。著者认为如果一定要把中国现代文学史上的这个"30 年代"独立出来，更为合理的时间范围应始于 1928 年初，止于 1936 年底。

太阳每天照样升起，日子周而复始似乎没有什么不同，但有的日子注定在历史的长河中，对某些人、某些民族或某些国家在某些方面或某个领域有着不同寻常的意义和影响。当"（1）有许多不同范畴的事物在同一年份内发现；（2）事物相互间的联系在年份的前后发现，以致发展姿态锐化或钝化"②，那这一年份当然是特殊的，那这一年份所发生的重大事件也就有了特殊的意义。中国近代史上如 1840 年的鸦片战争、1895 年的甲午战争、1911 年的辛亥革命等，中国现代史中如 1919 年的五四爱国运动、1927 年的四一二反革命政变、1937 年的卢沟桥事变、1949 年中华人民共和国成立等，这些政治事件已经深刻地投射在中国现代文学的历史发展中，毫不夸张地说，甚至"中国现代文学本身就是被政治所唤起的，中国现代文学的发生、发展与转折都与政治有着密不可分的联系，政治是制约着中国现代文学史的基本力量，因此，中国现代文学史的分期必然与政治发生呼应"③。但是，决定文学发展变化的因素是复杂的，除了受到社会政治、经济和文化等其他外部因素的影响，文学发展有其本身内在的原因，也就是说，文学史分期当然不应该直接

---

① 雷·韦勒克，奥·沃伦. 文学理论 [M]. 刘象愚，邢培明，陈圣生，等译. 北京：生活·读书·新知三联书店，1984：306.

② 上海通讯社. 上海研究资料 [M]. 上海：中华书局，1936：1.

③ 旷新年. 中国现代文学史分期的政治学与文学 [J]. 涪陵师范学院学报，2002，18 (6)：6-15.

以政治作为标准，过分强化政治事件。在 20 世纪中国文学史、文学理论发展史、文学批评史上，1928 年无疑是一个非常特殊的年份。

1928 年 1 月 1 日，创造社的《创造月刊》风格为之一变。开篇发表的署名麦克昂（郭沫若）的文章《英雄树》，阐述了文学与时代的关系，论述了"无产阶级"及"无产阶级文学"等核心概念，以及"文艺青年"如何通过"当一个留声机器"在实践中逐步确立"革命"的主体位置，倡导无产阶级革命文学。随后这一年《创造月刊》的每一期都有重要的无产阶级革命文学理论文章，如石厚生（成仿吾）的《从文学革命到革命文学》《全部的批判之必要——如何才能转换方向的考察》、麦克昂的《桌子的跳舞》等，还有对鲁迅、茅盾、"新月派"等进行激烈批判的论文，如杜荃（郭沫若）的《文艺战线上的封建余孽——批评鲁迅的〈我的态度气量和年纪〉》、彭康的《什么是"健康"与"尊严"——〈新月的态度〉底批评》、冯乃超的《冷静的头脑——评驳梁实秋的〈文学与革命〉》、克兴的《评驳甘人的"拉杂一篇"——革命文学底根本问题底考察》等。从 1928 年 6 月《创造月刊》第二卷开始，编辑工作和作品刊载不再有郁达夫的参与，所发表的几乎每篇作品的思想内容都倾向于无产阶级革命文学，表明创造社和《创造月刊》放弃了前期多元化的文学主张，彻底转向一元化的无产阶级革命文学，并且把批判的矛头指向五四新文学的代表们。

就在这一天，太阳社的《太阳月刊》创刊。太阳社主要由共产党人蒋光慈、钱杏邨（阿英）、孟超、夏衍、洪灵菲、戴平万、楼适夷等组成，他们有着相似的斗争经历和共同的思想基础，在文学主张与创作上，也有某些共同的倾向：积极提倡无产阶级革命文学，反映工农大众的生活与斗争。《太阳月刊》创刊到停刊的半年里，每期都有一篇宣传无产阶级革命文学的论文，如蒋光慈的《现代中国文学与社会生活》《关于革命文学》《论新旧作家与革命文学》，钱杏邨的《死去了的阿 Q 时代》《批评的建设》《艺术与经济》，林伯修（杜国庠）译的《到新写实主义之路》等。

就在这一天，与创造社有密切关系的泰东书局的《泰东月刊》推出"元旦纪念号"，刊登了《革命的文学家！到民间去！》，此后又发表多篇文章参与革命文学论争，如芳孤的《革命的人生观与文艺》、丁丁的《文艺与社会改造》、左寿昌的《唯物论的哲学观》等。而且该刊在 1928 年 4 月第一卷第八期上刊出《九期刷新征文启事》，声称"本刊从下期起，决计一变过去芜杂柔弱的现象，重新获得我们的新的生命"，同时要"尽量登载并且征求""代表无产阶级苦痛的作品""代表时代反抗精神的作品""代表新旧势力的冲突及其支配下现象的作品"，立场鲜明地表明其无产阶级文学倾向。

1928 年 1 月 15 日，创造社后期重要理论刊物《文化批判》创刊，并预言："《文化批判》将在新中国的思想界开一个新的纪元。"创刊号的《祝词》引用列宁的名言"没有革命的理论，没有革命的行动"，强调理论学习、宣传、斗争的重要性，宣称"这是一种伟大的启蒙"，认为文化批判的任务就是"从事资本主义社会的合理的批判"，"描绘出近代帝国主义的行乐图"，"贡献全部的革命的理论"，"给与革命的全战线以朗朗的光火"。[①] 创刊号集中刊登了《艺术与社会生活》（冯乃超）、《哲学底任务是什么》（彭康）、《宗教批判》（李铁声）、《科学的社会观》（朱镜我）等 6 篇理论文章。接下来 5 期全部刊载宣扬无产阶级革命文学理论、介绍国际无产阶级文学形势和译介马克思主义著作和思想的文章，如《拜金艺术》（冯乃超译）、《辩证法的唯物论》（李铁声译）、《唯物辩证法精要》（李初梨译）等。同时还成为创造社同鲁迅进行革命文学论争的中心，登载了《请看我们中国的 Don Quixote 的乱舞》《"除掉"鲁迅的"除草"》等文章。

1928 年，先后出版的《奔流》《思想月刊》《时代文艺》《大众文艺》《洪水》《北新》《文学周报》《语丝》《秋野》《流沙》《战线》《洪荒》《文化批判》《我们月刊》《畸形》《新月》《摩登》《现代文化》《山雨》《文艺生活》《狮吼》《长夜》等数十种不同流派、不同倾向的期刊发表了 100 余篇论争文章，在全国范围内展开了声势浩大的革命文学论争，形成了波澜壮阔的无产阶级革命文学运动，极大地震动了有点寂寞的文坛。但细细推究，1928年无产阶级革命文学的发生、高涨绝不是偶然的，绝非从天而降、空穴来风。

一方面，无产阶级文学运动是世界性潮流中的一股。世界文坛在 20 世纪30 年代普遍性地左倾化，构成了"红色 30 年代"这一历史现象。在苏联，

---

① 成仿吾. 祝词［A］//成仿吾文集［M］. 济南：山东大学出版社，1985：240.

无产阶级夺取政权之后，也开始建立自己的文学、文化、教育体系，经过"无产阶级文化派""莫普"（莫斯科无产阶级作家联合会的俄文缩写 МАПП 的音译）、"瓦普"（全苏无产阶级作家联合会的俄文缩写 ВАПП 的音译）、"拉普"（俄罗斯无产阶级作家联合会的俄文缩写 РАПП 的音译）等组织的探索，到 20 世纪 20 年代中后期，文学已逐渐被纳入苏联共产党的领导。苏联文艺理论界 1927 年提出了"唯物辩证法的创作方法"，将现实主义同唯物主义、浪漫主义同唯心主义等同起来，1928 年起，展开了对"普列汉诺夫正统"和弗里契的庸俗社会学的批判。在日本，肇始于 20 世纪 20 年代初的《播种人》杂志的左翼文学运动已形成相当规模，因受日共福本和夫左倾路线影响，左翼文学宗派林立，政治色彩浓烈，内部斗争激烈，造成了无产阶级文学运动的严重分化；1927 年底，共产国际批评了福本和夫的左倾路线；1928 年成立了日本左翼作家总同盟，并接着组成了全日本无产者艺术联盟（"纳普"），日本左翼文学发展到鼎盛时期，出现了藏原惟人和青野季吉等著称于世的马克思主义文艺理论家以及著名作家小林多喜二。除苏联和日本之外，德国、法国、美国、波兰等国家都出现了左翼文学运动，建立了无产阶级文学组织，涌现了一些世界知名的无产阶级文学家，如法国的巴比塞（Barbusse）、美国的辛克莱（Sinclair）等，而《拜金艺术》中的"一切的艺术是宣传，普遍地不可避免地是宣传；有时是无意的，而大底是故意的宣传"一句，更被奉为至理名言。各国无产阶级文学运动蓬勃发展，苏联"拉普"提议，经共产国际批准，1925 年建立了国际革命文学联络机构。1927 年 10 月，在莫斯科召开了第一次世界革命作家代表大会，成立了革命文学国际局（后改名为国际革命作家联盟）。如火如荼的世界左翼文学运动的发展，当然影响到了留学苏联的蒋光慈和留学日本的李初梨、冯乃超、彭康、朱镜我等人，他们先后于 1927 年底回国，对当时的中国文坛表现出极大的不满，并立即掀起了无产阶级革命文学运动，其做法显得顺理成章。姑且不论功过，这无疑是中国文学与世界文学第一次实质性接轨。

另一方面，无产阶级文学运动在国内也有不错的基础。这一口号和理论在 1923 年前后，就被早期中国共产党人，如邓中夏、恽代英、沈泽民、萧楚女等，写了不少文章进行大力宣传。1924 年 7 月，萧楚女在《中国青年》上发表的《艺术与生活》已较为熟练地将马克思主义的经济基础与上层建筑关系的论述引入文学艺术。他认为："艺术，不过是和那些政治、法律、宗教、道德、风格……一样，同是一种人类社会底文化，同是建筑在社会经济组织上的表层建筑物，同是随着人类底生活方式之变迁而变迁的东西。只可说生活创造艺术，艺术是生活的反映。"① 他们还都提出了要成为革命的文学家就必须投入革命的实际活动中，才不会犯"幼稚病"，不会生"空想症"，写出来的革命文学才会感人、真切。1925 年 5 月初至 10 月，文学研究会的沈雁冰也依阶级论写了 12000 多字的《论无产阶级艺术》，共分 5 节，连载于当时《文学周报》第 172、第 173、第 175、第 196 期上，提出"无产阶级艺术绝非仅仅描写无产阶级生活即算了事，应以无产阶级精神为中心而创造一种适应于新世界（就是无产阶级居于治者地位的世界）的艺术"②。1926 年创造社收回《洪水》，并新办《创造月刊》，其成员郭沫若、成仿吾和郁达夫发表了《革命与文学》《革命文学及其永远性》《无产阶级专政和无产阶级的文学》，他们以积极的态度论证了"文学"与"革命"的关系，对五四文学进行了反思，认为"昨日的文艺"是"贵族们的消闲圣品"，个人主义艺术已经灭亡，而"今日的文艺便是革命的文艺"，同时这也是一种向"明日的文艺"的过渡，预示由"文学革命"转向"革命文学"。尽管如此，早期共产党人对文学意识形态性的论说还较为含混，把马克思主义的意识形态理论运用在文学上还十分浅显，况且他们多为职业革命家，在当时也无暇进行深入探讨。而上述文学家所倡导的革命文学理论也十分混杂，就如郭沫若虽"表同情于无产阶级的社会主义写实主义的文学"，但何谓"无产阶级"，如何在某种制度和规范的意义上解释"社会主义写实主义的文学"，这些问题在 1926 年时的郭沫若的革命实践和文学理论中都难以厘清。对此，郭沫若在《文学革命之回顾》中说："新锐的斗士朱镜我、李初梨、彭康、冯乃超由日本回国，以清醒的唯物辩证论的意识，写出了一个《文化批判》的时期。创造社的新旧同人，觉悟的到这时候才真正地转换了过来。不觉悟的在无声无影之中也就退

---

① 萧楚女. 艺术与生活 [J]. 中国青年，1924 (38).
② 茅盾. 论无产阶级艺术 [A] //茅盾散文集：卷十一·文学论 [M]. 北京：人民文学出版社，1981.

下了战线。"①

"你方唱罢我登场"，1928年无产阶级文学的闪亮登场预示了其他的所谓旧事物的黯然退场。其中一件事不得不提，那就是1927年6月2日，一代国学大师、著名学者王国维在北京昆明湖自沉。根据他的遗书中"五十之年，只欠一死。经此世变，义无再辱"，研究者对其死因进行了种种推论，聚讼纷纭，莫衷一是，但许多人都意识到王国维固有的矛盾性和死的必然性。郭沫若是这样认为的："王国维，研究学问的方法是近代的，思想感情是封建式的。两个时代在他身上激起了一个剧烈的阶级斗争，结果是封建社会把他的身体夺去了。"② 杨君实先生的结论是："在那个激变的时代，王国维在学术上是新'典范'的建立者，在政治上是旧'典范'的坚持者。"③ 与王国维并列清华研究四大导师之一、被王有所托付的陈寅恪也持类似看法，即"凡一种文化值衰落之时，为此文化所化之人，必感苦痛，其表现此文化之程量愈宏，则其所受之苦痛亦愈甚；迨既达极深之度，殆非出于自杀无以求一己之心安而义尽也。……盖今日之赤县神州值数千年未有之巨劫奇变；劫尽变穷，则此文化精神所凝聚之人，安得不与之共命而同尽，此观堂先生所以不得不死"④。一波汹涌过一波的政治"革命"使王国维心仪的帝制愈加渺茫，文学、学术的日益政治化、工具化也使他理想的自主审美论难以延续。对生存的恐惧远远大于对死亡的恐惧，于是他仿效屈原选择了一条不愿再受辱的不归路。王国维的死在当时产生了巨大的影响，而感触最深的当数与他相似的文化保守主义者。作为王的挚友和王的遗书中所托之人，惺惺相惜的吴宓在《学衡》上发了两个纪念专号，在1928年的《大公报·文学副刊》上又连续刊出了两期王国维逝世一周年纪念专号，来表达对这样一位既有"独立精神"

---

① 郭沫若. 文学革命之回顾 [A] //郭沫若全集：文学编：第16卷 [M]. 北京：人民文学出版社，1989：101.

② 郭沫若. 中国古代社会研究 [A] //罗继祖. 王国维之死 [M]. 广州：广东教育出版社，1999：7.

③ 杨君实. 王国维自沉之谜：兼论历史人物的评价 [A] //罗继祖. 王国维之死 [M]. 广州：广东教育出版社，1999：216.

④ 陈寅恪. 王观堂先生挽词并序 [A] //罗继祖. 王国维之死 [M]. 广州：广东教育出版社，1999：42.

"自由思想"，又有中国传统文化礼仪道德精神的同人的哀思。他们借此事件，来抒发自己在传统与现代之间难以割舍又难能弥合、转换的复杂情感。事实也证明，同样是革新中国古典文学观，由王国维所开创的自主审美文学观（可称为"艺术的现代性追求"）在以后的发展是多么地艰难，而由梁启超所开创的功利主义文学观（可称为"政治的现代性追求"）却能大行其道。

1928年，不用说林纾等封建复古派早已销声匿迹，也不用说《学衡》等文化保守派变得默默无闻，更不用说教育总长章士钊创办的《甲寅》寿终正寝，就是五四文学革命的弄潮儿也从1923年起逐渐偃旗息鼓、分道扬镳。陈独秀已专心经营其政治事业，着手建立共产党；胡适已开始少谈主义多谈问题，研究国故了；周作人也退回到自己的园地，谈虎谈龙，在十字街头造起塔来住；刘半农、钱玄同等猛将专门治学术去了，不再热衷文学。文学革命风云似乎没多久就烟消云散了，胡适对此也表示出无可奈何，"十几年来，当日我们一班朋友郑重提倡的新文学内容渐渐受一班新的批评家的指摘，而我们一班朋友也渐渐被人唤作落伍的维多利亚时代的最后代表者了"①。真是"江山代有才人出，各领风骚数百年"，说实在的，在现代社会，能领风骚几年都不错了！也可以说，一个时代取代另一个时代，就是一些人物取代另一些人物，就是一些话语覆盖另一些话语。

1928年，文学革命向革命文学转变，还与政治、经济、教育和传媒等方面密切相关。1927年四一二反革命政变和七一五反革命政变，宣告了国共两党的蜜月期结束。1928年元旦，国民政府在南京举行开国纪念大会，但蒋介石所建立的政权一直处于内忧外患的动荡之中，不仅受到国民党内部派系的威胁，还受到共产党所建立的革命根据地和苏维埃政权的挑战，更面临日本帝国主义的侵略。国共两党之间的对立、冲突与斗争成为30年代的主调，中国由军阀混战进入政党政治，文学也蒙上了浓厚的党化色彩。就在1928年，中国的政治中心、文化中心、经济中心、商业中心都由北京转到了上海。上海集聚了中国文坛的大部分精英，全国各地的文人好像候鸟受到神秘力量的

---

① 胡适.《中国新文学大系·建设理论集》导言［A］//杨犁. 胡适文萃［M］. 北京：作家出版社，1991：161.

驱使，纷纷选择了上海作为栖息地。原先居住在北平的五四文学代表有的往上海迁徙，如胡适、鲁迅、郭沫若等；各地参加完革命的文人不少转移到上海，如从武汉来的茅盾、蒋光慈、钱杏邨、孟超、杨邨人等；留学生国外归来也大都选择上海，如从日本留学回来的夏衍、朱镜我、李初梨、彭康、冯乃超等，从法国回来的巴金，从南洋归来的洪灵菲，从欧美留学回来的梁实秋、余上沅、徐志摩以及戴望舒等。这也预示了中国现代思想文化史上的一次大转移。随着文人不断集聚上海，原来就是中国传媒重镇的上海就更为壮大，集中了中国大部分的报刊和出版社。据统计，当时全国最大的 6 家报纸依次为《申报》《新闻报》《时事新报》《大公报》《时报》《益世报》，其中上海占了《申报》《新闻报》《大公报》《益世报》4 种；估计上海当时出版的各种杂志超过千种，而原在北平的《现代评论》《语丝》等杂志也都南迁于此；上海多达几十家的书局、出版社，也以每年多达上千种的速度出版新书。1927—1936 年，上海出版的书籍占全国绝大多数，其中规模最大的商务印书馆、中华书局和世界书局这 3 家即占全国的 65%。① 现代传媒作为商品经济的产物，也使此时此地的文学具有了浓重的商业色彩。上海，这个当时世界第六位的大都市、中国第一位的大商埠，号称"东方的巴黎""冒险家的乐园"，在生产了大量资本家的同时，也生产了无数的小市民和无产阶级。总之，至 1928 年，无产阶级革命文学的倡导者、生产者、销售者、消费者以及反对者都已具备。

　　无产阶级革命文学大旗刚刚举起，就招来各种反对之声。有同情无产阶级却被革命文学派无情打击的"语丝派"的反击，有自由主义者"新月派"的批评，有倡导"无阶级的民众文学"的国家主义派的攻击，还有执政当局国民党的全盘否定和大肆"围剿"。创造社和太阳社的干将们，一上场就拿五四新文学的代表鲁迅开刀，并批判了茅盾、叶绍钧甚至郁达夫，自然也招来了反击，"语丝派"的其他成员（主要是指当时在《语丝》《北新》上发表文章的作者）也都从维护鲁迅的立场表明了态度和看法，甘人的《拉杂一篇答

---

① 王云五. 十年来的中国出版事业 ［A］//宋原放. 中国出版史料：现代部分：第 1 卷：下册 ［M］. 济南：山东教育出版社，2001：426.

李初梨君》、侍衍的《评〈从文学革命到革命文学〉》、冰禅的《革命文学问题》等文章，表达了对革命文学的不同或反对的意见。1928 年 3 月 10 日，"新月派"的喉舌《新月》月刊创刊，创刊号登载了徐志摩执笔的发刊词《新月的态度》，认为在那个病态和变态的时代，在混乱的文学市场中充斥着 13 种派别之多，并打着"健康"与"尊严"的旗号对它们逐一贬斥，其中也包括被"新月派"称为"功利派"和"主义派"的无产阶级革命文学；6 月 10 日，梁实秋发表《文学与革命》，从根本上否认无产阶级革命文学的存在。1928 年 4 月，国家主义派创办《长夜》，第 1 期发表了燕生的《关于真理问题的一些话》和左舜生的《我们的看法》，试图从理论和历史两方面对无产阶级文学运动进行否定。1928 年 5 月 1 日，无政府主义派的《文化战线》旬刊创刊，刊载柳絮的《无产阶级艺术新论》，从根本上反对马克思主义文艺理论；该刊后几期也有文章攻击无产阶级革命文学运动，恶毒咒骂马克思主义在中国的传播是"日本的病毒流到中国来了"。1928 年 8 月 1 日，《现代文化》在南京创刊，创刊号刊登尹若的《无产阶级文艺运动的谬误》、谦弟的《无产阶级文学论的批判》、毛一波的《关于现代的中国文学》、莫孟明的《革命文学评价》、剑波的《无产阶级文学的产生与其蜕变》，他们全盘接收托洛茨基无产阶级文学否定论，反对阶级文学，向往无政府的共产社会，主唱"无阶级的民众文学"（与大众文学不同）。无产阶级革命文学的提倡，马克思主义文艺思想的传播，更是引起了执政当局国民党的惊慌。一些国民党的文艺人士诬指革命文学理论的探讨和创作的实践为"最近共产党的文艺暴动"，叫喊国民党也"应该有自己的文艺政策"。从 1928 年下半年起，国民党利用所把持的一些报刊的文艺副刊，鼓吹"三民主义文学"，猛烈抨击普罗文学。1928 年 1 月 2 日，吴宓主编的天津《大公报·文学副刊》创刊，坚持用古文来记载新闻和发表评论，既表示了他"报业救国"的志向，也表明了他的文化守成主义思想，并且直到 1934 年 1 月 1 日出至 313 期才被《文艺副刊》取代。1928 年，刘呐鸥从日本带来了有关未来主义、表现主义、超现实主义的文艺理论，成立了水沫社和第一线书店，并于 9 月在上海创办《无轨列车》半月刊，发表"新感觉派"小说。也就是说，就在 1928 年，之后 10 多年里较有影响的文学力量都已被吸引到了文学场上，包括共产党领导下的左翼文学、国民党资助下的"民族主义文学"、希望保持独立的自由主义文学以及保守主义文学、所谓封建复古的"鸳鸯蝴蝶派"文学、"新感觉派"等现代主义文学，都希望利用文学这个文化思想斗争的主要阵地来宣扬各自的理论主张。

而这一系列文学理论界的纷纷扰扰到什么时候才基本结束呢，著者认为应该是1936年底，这比文学史普遍所认同的1937年更为准确。人们划分的依据无非是1937年7月卢沟桥事变爆发，它标志着中国进入了全面抗日战争时期，而战争改变了中国整个的政治格局，也影响到经济、军事、文化、教育乃至日常生活，当然文学也不例外。这是事实，但当时的文学或者说是文学理论却并非在这个时候才产生了质的变化，就像1927年发生的重大政治事变并不能作为文学分期的依据一样。当时蒋光慈就说："倘若承认文学是社会生活的表现，那我们现在的文学，与我们现在的社会生活比较起来，实在是太落后了"①，所以他认为1928年才提出"革命文学"已经落在大革命的后面了。而1936年所发生的许多事情却恰好相反，文学已走到政治的前面，中国现代文学未等到抗日战争的全面爆发就已经进入了一个新的时期。

一方面，政治上和军事上，国共两党长达十年的内战似乎呈现出结束趋势。红军长征成功到达陕北之后，共产党就在瓦窑堡会议上提出了要建立"广泛的抗日民族统一战线"。1936年5月5日，共产党致电国民党政府和各党各派，主动放弃"反蒋"口号，要求南京政府停战议和、一致抗日。8月25日，中共中央致书国民党执委及全体党员，呼吁集中国力，一致对外，提议国共两党在共同抗日及建立民主共和国的基础上，恢复合作。随着国内抗日的呼声越来越高，军事"剿共"成功又越发无望，12月12日，张学良、杨虎城被迫扣留蒋介石，逼蒋抗日，西安事变爆发，国共两党再一次走向合作。

另一方面，文艺界在国难当头之际也在呼吁建立统一战线。1936年春，中国左翼作家联盟自动解散。说是自动，是因为没有发布任何解散的正式公

---

① 蒋光慈. 现代中国文学与社会生活 [A] //蒋光慈文集：第4卷 [M]. 上海：上海文艺出版社，1988：158.

告，但实为国际革命作家联盟的意思，也是中国共产党在新的国际国内形势下的文艺政策的调整，从 1935 年 11 月萧三给"左联"的信中可以看出。该信首先肯定了"左联"五年来在国民党日益残酷地镇压下所取得的实绩，其次也委婉地批评了"左联"中存在着严重的关门主义——宗派主义，"未能广大地应用反帝反封建的联合战线，把各种不满组织起来，以致'在各种论战当中，及以后的有利的情势之下未能计划地把进步的中间作家组织到我们的阵营里面来'，许多有影响的作家仍然站在共同战线之外"①。原因之一就是"左翼联盟""无产阶级文学""普罗文学"这样的一些口号，让人感觉到"左联"不似一个文学团体和作家的组织，倒更像一个政党（共产党）的组织，使还未普罗化的文人和自由派的作家望而生畏。因此有必要解散"左联"，另外发起、组织一个更广大的文学团体，极力夺取公开的可能，吸引大批作家加入反帝反封建的联合战线上来。周扬等人在和党中央失去联系的特殊情况下，面对华北事变以后平津危急、祖国危急的现实，根据抗日的需要，又有萧三的来信，决定解散"左联"，另组扩大的抗日文艺新团体。为了加强感召力，周扬等人借鉴苏联的做法提出了"国防文学"作为中心口号，经过一段时间的讨论，得到了不少文艺界人士的认可。1936 年 6 月 7 日，以周扬"国防文学"口号为旗帜的中国文艺家协会在上海成立，签字的有郭沫若、茅盾、郁达夫、洪深等 111 人。《中国文艺家协会宣言》指出，中华民族已到了生死存亡的关头，强烈要求"团结一致，抵抗侵略，停止内战，言论出版自由，民众组织救国团体的自由"，并特别提议"在全民族一致救国的大目标下，文艺上主张不同的作家们可以是一条战线上的战友"。② 与此同时，胡风又提出"民族革命战争的大众文学"，旋即引来周扬、徐懋庸等人的反驳，但也得到了鲁迅、冯雪峰等人的默认，并于 6 月 15 日发表《中国文艺工作者宣言》，签名的有鲁迅、巴金、曹禺、张天翼等 67 人，在《作家》《译文》《文季月刊》《文学丛报》《现实文学》等刊同时发表。《中国文艺工作者宣言》

---

① 萧三. 萧三给左联同志信 ［A］ //马良春，张大明，等. 三十年代左翼文艺资料选编 ［M］. 成都：四川人民出版社，1980：203.
② 中国文艺家协会宣言 ［A］ //马良春，张大明，等. 三十年代左翼文艺资料选编 ［M］. 成都：四川人民出版社，1980：211.

表明在民族危机的关头，"我们绝不屈服，绝不畏惧，更绝不彷徨，犹豫"，"我们愿意和站在同一战线的一切争取民族自由的斗士热烈地握手"。① 10 月 2 日，由鲁迅、郭沫若、茅盾、巴金、王统照、夏丏尊、叶绍钧、谢冰心、包天笑、周瘦鹃等 21 人签名发表了《文艺界同人为团结御侮与言论自由宣言》，预示着文艺界统一战线建立的可能。该宣言说："我们是文学者，因此亦主张全国文学界同人应不分新旧派别，为抗日救国而联合。……在文学上，我们不强求其相同，但在抗日救国上，我们应团结一致以求行动之更有力。我们不必强求抗日立场之划一，但主张抗日的力量即刻统一起来。"②

可就是这两个都宣称愿与不同政见的人士共建统一战线来救亡图存的团体，之间却发生了一次长达几个月的论争，暴露了宗派主义和关门主义思想依然阴魂不散。"两个口号"的论争以上海为中心，波及全国不少中小城市，根据对当时 300 多种报刊的不完全统计，发表的相关文章达 480 篇之多。争论的理论价值并没多少，浪费的精力却不少。"两个口号"之争，与以前的历次论争一样，本应是不同文学思潮和文学观念之间的论争，但因为正处于国难当头的非常时期，政治因素的介入和干预，起了更为重要的作用。论争中所蕴含的文学内部的诸多纯艺术问题皆失落或失去了基本的价值自信，从而更加剧了日后政治消解文学的力度。之前的几次大规模文学论争尽管也有意气用事、宗派情绪甚至人身攻击的现象，但基本上还是属于学术争鸣和理论探讨的范畴，可以相对自由地把各自的观点表述出来，更不会关涉到论争双方的人身安全；以后的类似论争则往往会因政治上的无限上纲上线而使一方失去发言权、自由权，甚至失去生命。

1933 年，新中华杂志社以"上海的将来"为题收集到的征文中有几条："尖锐的对照，极端的膨胀，这些都是趋向毁灭的表现"；"这虽不是必呈的现象，至少也得为龟蓍式而科学化的预言：上海繁华的寿命，要在一九三六

---

① 中国文艺工作者宣言 [A] //马良春，张大明，等. 三十年代左翼文艺资料选编 [M]. 成都：四川人民出版社，1980：216.

② 文艺界同人为团结御侮与言论自由宣言 [A] //马良春，张大明，等. 三十年代左翼文艺资料选编 [M]. 成都：四川人民出版社，1980：218.

年——军缩条约失效之日——正寝了"。① 说它是预言，更恰当地说是谶语。上海也正是在 1936 年，随着战争的日益临近，开始失去其中心地位。1936 年 10 月 19 日，鲁迅在上海病逝，标志着一个文学时代的终结。

毛泽东曾对鲁迅进行了高度的评价，他说："鲁迅是中国文化革命的主将，他不但是伟大的文学家，而且是伟大的思想家和伟大的革命家。鲁迅的骨头是最硬的，他没有丝毫的奴颜和媚骨，这是殖民地半殖民地人民最可宝贵的性格。鲁迅是在文化战线上，代表全民族的大多数，向着敌人冲锋陷阵的最正确、最勇敢、最坚决、最忠实、最热忱的空前的民族英雄。鲁迅的方向，就是中华民族新文化的方向。"② 确实，鲁迅一生都在反抗与批判：反抗黑暗，反抗强权，反抗虚无与绝望；批判所谓的"正人君子"，批判所谓的"话语霸权"，也毫不吝惜地批判自我。1928—1936 年，鲁迅生命中的最后时段，他的论战极为频繁，批判最为激烈，树敌很多且至死也"一个都不宽恕"。经过革命文学论争之后，鲁迅似乎成了"左联"的"盟主"，却不过是挂名的首脑人物，没有任何实权；他似乎与从前的论敌站在同一营垒，却并不意味着他失败与屈服了；他确实以左翼人士身份参与了后来的一系列论争并发挥了举足轻重的作用，但他并没有与那些"左联"的实权人物有多少友好的关系。"左联"成立大会上，鲁迅的发言不是客套之话、溢美之词，而是近乎泼冷水似的长篇忠告，开头就是"我以为现在，'左翼'作家是很容易成为'右翼'作家"，接着毫不客气地批评了无产阶级文学倡导者们的教条主义、主观主义、个人主义、宗派主义等毛病。后来，他在《上海文艺之一瞥》的讲演中又指出作为小资产阶级的创造社成员中了"才子+流氓"的毒，并点名批评了某些人不懂革命。他认为"战斗的作者应该注重于'论争'"，但他批评"左联"中存在着的不懂"论争"而有辱骂和恐吓的不良倾向，即使因为情不可遏而愤怒，而笑骂，"但必须止于嘲笑，止于热骂，而且要'喜（应为"嬉"，作者注）笑怒骂，皆成文章'，使敌人因此受伤或致死，而自

---

① 新中华杂志社. 上海的将来 ［M］. 上海：中华书局，1936：30.
② 毛泽东. 新民主主义论 ［A］//毛泽东选集：第 3 卷 ［M］. 北京：人民出版社，1969：658.

己并无卑劣的行为，观者也不以为污秽，这才是战斗的作者的本领"①。而最终表面化、尖锐化了鲁迅对"左联"某些人士的一贯作风强烈不满的事情是"两个口号"的论争。重病中的鲁迅在《答徐懋庸并关于抗日统一战线问题》中的愤怒溢于言表。他点明指责"四条汉子"的恶劣做法，并对那些自称为"指导家"以及徐懋庸式的青年表示怀疑，"那种表面上扮着'革命'的面孔，而轻易诬陷别人为'内奸'，为'反革命'，为'托派'，以至为'汉奸'者，大半不是正路人"。而且"在左联结成的前后，有些所谓革命作家，其实是破落户的飘零子弟。他也有不平，有反抗，有战斗，而往往不过是将败落家族的妇姑勃谿，叔嫂斗法的手段，移到文坛上。喊喊喳喳，招事生非，搬弄口舌，决不在大处着眼。这衣钵流传不绝"。② 经过这一次论战之后，中国文坛很长一段时间难以再有这样虽激烈广泛却言路开放的论争，也难以再出现像鲁迅这样直言敢怒、鞭辟入里而又能刀刃向内者，知识分子所应有的"独立之精神、自由之思想"也逐渐失去了往日的锋芒。

## 第二节　现代性与中国文学理论现代性

"现代性"，作为当代人文社会科学领域热门话题，人人皆言而又言人人殊，言人人殊而仍人人皆言。自 20 世纪 60 年代以来，西方大师们围绕"现代性"进行了一番唇枪舌剑，至今意犹未尽。20 世纪 90 年代"现代性"又旅行到了中国，一粉墨登场，就成了学界的焦点和宠儿，大有后来居上之势。但"现代性"又并不是那么好谈，因为谈"现代性"还不能画地为牢，就事论事，它盘根错节地涉及许多"家族相似的"概念。要谈"现代性"，就不能不谈其词根"现代"，谈"现代"，当然又离不开"古代""近代""当代"

---

① 鲁迅. 辱骂和恐吓决不是战斗 ［A］//鲁迅全集：第 4 卷 ［M］. 北京：人民出版社，2005：466.

② 鲁迅. 答徐懋庸并关于抗日统一战线问题 ［A］//鲁迅全集：第 6 卷 ［M］. 北京：人民出版社，2005：546-558.

"前现代""后现代"等。要谈"现代性"，就必须得谈"现代主义"，这自然又脱不了要谈"古典主义""浪漫主义""现实主义""后现代主义"等。要谈"现代性"，更不得不谈与之直接对应或对立的"古代性""传统性""前现代性""近代性""当代性""后现代性"等。要谈"现代性"，似乎还离不开谈"现代化"。围绕着"现代性"和与之相关的"家族相似的"概念构成了一个五光十色、众声喧哗、扑朔迷离的学术八卦阵。著者是怯于进入这个八卦阵的，担心会误入迷宫。但本文论及的主要是 20 世纪 30 年代中国文学理论的现代性问题，似乎又无法绕开"现代性"迷宫，何况在众说纷纭的"现代性"争议中，更应表明使用"现代性"概念的态度、立场和方法，因此还是有必要对"现代性"家族进行一番考古研究。

### 一、"现代性"家族的知识考古

讨论"现代性"这个简单却又无比令人困惑的问题的最好起点，仍然是这个术语的词源。因为"在现代，无论研究什么学问，对于研究的对象须先有明确的认识，而后才能有所获得，才能不误入歧途"①。西方较早的"现代性"研究者都先把重点放在对这个家族的追根溯源上，进行一番"知识的考古"，以查明其家族的遗传与变异。说法尽管不一，但也大同小异，形成了以下共识。

第一，英语 modern 一词直接来源于法语的 moderne 和晚期拉丁语的 modernus，而 modernus 诞生于欧洲中世纪，在公元 5 世纪晚期就已经得到了广泛应用，其词根是 modo，意思是"最近""刚才"，接近于"当代"（contemporary）或"现在"（just now），与之相对应的反义词是"古的""老的""旧的"。正如恩斯特·罗伯特·柯蒂乌斯在《欧洲文学与中世纪的拉丁语》中指出的，"古代越是年迈，就越需要表达'现代'的词。但'modernus'一词尚未出现。这个空当就由'neotericus'填补了……直到公元 6 世纪，新的、恰当的

---

① 老舍. 文学概论讲义［A］// 老舍文集：第 15 卷［M］. 北京：人民文学出版社，1990：1.

词形 modernus ……才出现。"① 英语 "modern" 最初在汉语中只有音译的 "摩登",而后才有中文 "现代",它来源于日语拉丁化的 "gendai"。

第二,拉丁语中的 "现代性"(modernitas)大概产生在 1075 年,它直接派生于 "modernus",意思是 "当代时期",它被视为介于已经消亡的 "旧时代"(antiquitas)与人们期盼到来的 "革新时代"(renovation)之间的时代。整整一个世纪后,戈蒂耶·马普(Gautier Map)用 "modernitas" "表示作品的新潮性,以此来反抗旧思想对它没有认可的东西所表示的蔑视态度",对中世纪的人而言, "modernitas" 必然要比 "antiquitas" 要优越,此时此刻,说某个东西具有 "现代性",就已经是某种褒奖和肯定的色彩。②

第三, "现代性" 一词在现代意义上的使用则始于文艺复兴时期。《牛津大词典》确认,1627 年英语中才第一次出现了 "modernity" 一词,但其词义发生了转换,带有贬义色彩。法语中的 "现代性"(modernité)一词还要比英语出现得晚一些,大约在 17 世纪末期,法国人使用 "现代性" 一说与启蒙运动有关,它所张扬的是用理性来评判一切的启蒙精神。该词最早出现在 1822 年巴尔扎克的《百岁老人》中,所表示的意思是 "现代时期"。但到了 1849 年夏多布里昂的《墓外回忆录》中, "现代性" 成了 "粗俗性" 的代名词,与之相对立的是中世纪的景象和无拘无束的大自然。作为一个新词, "现代性" 在英语和法语中,词义极不稳定,往往带有很强的使用者本人的个性色彩。③ 18 世纪 80 年代至 19 世纪 30 年代,德国、奥地利和斯堪的纳维亚半岛的北欧国家,随着经济、政治、军事等方面的新变而逐渐成为欧洲的焦点,形成一股蔚为壮观的现代思潮, "现代" 一词被炒得沸沸扬扬。德国文学史家尤金·沃尔夫 1886 年在一次讲演中首次使用了 "现代性"(die Moderne)这一说法,后又在 1888 年发表的《最新的德国文学潮流与现代性原理》一文中,做了进一步的阐释和界说,并把 "现代性" 描绘成一位全身洋溢着新的

---

① 马泰·卡林内斯库. 现代性的五幅面孔 [M]. 顾爱彬,李瑞华,译. 北京:商务印书馆,2002:19.

② 汉斯·罗伯特·尧斯. 现代性与文学传统 [A] //周宪. 文化现代性精粹读本 [M]. 北京:中国人民大学出版社,2006:149-162.

③ 伊夫·瓦岱. 文学与现代性 [M]. 田庆生,译. 北京:北京大学出版社,2001:20-22.

时代精神的尽善尽美的新圣母。①

第四，如果仅就"现代性"一词出现在中文中的时间而言，据高远东的说法，在中国文献中，"现代性"一词最早见于 1918 年《新青年》第 4 卷第 1 期。周作人在翻译英国学者特里狄斯（W. B. Trites）的文章《陀思妥夫斯奇之小说》时，出现了此词，涉及"现代性"的部分如下："陀氏著作，近来忽然复活。其复活的缘故，就因为有非常明显的现代性（现代性是艺术最好的试验物，因真理永远现在故）。人说他曾受迭更司（Dickens 现译'狄更斯'，作者注）影响，我亦时时看出痕迹。但迭更司在今日已极旧式，陀氏却终是现代的。止有约翰生博士著的《沙卫具传》可以相比。此一部深微广大的心理研究，仍然现代，宛然昨日所写。"② 该文译自《北美评论》第 717 号，由于著者未检阅到英文原作，尚不知周译"现代性"是否就是英文的"modernity"。此外，《文学杂志》第 3 卷第 6 期（1948 年 11 月）上登载了袁可嘉翻译的英国诗人史班特（Stepher Spender，现译斯蒂芬·斯彭德，作者注）的论文《释现代诗中底现代性》，该文的英文原题为"What Is Modern Poetry"。当然这些中文"现代性"是否就是现代意义上的"现代性"还很难说。③ 梁实秋主编的《远东英汉大词典》（1977 年远东图书公司印行）中除了 modern，modernity，modernism，modernist，modernistic，modernization，modernize 等词外，还有 modernish，是指"有现代意味的"，而另一个词 modernness 也指"现代性"，并特别注明是与古老性（antiquity）相对。④

第五，英文中没有近代与现代之分，"modern"一词指 16 世纪以来的欧洲历史。但苏联历史学家认为，十月革命开辟了人类历史的新纪元，因此把十月革命以后的历史称为"现代"，俄文为 НОВЕЙЩЕЕ ВРЕМЯ，意为"最新时代"；把文艺复兴至十月革命前的历史称作"近代"，俄文为 HOBOE BPEMЯ，意为"新时代"。显然这种划分依据的是政治意识形态。中华人民

---

① 姚文放. 文学传统与现代性［J］. 学术月刊. 2001（12）：59.

② 刘小新. 现代性［A］//二十世纪中国文学批评 99 个词［M］. 南帆. 杭州：浙江文艺出版社，2003：109-112.

③ 李扬. 现代性视野中的曹禺［M］. 北京：人民文学出版社，2004：6.

④ 梁实秋. 远东英汉大辞典［K］. 台北：远东图书公司，1977：1331-1332.

共和国成立后，沿用了苏联的历史分期，以五四为界，把鸦片战争至五四运动划分为中国近代史，把五四运动以后称为中国现代史。①

应当说，要从浩如烟海的文献记录中去寻找"现代""现代性""现代主义""现代化"等诸如此类的词汇，并确证谁是最早在何时何书或何场合使用了它们，这真有点大海捞针的感觉，但对于扎实的研究者来说，这总不算太难。只要愿意去翻阅，总会有所收获的。迄今为止，在各种语种中，包括英语、法语、德语、俄语、日语等，都已经有了较为固定的说法。尽管这些说法还可能被后来者改写，但应该不至于影响"现代性"的研究。

然而要准确地说作为表示历史时间概念的"现代"止于何时而又终于何时就不那么容易了。在《历史研究》中，英国历史学家阿诺德·汤因比（Arnold Joseph Toynbee）不认同把一个社会分为"古代"和"现代"的历史时代两分法，也反对将 21 个社会中的一个向另一个的过渡看作整个人类历史的转折点，因此他把西方社会（或西方文明）的历史归为"希腊+西方（中世纪+现代）"，而西方历史可划分为四个时期：西方历史第一期（黑暗时代），675—1075 年；西方历史第二期（中世纪），1075—1475 年代；西方历史第三期（现代），1475—1875 年；西方历史第四期（后现代），1875—？ 年。② 他划分的"现代"是指文艺复兴和启蒙时代。德国哲学家卡尔·雅斯贝尔斯（Karl Jaspers）将以往的人类历史发展分为四大阶段，并且是以共同的基础为出发点的，即史前文化时代（Vorgeschichte，公元前 3000 年前）、古代高度文化时代（Alte Hochkulturen，公元前 3000 年至公元前 1000 年）、轴心文化时代（Achsenzeit，公元前 1000 年至公元 17 世纪）、现代科学技术文化时代（Wissenschaftlich-technisches Zeitalter，17 世纪至今）。③ 当然他们的说法只能是其中一种，事实上不同国家有不同的历史进程，西方进入现代历史是 16、17 世纪，当然也有更早的追溯到了 13 世纪。而中国的现代史则把 1919 年五四运

---

① 杨春时. 现代性与中国文化 ［M］. 北京：国际文化出版公司，2002：137.

② 阿诺德·约瑟夫·汤因比. 历史研究：上 ［M］. 郭小凌，等，译. 上海：上海世纪出版集团，2005：41-42.

③ 卡尔·雅斯贝尔斯. 论历史的起源与目标 ［M］. 李雪涛，译. 华东师范大学出版社，2016.

动作为起点，长期以来文学史家也把它作为中国现代文学的起始点，但到了 20 世纪 80 年代，许多论者都不大认同这种划分。有人把它提前到 1917 年的"白话文运动"，也有人把它延伸至 19 世纪晚期的"三界革命"，还有人把它追溯到 1848 年第一次鸦片战争，当然也有个别人往后推至 20 世纪 80 年代，认为之前的文学体现的是文学的"近代性"。种种分歧的焦点无疑源于对"现代性""文学现代性""文学理论现代性"的界定。

### 二、"现代性"的多义性

那么到底什么是"现代性"？这是研究者绕不开的话题，但人们又意识到很难以一个定义的形式穷尽这个复杂的概念。以下几位西方大师道出了他们的苦衷。英国的齐格蒙特·鲍曼（Zygmunt Bauman）说："现代性缘于何时？这是一个有争议的问题。在具体的日期上根本没有一致的看法。在推算上意见也不尽相同。然而，一旦真的认真推敲的话，对象本身便开始消失。和我们希望从连续的存在流中将其标示出来的所有其他的准总体性一样，现代性变得难以捉摸：我们发现这一概念充满着意义的不确定性，因为它的所指内涵不清，外延不明。"[1] 法国的伊夫·瓦岱（Yves Vadé）认为，"含义最丰富的概念往往也是最不容易定义的概念，这些概念的使用范围涉及不同的领域，它们在不同情境中所表达的意思不尽相同，有时甚至是相互矛盾的。法文中的'现代性'这个词就属于这种情况。"[2] 美国的马泰·卡林内斯库（Matei Calinescu）指出，"什么是现代性？就像其他一些与时间有关的概念一样，我们认为能马上回答这个问题。但一旦我们试图表述自己的想法，就会意识到，作出令人信服的回答需要时间——更多更多的时间。"[3]

法国现代派诗人夏尔·皮埃尔·波德莱尔（Charles Pierre Baudelaire）在写于 1859 年发表于 1863 年的《现代生活的画家》中首次界定了"现代性"的含义。"现代性就是过渡、短暂、偶然，就是艺术的一半，另一半是永恒和

---

① 齐格蒙特·鲍曼. 现代性与矛盾性［M］. 邵迎生，译. 北京：商务印书馆，2003：6-7.
② 伊夫·瓦岱. 文学与现代性［M］. 田庆生，译. 北京：北京大学出版社，2001：11.
③ 马泰·卡林内斯库. 现代性的五幅面孔［M］. 顾爱彬，李瑞华，译. 北京：商务印书馆，2002：1.

不变……为了使任何现代性都值得变成古典性，必须把人类生活无意间置于其中的神秘美提炼出来……谁要是在古代作品中研究纯艺术、逻辑和一般方法以外的东西，谁就要倒霉！因为陷入太深，他就忘了现时，放弃了时势所提供的价值和特权，因为几乎我们全部的独创性都来自时间打在我们感觉上的印记。"① 文中表明，现代性最显著的特征是其趋于某种当下性的趋势，是其认同于一种感官现时的企图，这种感官现时是在其转瞬即逝中得到把握的，只有从瞬间、流行的东西中提取出诗意的东西并赋予个人的独创性，艺术才能成为永恒的经典，它同凝固于僵化传统中、意味着无生命静止的过去相反。波特莱尔尽管是从艺术或美学的角度来阐释的"现代性"，但它日后逐渐由审美领域扩展至政治、经济、哲学、社会学、广告等领域，其指向变得异常丰富复杂，不同学者对它的表述各有不同。以下是几位西方著名学者不同时期对"现代性"的不同表述。

法国哲学家让-弗朗索瓦·利奥塔（Jean-Francois Lyotard）在 1979 年发表的《后现代状况：关于知识的报告》中认为，"现代性"就是一种宏大叙事，一种以元叙事为基础的知识总汇，主要由包括现代理性、启蒙、总体化思想以及历史哲学在内所构成的三种宏伟元叙事："①启蒙运动关于人类解放的神话；②唯心主义哲学（在黑格尔那里达到了极限）关于精神目的论和绝对理念的神话；③历史主义关于意义阐释的神话。"② 这个叙事虽然假借自由、解放的名义，但实际上却总是由一些特殊的发出者（权力者）建构起来，带有垄断性、强制性，并成为现代专制的合法性论证。借助于这样的叙事，所有与之不合的事物、方式和人都被排斥出去。德国哲学家于尔根·哈贝马斯（Jürgen Habermas）在 1981 年写的《现代性：一项尚未完成的事业》中，把"现代性"理解为由 18 世纪的启蒙思想家建构起来的一个真善美和谐发展的方案、一项至今都还未完成的事业。"它包括这样一些方面：按照其内在逻辑努力发展客观科学、普遍道德和法律、自律性艺术，同时还要把这些领域

---

① 夏尔·皮埃尔·波德莱尔. 波德莱尔美学论文选 [M]. 郭宏安，译. 北京：人民文学出版社，1987：484-486.

② 让-弗朗索瓦·利奥塔. 后现代状况：关于知识的报告 [M]. 岛子，译. 长沙：湖南美术出版社，1996：228.

中的认知潜能从其奥秘的形式中解放出来。"① 法国哲学家、社会思想家米歇尔·福柯（Michel Foucault）在 1984 年的《什么是启蒙》中认为现代性主要是一种态度，而不是一个历史时期或一个时间概念。"所谓态度，我指的是与当代现实相联系的模式；一种由特定人民所做的志愿的选择；最后，一种思想和感觉的方式，也就是一种行为和举止的方式，在一个和相同的时刻，这种方式标志着一种归属的关系并把它表述为一种任务。无疑，它有点像希腊人所称的社会的精神气质（ethos）。"② 英国社会学家安东尼·吉登斯（Anthony Giddens）在 1990 年出版的《现代性的后果》中认为，"现代性指社会生活或组织模式，大约 17 世纪出现在欧洲，并且在后来的岁月里，程度不同地在世界范围内产生着影响"③，其显著特征是"工业主义""资本主义""民主—国家"等。美国文化批评家弗雷德里克·詹姆逊（Fredric Jameson）在 2003 年出版的《单一的现代性》中认为，现代性有四个基本准则："①断代无法避免。②现代性不是一个概念，无论是哲学的还是别的，它是一种叙事类型。③不能根据立体性分类对现代性叙事进行安排，意识和主体性无法得到展现，我们能够叙述的仅仅是现代性的多种情景。④任何一种现代性理论，只有当客观存在能和后现代与现代之间发生断裂的假定达成妥协时才有意义。"④ 卡林内斯库认为现代性有五副面孔，法国的孔巴尼翁（Antoine Compagnon）认为现代性有五个矛盾。

对于"现代性"远远不止上述几种说法。有人以"高度现代性""中度

---

① 于尔根·哈贝马斯. 现代性：一项尚未完成的事业 [J]. 行远，译. 文艺研究，1994 (6)：154. 此文的英文标题为"Modernity：An Unfinished Project"。对于"Project"一词，中文有多种译法："方案""谋划""计划""工程""构想""设想""策略"等；对于"unfinished"也有不同看法，有的译为"尚未完成"，有的译为"未竟"，并不只是说它尚未完成，这二字在中国的历史实践中还有延搁、修正、变形的意义。事实上，在当前众多的汉译外国著作中，无论是文学作品还是理论文章，经常会有不同的翻译，包括人名、地名、书名，就更不用说具体的内容，甚至有时还会出现不同译本截然对立的情况。

② 米歇尔·福柯. 什么是启蒙 [A] //汪晖，陈燕谷. 文化与公共性 [M]. 北京：生活·读书·新知三联书店，1998：430.

③ 安东尼·吉登斯. 现代性的后果 [M]. 田禾，译. 上海：译林出版社，2000 (4)：1.

④ 弗雷德里克·詹姆逊. 单一的现代性 [A] //王逢振. 詹姆逊文集：第 4 卷：现代性、后现代性和全球化 [M]. 北京：中国人民大学出版社，2004：74-75.

现代性""低度现代性"来区分现代性的程度；有人以"政治现代性""社会现代性""文艺现代性""哲学现代性""人类学现代性"等来区分不同领域的现代性；也有人从国家和地域来区别"自主现代性"或"发达国家现代性"，"被动现代性"或"第三世界现代性"，中国人又特地区分出了"西方现代性"和"中国现代性"（中华性）；还有人从现代性的矛盾中区分了"启蒙现代性"或"历史现代性"和"审美现代性"或"美学现代性"；甚至还出现了"反现代性""反思现代性""革命现代性"等，不一而足。所以伊夫·瓦岱认为，"'现代性'一词的使用越来越出格，这不但涉及历史、美学、文学批评领域，而且还波及经济、政治和广告领域，从而使它变成了一个集最相矛盾的词义于一体的十足的杂音异符混合体。"① 以致詹姆逊不无夸张地说："这意味着每个人都存在着一种现代性，你可以有不同的方式塑造自己的现代性，所以有拉丁美洲的现代性、印度的现代性、非洲的现代性等。或者你也可以遵循萨缪尔·亨廷顿的指引，根据各种宗教性质的文化重铸这一切：希腊或俄国的东正教现代性、儒家的现代性等，一直到汤因比的数字的现代性。"② 人们越来越觉得，在使用"现代性"这个词时需要一个限定词来伴随它。法国的翻译理论家亨利·梅绍尼克（Henri Mesehonnic）干脆在其论著的题目《现代性复现代性》中重叠该词，文中强调，"现代性"一词"没有固定的、客观的参照对象，它只有一个主体"，"我们还未读完第二个词时，现代性已经发生了变化"。③ 以"现代性"为核心的这组词拥有一种超常的魔力，不仅能把文学艺术与文化相联结，也能把人文与科学、政治与社会、历史与理论融为一体，还能把西方文化与非西方文化相并置而展现出一种全球化景观。

　　显然要对模糊、流动、多元、矛盾甚至不易捉摸的"现代性"下一个明确的定义是多么困难。不仅不同学者有不同的界定，就是同一学者也会对自己过去的观点进行必要的调整或修正。正如卡林内斯库于 1977 年出版其著作

---

① 伊夫·瓦岱. 文学与现代性 [M]. 田庆生，译. 北京：北京大学出版社，2001：13.
② 弗雷德里克·詹姆逊. 单一的现代性 [A] //王逢振. 詹姆逊文集：第 4 卷：现代性、后现代性和全球化 [M]. 北京：中国人民大学出版社，2004：10.
③ 伊夫·瓦岱. 文学与现代性 [M]. 田庆生，译. 北京：北京大学出版社，2001：18.

第一版时称为《现代性的诸副面孔》，只包括现代主义、先锋派、颓废、媚俗四副面孔，而到了 1987 年第二版时改名为《现代性的五副面孔》，增加了 1986 年写的一章《论后现代主义》，这一方面是因为"后现代主义"不再是一个比较少见和模糊不清的概念，已经直接影响"现代性"；另一方面也是作者对现代性观点有了新的认识。正如他所说的："在某种意义上，这种修正间接地表明了'悔言'或'翻案'的策略。写作新的修正性的一章帮助我抵制了对前四篇文章或多或少作出改动的诱惑。"① 而到了 2000 年的中译本里，又在附录中增加了一篇写于 1995 年的文章《现代性、现代主义、现代化》，又提出了一个最终的问题："现代化"是现代性的第六副面孔吗？它是最后一副面孔吗？也许依人们看待它的角度和方式，现代性可以有许多面孔，也可以只有一副面孔，或者一副面孔都没有。不知在今后的版本中"现代性"还会有几副面孔出现。

利奥塔正是凭他对"现代性"这种带有垄断性、强制性的宏大叙事或元叙事进行了全面的质疑，对现代理性、启蒙、总体化思想以及历史哲学给予了猛烈地批判，才成为后现代理论的重要代表。但在其后 1986 年的演讲中却要"重写现代性"，不再把"后现代性"与"现代性"对立起来，甚至放弃了"后现代性"的提法。他在"现代性"前所加的前缀不是"post"（后），而是"ré"（重新），"它表明所有冠以'前'（pré-）和'后'（post-）、'……前'（d'avant）、'……后'（d'après）字的文化史分期法显得很空洞，只因它不让人问'现在'的状况。然而人们必须通过现在，才能假设可对后续的事物做出合法的前瞻"。他已经开始说："在现代性中已有了后现代性，因为现代性就是现代的时间性，它自身就包含着自我超越，改变自己的冲动力。现代性不仅能在时间中自我超越，而且还能在其中分解成某种有很大限度的稳定性。现代性是从构成上，不间断地受孕于后现代性的。"他自己也承认："我本人使用过'后现代'一词。那是一种略带挑衅的进行或转移阐明知识的辩论方法。后现代性已不是一个新时代，它是对现代性所要求的某

---

① 马泰·卡林内斯库. 现代性的五幅面孔 [M]. 顾爱彬，李瑞华，译. 北京：商务印书馆，2002：4.

些特点的重写，是对建立以科学技术解放全人类计划的企图的合法性的重写。但是，我已经说过，这种重写已经开始很久了，并且是在现代性本身中进行的。""重写现代性，就是拒绝写这种假定的后现代性。"① 很显然，被称为"后现代思潮理论家""后现代话语最具代表性的人物"的利奥塔已经主动放弃了"后现代性"，只关注"现代性"了。

同样的变化也体现在吉登斯身上。他早期对"现代性"持完全批判态度，后来却成了"现代性"的拥护者。在《现代性的后果》里，他说："仅仅发明其他一些诸如后现代性和其他新术语是不够的，相反，我们必须重新审视现代性本身的特征。而到目前为止，由于这样或那样的具体原因，在整个社会科学中，人们对现代性仍然极为肤浅。我们实际上并没有迈入一个所谓的后现代性时期，而是正在进入这样一个阶段，在其中现代性的后果比从前任何一个时期都更加剧烈化、更加普遍化了。在现代性背后，我以为，我们能够观察到一种崭新的不同于过去的秩序之轮廓，这就是'后现代'（post-modern），但它与目前许多人所说的'后现代性'（post-modernity）大相径庭。"② 像其他许多人一样，吉登斯也认为"后现代性"是一种虚无主义和相对主义的哲学，它没有超越现代性，最多可以被重新命名为"激进的现代性"，因为至少到目前为止社会发展轨迹没有脱离现代性制度而向一种新的不同的社会秩序转变，与哈贝马斯的看法非常相似。

著者之所以如此细述各个西方大师的"现代性"观念——应当说还是相当简略了——是因为中外学者对"现代性"的解释实在是太多了。著者只想说明，所谓的"大家"，总是不那么简单、单纯、纯正、统一的，往往表现出相当大的矛盾性、对立性，甚至分裂性，这也许就是人们常说的张力。大师们的思想复杂多变，观点与众不同，思维活跃前锋，结论流动不居。当人们还执着于他的某一观点时，可能他自己都已经在修正、修补、更新甚至抛弃了，这也使后来者总处于一种尴尬的窘境，亦步亦趋永远只能跟在后面。从

---

① 让-弗朗索瓦·利奥塔. 重写现代性［A］//非人——时间漫谈［M］. 罗国祥，译. 北京：商务印书馆，2000：25-38.

② 安东尼·吉登斯. 现代性的后果［M］. 田禾，译. 黄平，校. 南京：译林出版社，2000：2-3.

詹姆逊曾两次到中国讲学的境遇可以窥见西方大师的思想变化与中国学者的尴尬处境：1985 年秋詹姆逊到北京讲学四个月，他为中国文化思想界引入了耳目一新的西方"后现代"诸种理论，后被整理出版为《后现代主义与文化理论》一书，他亦成为把后现代文化理论引入中国的"启蒙"人物，备受推崇；2002 年夏天詹姆逊再来中国，到上海演讲，题目为《现代性的幽灵》，却没有当年的飓风式效应，反而引起了不少批评。1980 年左右，中国学界还普遍沉浸在现代性时，西方学界已开始批判现代性而醉心于"后现代"了；而当 20 世纪 90 年代末中国学界转向"后现代"时，西方学界却又开始批判"后现代性"而重返"现代性"。

### 三、"现代性"的统一性

尽管"现代性"很难定义，人们还是试图给出一个大家较为认可的定义，而且也必须对此进行定义。"我们应当看到现代性这个概念所包含的多义性、双重性、矛盾性和差异性，而不能教条地把它们简单化。但是，我们还不能就此停止。这个概念的使用范围广泛，涉及历史层次、美学价值、意识形态动向，但我们还是可以从这些使用中发现一些统一的语义场。"[①] 不管"现代性"能够播撒到哪一个领域，都不只是自身就能证明的，它只能与这个领域的"传统性"相比，而比较本身就不只是事实的陈述，往往还带有鲜明的价值取向。从这个意义上说，"现代性可以被定义为那种其主要特征与传统文化特征相对立的文化状态。与传统价值的对立，而不是与古代价值的对立"[②]。国内有论者也持与此大致相同的论调，"'现代性'关涉到的应当是现代的一个最抽象、最深刻的层面，那就是价值观念的层面。作为现代社会的价值体系，'现代性'体现为以下的主导性价值：独立、自由、民主、平等、正义、个人本位、主体意识、总体性、认同感、中心主义、崇尚理性、追求真理、征服自然等。与之相对应的是，作为前现代社会，即传统社会的价值体系，'前现代性'体现为以下的主导性价值：身份、血缘、服从、依附、家族至

---

① 伊夫·瓦岱. 文学与现代性 [M]. 田庆生，译. 北京：北京大学出版社，2001：24.
② 伊夫·瓦岱. 文学与现代性 [M]. 田庆生，译. 北京：北京大学出版社，2001：25.

上、等级观念、特权意识、人情关系、神权崇拜等。同样地，作为后现代社会的价值体系，'后现代性'则体现为以下的主导性价值：差异性、偶然性、不确定性、碎片性、无序性、游戏性、精神分裂、结构解体、文本互涉、修辞和反讽、躯体和欲望、无中心主义等。"① 但问题是，"现代性"与"传统性"相比，到底在哪些方面表现出价值取向与精神态度的不同？著者认为可通过以下三个方面的比较来体现"现代性"的本质特征。

（一）直线向前、面向未来的时代意识——进步性

"现代性"是一种时代意识，通过这种时代意识，该时代将自身规定为一个根本不同于过去的时代，即黑格尔所说的"Neue Zeit"（新时代）。那么现代性的"新"起点在哪呢？卡林内斯库认为，"现代性的概念在异教的古代世界中显然不存在，它产生于基督教的中世纪"，因为"只有在一种特定时间意识，即线性不可逆的、无法阻止地流逝的历史性时间意识的框架中，现代性这个概念才能被构想出来。在一个不需要时间连续型历史概念，并依据神话和重现模式来组织其时间范畴的社会中，现代性作为一个概念将是毫无意义的。"② 而这种直线向前、不可重复的"现代性"时间意识，明显不同于周而复始、循环往返的"传统性"时间意识。

在农业文明时期，在没有机械钟和日历这些现代记录时间的工具的情况下（即使有也不会为多数人所用），人们只能凭着"太阳的东升西落"来确定一天的时间，只能凭花开花落、草枯草荣来确定一年的时间，当然世界各地都有不同，但应都是以类似的有规律的自然现象来记录时间，传统的循环历史观也就应运而生。中国古代的五行说、八卦说、天干地支说、六道轮回说，老子说的"万物并作，吾以观复，夫物芸芸，各复归其根，归根曰静，是谓复命"等，都是循环转化说。其实"许多工业时代以前的社会和第一次浪潮社会都认为，时间呈一个圆圈，不是一条直线。玛雅人、佛教徒、印度

---

① 俞吾金，等. 现代性现象学：与西方马克思主义者的对话 [M]. 上海：上海社会科学院出版社，2002：36-37.

② 马泰·卡林内斯库. 现代性的五幅面孔 [M]. 顾爱彬，李瑞华，译. 北京：商务印书馆，2002：18.

教教徒都认为时间是重复的圆形，历史不断重复，经由轮回而再生"①。这种时间意识隐含着远古社会可能就存在过理想的政治、文化、道德等。在西方历史中，文艺复兴早期曾把古代与灿烂的光明联系在一起，而把中世纪当作"黑暗时代"，文艺也希望能回到古希腊。在中国2000多年的历史中，政治上改朝换代不少，可还是认为只有尧舜时期才是民风最淳朴、社会最稳定的，"致君尧舜上，再使风俗淳"；诗文著作可谓汗牛充栋，可只有孔孟之人之书，才被称为圣人圣经。这是一种为古代而生活也不会为控制未来而操心的时间观。

现代性广义地意味着成为现代（being modern），也就是适应现时及其无可置疑的"新颖性"（newness），现代性多数时候是被放在发展语汇中加以理论化的，这意味着它较过去的历史阶段更进步。"现代性"历史进化观表明，"这是一个为未来而生存的时代，一个向未来的新敞开的时代。这种进化的、进步的、不可逆转的时间观不仅为我们提供了一个看待历史与现实的方式，而且也把我们自己的生存与奋斗的意义统统纳入这个时间的轨道、时代的位置和未来的目标之中"②。甚至应运而生了"未来学"，即对未来如何是可能的、可信的和可能得到的假说，变得比对过去的叙说更为重要。根据进化论的观点，人们可以按照一条故事主线来描绘历史，这条主线把杂乱无章的人类事件规划在一幅井然有序的图画之中；线性时间被视为一条高速公路，由过去经由现在走向未来。也正是乐观的进化论使人们在现在失意、失败、失望之余，依然相信未来是美好的，前途是光明的。尽管它被有些人诟病为"进步神话"，是美丽的谎言，是乌托邦。

（二）视域扩大、走向世界的空间意识——开放性

雅斯贝尔斯认为，人类历史的前三个阶段，原始文化、高级文化和轴心文化，都是分散的世界史。以前各文化，包括中国、印度、地中海这三大文化以及各自衍生出来的子文化，都在分散的世界史中按照自身的内在规律和外在际遇运转，在2000多年的演进中，形成了自己独特的信仰体系、哲学观念、思维方式、宇宙模式、历史规律、社会范型、心理结构。各文化、各民

---

① 阿尔文·托夫勒. 第三次浪潮［M］. 黄明坚，译. 北京：中信出版社，2018：103.
② 汪晖. 死火重温［M］. 北京：人民文学出版社，2000：4.

族、各国家之间尽管也有交流往来，就像中国的张骞通西域、丝绸之路的开通、玄奘西天取经、郑和下西洋等，但苦于当时的信息网络不够发达、交通工具不够先进，交流都是非常有限的。就更不用说农业文明时代的个人了，历史学家 J. R. 黑尔（J. R. Hale）曾说："大多数人一生最长的旅行距离差不多是 15 英里"，农业造就了"空间紧缩"的文明。① 只是到了 17 世纪的工业文明时代，资本主义在西方兴起，并向全球扩张，从而把分散的世界史带入了统一的世界史。在这个意义上说，"现代性"是统一世界史的特征。世界上的各种文化，只要没有在西方主导的全球一体化中灭亡的，都以各自的方式前前后后地走向了统一的世界史。

鸦片战争之后，闭关自守的中国被强行从分散世界史中的古代中国纳入统一世界史的现代世界。一个基本不变（相对西方而言）的理念、制度、社会结构毫不间断地延续了几千年之后，终于走到了尽头。在与一个个弹丸之国签订屈辱条约之后，特别是被一直鄙夷为"东洋"的日本打败之后，不得不重新审视那些过去被想象成荒蛮异邦、蕞尔夷狄的"万国"，它们不再是天朝大国理蕃院属下职贡天朝的四裔，也不再是上国不屑的小小弹丸的弃岛，而是生活在同一个地球上的民族国家。先秦以来，中国通过与东夷、西戎、南蛮、北狄在政治、经济、军事、文化上的反复对话，所形成的中国"在世界的中心，是世界的标准"心理优势已不复存在，反而产生了处处不如人家的自卑心理。200 多年的实践已经证明：要想屹立于世界民族之林，就必须实行开放政策。一方面要对外开放，与其他民族-国家交流沟通、学习借鉴；另一方面要对内开放，强调民主政治、思想自由。

我们以往似乎只认为中国要睁眼看世界，实际上世界也要了解中国，中国在被迫走向世界的同时，也意味着世界在走近中国。中国不了解西方，而西方又了解中国多少呢？古代中国有"自我中心主义"倾向，西方不也有"西方中心主义"倾向？在传统社会，中心点的确立，为使人们摆脱混沌无边的现实而生活在一个井然有序的世界，提供了一个方位参照体系。轴线相交的中心点相当于圣地所处的位置，世界各地都如此，古代中国被称为"中心

---

① 阿尔文·托夫勒. 第三次浪潮 [M]. 黄明坚，译. 北京：中信出版社，2018：107.

之国"，古希腊的德尔福圣殿曾被视为"世界的肚脐"，印加人的首都之名库斯科（Cuzco）也是"肚脐"的意思。①

（三）颠覆传统、反省自我的反思意识——批判性

无论在什么领域，"反传统"似乎是"现代性"的本质属性。法国的鲍德里亚（Baudrillard）认为"现代性"是"一种独特的文明模式，它将自己与传统相对立，也就是说，与其他一切先前的或传统的文化相对立"②。哈贝马斯说："现代性反叛传统的那种规范性功能，它所依赖的是，反叛一切规范的经验。"③ 吉登斯也说："现代性是一种反传统的秩序"，"现代性把极端的怀疑原则制度化"。④"现代性"，生来就表现出对于传统的怀疑、拒斥和反叛态度，其核心就是一种争天拒俗、刚健不挠的叛逆精神，而它将这种叛逆精神视为当下、现时应有的生存状态，甚至是人们所应追求的至上境界、所应恪守的唯一准则。可以说，"现代性"一方面带有新颖、新奇和变动不居的特点，是一个变革、创新、进步和发展的过程；另一方面又致力于否定过去，反叛传统，破除惯例，抛弃常规，从而潜伏着反常、畸变、失范和失序的因素，滋长着绝对化、极端化的倾向。

反传统最为激进的形式，现代性最为极端的形式，就是"革命"，这并不是说在传统社会就没有革命。无论中外，古代"革命"理论和实践更多地包含着循环的历史观。儒家经典《易经》就说："天地革而四时成，汤、武革命，顺乎天而应乎人，革之时义大矣！""革命"的基本含义是改朝换代，以武力推翻前朝，包括对旧皇族的杀戮。"革命"就像四时运行，意谓王朝循环的历史运动具有必然性，但如果王朝循环的革命方式没有天意民心的眷宠，就可能失去其合法性。英语"revolution"一词源自拉丁文"revolvere"，指天体周而复始的时空运动。14世纪以后，反政府的起义或暴动被称为"rebel"

---

① 伊夫·瓦岱. 文学与现代性［M］. 田庆生，译. 北京：北京大学出版社，2001：26.

② 道格拉斯·凯尔纳，斯蒂文·贝斯特. 后现代理论［M］. 张志斌，译. 北京：中央编译出版社，1999：145.

③ 哈贝马斯. 现代性：一项尚未完成的事业［J］. 行远，译. 文艺研究，1994（5）：158.

④ 安东尼·吉登斯. 现代性与自我认同［M］. 赵旭东，方文，王铭铭，等，译. 北京：生活·读书·新知三联书店，1998：3.

或"rebellion";而在16世纪之后,"revolt"一词也指叛乱,它与revolution的词根相同,叛乱和革命的界线模糊。由是,revolution转生出政治含义。1688年的英国光荣革命和1789年的法国革命,使革命在政治领域里产生新的含义,衍生出和平渐进和激烈颠覆这两种政治革命模式。亚兰特(Hannah Arendt)在《论革命》一书中认为,自18世纪末以来,革命的含义随着政治和哲学潮流在不断演变,而最重要的莫过于脱离过去"周而复始"的含义,衍生出一种"奇特的唯新是求的情结"。革命被喻为洪流、巨浪等,标示了不可抗拒的历史前进方向。"革命不同于任何自发的或有意识的造反,因为除了否定或拒绝之类的本质要素,它还隐含着对时间的一种特定意识以及与时间的结盟","历史上的大多数革命都把自己设想成回归到一种较纯净的初始状态,任何一贯的革命理论也都隐含着一种循环的历史观。"①

在中国传统文化中,也并不是没有批判,只不过与"现代性"批判所持的标准不同。自孔子时代起,多数哲学家在批判现实时往往诉诸古代的权威,以此作为自己学说的根据,政治、文化、文学、教育等方面无不如此。主要是因为传统、古代、过去都有值得尊重的理由,特别是农业社会里,经验是积累型的,必然是老者更有经验,越老越有知识,自然要以老为本位,以古为本位。古代圣贤的智慧在某个历史阶段已经达到了一定的高度,后人只要以它为主要价值原则和参照系统来衡量现实事物即可,因此,圣人之言成了后人奉行的金玉良言,圣人之行成了后人追求的榜样楷模,圣人之书成了后人遵循的经典权威。后人要做的就是"述而不作""我注六经",后人要说的就是"子曰诗云""引经据典",如有主见、己见、新见,很容易被当作异端异类、离经叛道。这完全不同于"现代性"对传统的反叛、决裂、颠覆、革命态度,追求的是新颖、创新、全新、崭新。当然"现代性"并不抹杀历史性,"利用过去以帮助构筑现在,但是它并不依赖于对过去的尊重。相反,历史性意味着运用过去的知识作为与过去决裂的手段,或者,仅仅保留那些在原则上被证明是合理的东西。历史性事实上主要是要引导我们走向未来。"②

---

① 马泰·卡林内斯库. 现代性的五幅面孔 [M]. 顾爱彬,李瑞华,译. 北京:商务印书馆,2002:27.

② 安东尼·吉登斯. 现代性的后果 [M]. 田禾,译. 黄平,校. 南京:译林出版社,2000:44.

　　"现代性"如此激烈地批判传统，人们可能不禁要问："现代性"就不会沦为传统？"现代性"就不应遭到批判？应当说，"现代性"有自己的传统，那就是追求一种永远不要沦为过时的传统，即"现代性"具有求新性；"现代性"经常受到批判，而这种批判更主要来源于自身，即"现代性"具有反思性。在"现代性"的这两种态度的观照下，所有的知识和经验都不再是一成不变的，都要经过长期检验，其真理性和永久性都处于相对的状态。正是这种反思性，使"现代性"充满了活力，有了不断创新的动力。因此，"现代性"是不会终结的，只是一项未完成的事业。确实，在现代社会里，如果一个国家、一种制度、一个人丧失了自我批判的能力，其自我更新的生命力也就极为有限，也是难以立足于现在与未来的。

　　著者把时间进步性、空间开放性和自我批判性作为"现代性"的三个维度，也可以说是三个标尺，正是基于人与历史、人与世界、人与自身三个方面来考虑的，对这三个方面的认识程度、所持态度与价值取向可以成为检验各个时代、各个民族-国家甚至个人的"现代性"程度。这三个方面不仅伴随着现代民主政治、现代商品经济、现代文化教育、现代科学技术、现代大众传媒而发展，同时也为它们的发展与进步提供保障。

## 四、文学理论的"现代性"

　　20 世纪最后十多年里，随着对"现代性"的讨论不断深入，文学理论的"现代性"问题也引起了学界的关注，钱中文先生的一些思考得到了学界的普遍认同。他说："在文学理论中，探讨现代性问题，自然不能把它与科学、人道、民主、自由、平等、权利等观念及其历史精神、整体指向等同起来，但是又不能与之分离开来。文学理论要求的现代性，只能根据现代性的普遍精神，与文学理论自身呈现的现实状态，从合乎发展趋势的要求出发，给以确定。"[①] 确实，讨论文学理论的"现代性"，要处理好它与一般意义的"现代性"的关系。文学理论的"现代性"既然是"现代性"在文学理论中的反映

---

① 钱中文. 文学理论现代性问题［A］// 文学理论走向交往对话的时代［M］. 北京：北京大学出版社，1999：287-288.

和表现，它当然具有上面所讲的"现代性"的一般特征，但又要受到文学理论自身的制约，表现出文学理论的特征，而与一般意义的"现代性"乃至其他的政治、经济、哲学等层面上的"现代性"有所区别。那么什么是文学理论的"现代性"呢？钱中文认为，"当今文学理论的现代性的要求，主要表现在文学理论自身的科学化，使文学理论走向自身，走向自律，获得自主性；表现在文学理论走向开放、多元与对话；表现在促进文学人文精神化，使文学理论适度地走向文化理论批评，获得新的改造。"①

同时，讨论文学理论的"现代性"，还要处理好它与文学"现代性"的关系。在西方话语中，存在着"两种彼此冲突却又互相依存的现代性——一种从社会上讲是进步的、理性的、竞争的、技术的；另一种从文化讲是批判与自我批判的，它致力于对前一种现代性的基本价值观念进行非神秘化"②。卡林内斯库把后一种"现代性"称为"审美现代性"，也有人称为"文学现代性""文化现代性"，前一种有人称为"历史现代性""社会现代性""启蒙现代性"。但文学理论的"现代性"并不等同于文学"现代性"。也就是说，并非只有对启蒙主义者所宣扬的理性至上、科学万能、直线进化观念进行否定和批判，恪守文学自主性、自律性和审美性的文学理论才具有"现代性"，那些对理性精神、科学精神和启蒙精神持弘扬、肯定态度的文学理论同样具有"现代性"。这也说明中国的"现代性"并不等同于西方的"现代性"。

至为重要的是，文学理论的"现代性"必须与中国古代文论进行比较，才能得到明确。童庆炳的《中国文学理论现代性转型的标志与维度》正是在此基础上，提出了梁启超的《小说与群治之关系》（1902）和王国维的《论哲学家和美术家之天职》（1905）两文在观念上的更新可以视为中国文学理论现代性转型的一种标志的观点，并进而指出中国20世纪文学理论"现代性"转型有四个维度：一是文学观念的转变（摆脱以君王一人为中心的封建正统观念，树立以民众为中心的观念）；二是文体观念的转变（摆脱中国古代视诗文为正宗，视小

---

① 钱中文. 文学理论现代性问题［A］//文学理论走向交往对话的时代［M］. 北京：北京大学出版社，1999：288.
② 马泰·卡林内斯库. 现代性的五幅面孔［M］. 顾爱彬，李瑞华，译. 北京：商务印书馆，2002：284.

说等艺术创作为雕虫小技的古典看法）；三是批判意识的勃兴（几乎所有的文学理论家都不能不在论战和批判的语境中发表自己的意见）；四是文论话语的转型（由古代的"点到即止"的"诗文评"转变为逻辑、的系统的现代论文结构）。① 谈论中国的文学理论现代性，就绝不能脱离中国的语境。

　　从 20 世纪初梁启超、王国维对中国古代一些文学观念的批判，到 20 世纪末文学理论界对中国古代文论如何实现现代转型，可以说，整个 20 世纪，中国文学理论都在进行现代性的追求。但这种现代性的追求绝不是也不应是西方文学理论现代性的照搬照抄，而应具有特殊的民族性；它也不是对中国古代文论进行简单的修修补补，而应具有深刻的批判性；它也不是一成不变、静止不动的，而应具有鲜明的时代性。总之，中国文学理论的现代性追求是在自身已有的传统理论基础上向新的理论形态的跃进或转型，它在从自己民族的社会、文化和艺术的境遇中寻求精神动力和现实内容，同时也吸取外国文学理论中一切合理的、有价值的因素作为自己新的理论创造的营养和条件。由于 20 世纪中国现代化进程是曲折坎坷的，反映在文学理论领域里，百年中国的文学理论现代性也在各个历史阶段呈现了不同的形态，而 20 世纪 30 年代中国文学理论的"现代性"表征更为鲜明。

　　表征（representation）本是一个心理学概念，又称"再现"，是信息在头脑中的呈现方式，是信息记载或表达的方式，能把某些实体或某类信息表达清楚的形式化系统以及说明该系统如何行使其职能的若干规则。② 因此，人们可以这样理解，表征是指可以指代某种东西的符号或信号，即某一事物缺席时，它代表该事物。从这个意义上说，20 世纪 30 年代中国文学理论的现代性表征，就是当时的文学理论留在人们记忆中的那些与其他各时代，包括与中国古代、中国现代其他阶段以及中国当代各个时期，到底有什么不同的地方。20 世纪 30 年代产生了那么多文学名著、文学期刊，出现了那么多文学流派、文学社团，发生了那么多文学论争和自我批判，引进和编写了那么多文学理论著作和教材，建立了多样化的文学批评模式，这些都已成为那个时代独特的"现代性"表征，深深地烙在历史的记忆之中。

---

① 童庆炳. 中国文学理论现代性转型的标志与维度 ［J］. 社会科学辑刊，2003（2）：154.
② 杨盛春. 知识表征研究述评 ［J］. 科技情报开发与经济，2012（19）：145-147.

# 第一章

# 文学论争中的现代批判意识

先来看 1928 年发生的一场争论。创造社李初梨在 1928 年 2 月 15 日《文化批判》第 2 号发表了《怎样地建设革命文学》一文，开头两段是：

> 一九二六年四月，郭沫若氏曾在《创造月刊》上发表了一篇《革命与文学》的论文。据我所知道，这是在中国文坛上首先倡导革命文学的第一声。
>
> 自此以后，革命与文学几成为文坛上议论的中心题目；什么革命的情绪，革命的同情，革命的作品……字样，也逐渐地活跃于各种刊物之上。到了一年后的今天，革命文学已完全成了一个固定的熟语。①

不久，太阳社的钱杏邨在 1928 年 3 月 1 日的《太阳月刊》三月号上发表了《关于〈现代中国文学〉》一信，除了对李初梨批评蒋光慈的文字进行再批评外，还针对上面的一段话发表了一大段议论：

> 但是，据我们所知道的，革命的文学的提倡并不起源于这时。在《新青年》上光慈就发表过一篇《无产阶级革命与文化》，一九二五年在《觉悟》新号就发表过《现代中国社会与革命文学》，并且在一九二四年办过一个《春雷周刊》专门提倡革命文学。又他在

---

① 李初梨. 怎样地建设革命文学 [J]. 文化批判, 1928 (2)：3-7.

一九二〇年到一九二三年所写的革命歌集《新梦》和小说集《少年漂泊者》在一九二五年也就先后发行了。自然，那时或许你还在日本，光慈也不像郭君是有历史的文人，你或者没有注意到，不过光慈的革命文学的创作《鸭绿江上》和《死了的情绪》，在《创造月刊》二月号上也就发表了，但是，我们记不起是在月刊发表的号数是在郭君的论文前，还是论文后，希望你就近检阅一下。假使将来要做整个中国的革命文学的发展的追迹，这些材料多少或许有点关系。①

钱杏邨一再强调"我们不是为光慈在革命文学史上争地位"，但字里行间流露出的不过是此地无银三百两，从最后一句我们似乎还能看出钱君的先见之明。

半个月后，李初梨在1928年3月15日《文化批判》上刊登了《一封公开信的回答》来答复钱杏邨，首先对"没有注意到"蒋光慈所发表的关于革命文学的著作做了解释：

> 本来我那篇文章，是在回国初，仓促间草就的，所以对于广泛的材料，实无从搜集，至今我还以为抱歉，现在承你来介绍。我是衷心感谢的。你知道，我们在现在的中国，搜集资料，实在不是一回容易事情，譬如光慈所办的《春雷月刊》，我现在问了许多人，他们连名字都不知道。你现在如能把光慈的原文提供，我也很乐意来做一篇批评或介绍。

其次对钱杏邨所言的如此重视"先后"的观念进行回应：

> 其实，在我们辩证法的唯物论者看来，一切的历史事象，不管它孰先孰后，只不过是当时客观的反映，这儿并没有丝毫价值的

---

① 钱杏邨. 关于《现代中国文学》[J]. 太阳月刊, 1928（3）: 154-159.

差别。

　　至于"地位"问题，在真实的革命家看起来，是不值一顾的东西！①

　　到底是谁最早提出革命文学或无产阶级文学，从现有的史料看来，郭沫若与蒋光慈两位都不是，而是恽代英。恽代英于 1924 年 5 月 17 日《中国青年》周刊第三十七期发表了《文学与革命》，文中指出："先有革命的感情，才会有革命文学"，欲做一个革命文学家，"第一件事是要投身革命事业"，做脚踏实地的革命家，培养革命的感情。尽管双方都说不是在争"地位"并不看重"地位"，明眼人却都看得出来。李的"革命文学第一声"不就是要把郭推上"革命文学"的第一把交椅？不也同时把创造社立为"革命文学"的正宗？钱当然不满，他不只指出蒋才是最早者，并且大量地罗列了蒋的革命著作，其用意不言而喻，最后还郑重其事地要李去查《创造月刊》。不知是不是钱知道李查不到，还是他早就胜券在握了，从后来的信中人们知道李并没有去查，或者是查了由于对己不利而不说了。仔细分析李的那封回信，更可看出其辩论的高明之处，貌似公允却不无偏袒，貌似退守却毫不让步。经钱提醒，李意识到自己所掌握的资料不够准确，他却以当时时间仓促、搜集资料困难为由搪塞过去，还看似不愠不火地把难题抛给了钱，要钱提供《春雷月刊》，话语中暗含蒋所办的革命杂志影响不大或根本没有的意味。李好像承认了蒋比郭先提出"革命文学"，但一句"在我们辩证法的唯物论者看来"，又暗含了对方的不是，更有攻击力的是其蕴藏的逻辑——"先后"与"价值"无关，甚至可能之前的价值小，之后的反而价值大，这不又是贬蒋抬郭。李还用"至于'地位'问题，在真实的革命家看起来，是不值一顾的东西"这样的冠冕堂皇之词来显示创造社人的高风亮节和无私大度，且隐含了"太阳社之人是虚伪的革命家"这样的潜台词。这一番舌枪唇战之后，太阳社的愤怒情绪可以想见。双方论争不断升级，同时也逐渐降格，暴露出中国文人相轻的痼疾。结果两败俱伤，成了当时文坛的笑柄。

---

　　①　李初梨. 一封公开信的回答［J］. 文化批判，1928（3）：119-129.

　　创造社的前辈郑伯奇对此十分看不顺眼，他指责"他们要的第一是名誉，第二是名誉，第三还是名誉。首领的名誉，指导者的名誉，先驱者的名誉，……许多美好的名誉是他们复杂行动的动机"，"旧偶像不曾完全打破，反添了许多新的偶像，而且这些偶像反成了神圣不可侵犯的活佛、活菩萨了"。① 那些作壁上观的旁观者和被他们当作靶子批判过的人也时不时地报以讥讽。弱水（潘梓年，作者注）认为他们太为文学家的地位顾虑了，太小气了，斤斤计较于首创者的名义太未脱英雄思想。茅盾则断定"《太阳月刊》和《文化批判》还有些互相攻讦的文字，很不能讳饰地在互争'革命文学'的'正统'或'发现权'"，这么做是十分无聊的。② 几年后，李何林对这场论争进行总结时，也是这么认为的，"无论是创造社对鲁迅一般人（所谓'语丝派'），或太阳社对创造社，在文章中大半是闲话多于理论，文学的论争变成了人身的攻击"，完全是一种"意气之争"。③ 似乎这一定论使"争地盘、争领导权、争话语权"成了后来研究者的众口一词。是否真的在这些问题上不值一争？是否真的表现了这些理论家的意气用事？著者倒觉得如果把它置于整个 20 世纪或当时的历史语境中，如果人们从"现代性"这一角度来思考这场论争及当时相类似的论争，可能会有别样的结论。

　　在现代性、反思性诸多特性中，最突出的莫过于批判性，批判传统，颠覆权威，解构经典，如此广泛、如此深刻的革命，这在前现代社会是不可能的。也可以说，整个现代性的历史就是革命、变革、创新、求新的历史。但"现代性的特征并不是为新事物而接受新事物，而是对整个反思性的认定，这当然也包括对反思性自身的反思"。④ 可以说，文学论争成为 20 世纪 30 年代文学理论现代性最突出的表征，围绕着某种文学主张、文学思潮、文学形式或某个文学派别、作家作品所展开的大大小小文学论争几乎从未停息过，其次数之多、参与人数之众、程度之激烈、内容之广泛，实为中国文学史上所

① 何大白. 文坛的五月 [A] //郑伯奇文集 [M]. 西安：陕西人民出版社，1988：112.

② 茅盾. 读《倪焕之》[A] //茅盾全集：第 19 卷 [M]. 北京：人民文学出版社，1991：204.

③ 李何林. 近二十年中国文艺思潮论 [M]. 西安：陕西人民出版社，1981：128.

④ 安东尼·吉登斯. 现代性的后果 [M]. 田禾，译. 黄平，校. 上海：译林出版社，2000：34.

罕见。批判与自我批判、批评与自我批评、反思与自我反思是这一时期文学理论家的基本品格，正是不断地解构传统、批判自我而又不断建构自身，也使当时的文学理论具有持续解构与建构的潜力。对这一时期文学论争的研究，史料充实、论述详尽、影响较大的专著有《中国现代文学思潮论争史》《中国现代文学论争史》《文学的消解与反消解：中国现代文学派别论争史论》等，相关学术论文就更多。本章将略去有关这一时期大大小小文学论争的评述，而从现代性视角探究 1928 年为什么革命文学论者要对五四文学革命进行批判；为什么五四时期的文艺理论家都发生了重大转向。

# 第一节　对五四文学革命的批判

钱李之争以及由此引发的太阳社与创造社的争论，不过是 1928 年爆发的"革命文学"之争的一个插曲，属于"革命文学"论者的内部纷争。更为激烈的是"革命文学"的倡导者们把批判的靶子直指退潮才几年的五四文学革命及其代表作家作品，围绕着对五四新文学、新文化运动功过的评定，对五四文学性质的认定，对五四精神的继承与批判，不同派别之间甚至各派别内部展开了十来年愈演愈烈的文学论争，并逐渐掀起了颇为壮观的 20 世纪 30 年代红色左翼思潮。

## 一、革命文学对五四文学历史进化论的批判

作为五四白话运动的发起者，胡适在《〈中国新文学大系·建设理论集〉导言》中说过，中国新文学运动的中心理论只有两个：一个是人们要建立一种"活的文学"，一个是人们要建立一种"人的文学"。前一种理论是文字工具的革新，后一种是文学内容的革新。当时采用的作战方法是"历史进化的文学观"。对于这两点，左翼文学理论家都在肯定其反封建、反传统文学的同时，也都批判了其大众化程度不够的缺点，并认为结果是形成了"新文言"

和"欧化文学",而导致这一结果的原因在于五四白话文倡导者们信奉改良的"进化观"。对于这两点的批判在本文的第四章有专论,这里主要来看看左翼文学理论家是如何批判五四文学的理论基石——历史进化的文学观,有必要来了解一下进化论如何影响和体现在五四白话文学理论中。

文学进化的观念是在五四时期开始流行,进而成为现代文学的常识,但作为一种外来思想在晚清就开始受到关注了。19 世纪末 20 世纪初,中国思想界的一大转变,乃是大批知识分子先后接受了进化论,康有为对于公羊学的阐释最早表达了进化论思想,梁启超对此十分推崇,严复更是翻译了《天演论》。严复指出:"尝谓中西事理,其最不同而断乎不可合者,莫大于中之人好古而忽今,西之人力今以胜古;中之人以一治一乱、一盛一衰为天行人事之自然,西之人以日进无疆,既盛不可复衰,既治不可复乱,为学术政化之极则。"① 也许有人会从中国古籍中寻找"进化论"的踪迹,如《周易》的"无平不陂,无往不复";到《易传》的"天地之道,恒久而不已者也""易,穷则变,变则通,通则久""参伍以变,错综其数。通其变,遂成天地之文;极其数,遂定天下之象。非天下之至变,其孰能与于此?";还有《庄子》的"羊奚比乎不筍,久竹生青宁;青宁生程,程生马,马生人,人又反入于机。万物皆出于,皆入于机"②,即羊奚草和不长笋的老竹生出青宁虫,青宁虫生出豹子,豹子生出马,马生出人,而人又复归自然。看似与现在生物学家们研究的两栖动物—爬行动物—哺乳动物—人类的进化学说还有点一致呢!然而,无论传统的易学还是诸子学说,事实上都没有现代意义上的历史进化论而是一种循环转化论,没有今人的"进步"和"发展"观念。对进化论的信仰根本改变了"天不变,道亦不变"的世界图景和历史循环论,它指示出一种新的历史观和世界观:随着时间之流,世界必定从低级向高级、由简单到复杂进展,与此相伴的是人类的知识、幸福、力量也在不断增长,最终将进入一个高度完善的理想社会。梁启超和刘师培是最早将进化论的思想和知识运用到文学上的。文学进化论推翻了传统"文必秦汉,诗必盛唐"的文学观

---

① 严复. 论世变之亟 [M] //严复集. 胡伟希,选注. 沈阳:辽宁人民出版社,1994.

② 庄周. 庄子 [M]. 胡仲平,译注. 北京:北京燕山出版社,2005:159.

念，尤其打破了古典主义静止、固定、模仿、复古的文学观念，复古和模仿丧失了其合法性。以往，文学变革通常是以"复古"作为旗帜，然而，现代文学的变革却是明确地以"创新"作为旗号。"创新"代替了"复古"获得了自身的合法性。

五四白话文学运动正是站在自然进化论的立场来批判旧思想、旧道德、旧文学的。在《文学改良刍议》中，胡适说："文学者，随时代而变迁者也。一时代有一时代之文学……此非吾一人之私言，乃文明进化之公理也"；"吾辈以历史进化之眼光观之，决不可谓古人之文学皆胜于今人也"。① 这种相信事物发展有着自然趋势的改良思想不仅表现在胡适身上，也表现在所有五四新文学的主要倡导者那里，如刘半农、钱玄同、傅斯年、鲁迅、周作人等人。从他们的文章标题多有"改良"二字可见之：胡适的《文学改良刍议》《历史的文学观念论》《戏剧改良私议》《文学进化观论与戏剧改良》，刘半农、方孝岳的《我之文学改良观》，钱玄同的《论应用之文亟宜改良》，傅斯年的《文学革新申议》《戏剧改良各面观》，欧阳予倩的《予之戏剧改良观》。

胡适在公开发表的文章中多次提到改良，但他最早想到的却是"文学革命"。1915 年 9 月 17 日胡适作《送梅觐庄往哈佛大学诗》，其中即有一段大胆的宣言，"神州文学久枯馁，百年未有健者起。新潮之来不可止；文学革命其时矣！吾辈势不容坐视"②，以此表明对梅光迪的守旧的不满。在 1916 年 4 月 5 日的日记中，他结合进化论的历史观将此观点加以表述："文亦几遭革命矣。……总之，文学革命至元代而登峰造极。其时词也，曲也，剧本也，小说也，皆第一流之文学，而皆以俚语为之。其时吾国真可谓有一种'活文学'出世。……惜乎，五百余年来，半死之古文，半死之诗词，复夺此'活文学'之地位，而'半死文学'遂苟延残喘以至于今日。……文学革命何可更缓耶？何可更缓耶？"③ 相隔几日，胡适于 4 月 13 日作了一首《沁园春·誓诗》，口气是相当得狂，表达了他日益坚定的革命信心："文章革命何疑！且准备搴旗作健儿。要前空千古，下开百世，收他臭腐，还我神奇。为大中华，造新文

① 胡适. 文学改良刍议 [A] //杨犁. 胡适文萃 [M]. 北京：作家出版社，1991：4-5.

② 胡适. 逼上梁山 [A] //杨犁. 胡适文萃 [M]. 北京：作家出版社，1991：595.

③ 胡适. 逼上梁山 [A] //杨犁. 胡适文萃 [M]. 北京：作家出版社，1991：600-601.

学，此业吾曹欲让谁? 诗材料，有簇新世界，供我驱驰。"① 在 8 月写给陈独秀的信中就提出了"文学革命"的八个条件，可后来寄出去的文章却改为《文学改良刍议》，虽批判了当时统治文坛的三大权威，通篇措辞却比较温和，尤其篇末还以商议性的口吻说道："谓之刍议，犹云未定草也。伏惟国人同志有以匡纠是正之"，表现出比较谦逊的姿态。有关这一温和的态度，胡适在《逼上梁山》中的解释是："我受了在美国的朋友的反对，胆子变小了，态度变谦虚了，所以此文标题但称'文学改良刍议'，而全篇不敢提起'文学革命'的旗子"，"这是一个外国留学生对于国内学者的谦逊态度。文学题为'刍议'，诗集题为'尝试'，是可以不引起很大的反感的了"。② 即使陈独秀高张"文学革命"大旗，为胡适声援，指名道姓、言辞激烈地大胆抨击旧文学，可胡适对此却颇觉不适。他当时还抱着一定的商榷态度，并不敢断然主张非写白话文不可。他写给陈独秀的信中说道："此事之是非，非一朝一夕所能定，亦非一二人所能定。甚愿国中人士能平心静气与吾辈同力研究此问题，讨论既熟，是非自明。吾辈已张革命之旗，虽不容退缩，然亦绝不敢以吾辈所主张为是而不容他人之匡正也。"③ 胡适在答复汪懋祖批评时，还承认陈独秀的说法"似乎太偏执了"，并明确表示，《新青年》将来的政策主张"尽管趋于极端，议论定须平心静气"，当"以明白的文学，充足的理由，诚恳的精神"，使反对派心悦诚服地改变他们的主张。

　　胡适虽力主白话文反对文言文，但终究没能扛起"革命"的大旗，他更多的是力图从文学历史中去挖掘倡导白话文学的合理性，来证明其历史发展的必然性。确实，在一个信古泥古的中国，要想推翻传统还是要从古入手。胡适花了不少精力从中国文学史中去寻求白话文学的根，并写成不少文章来阐明其观点，最终汇成了半部《白话文学史》。胡适首先在《历史的文学观念论》中，给白话文学寻到了"宗"，他认为白话之文学种子已伏于唐人之小诗短词，宋词、元曲、明清小说都是白话，"故白话之文学，自宋以来，虽见屏

---

① 胡适. 逼上梁山 [A] //杨犁. 胡适文萃 [M]. 北京：作家出版社，1991：601.
② 胡适. 逼上梁山 [A] //杨犁. 胡适文萃 [M]. 北京：作家出版社，1991：617.
③ 胡适. 寄陈独秀 [A] //欧阳哲生. 胡适文集 [M]. 北京：北京大学出版社，1998：24.

于古文家，而终一线相承，至今不绝"①。其次在《建设的文学革命论》中，给白话文学争到了"位"，他认为中国二千年没有真正有价值有生命的"文言的文学"就在于它们是用死文字做的，"用死了文言决不能做出有生命有价值的文学来。这一千多年的文学，凡是有真正文学价值的，没有一种不带有白话的性质，没有一种不靠这个'白话性质'的帮助"，只是"因为没有'有意的主张'，所以白话文学从不曾和那些'死文学'争那'文学正宗'的位置。白话文学不成为文学正宗，故白话不曾成为标准国语"②。最后在《新文学运动之意义》中，给白话文学造成了"势"，他认为"新文学运动，并不是一人所提倡的，也不是最近八年来提倡的"，"白话文学之趋势，在二千年来是在继续不断的，我们运动的人，不过是指导二千年之趋势，把由自然变化之路，加上了人工，使得快点而已"，"因为自然的变迁是慢的，缓缓地衍化，现在自然变迁不够了，故要人力改造，就是革命，文学方面如仅随着自然而变化是不足的，故必须人力"③。

如果说胡适是从语言形式上以进化论来论证白话文学的必要性与可行性，那么，周作人则同样以进化论的思想来阐明中国古代文学中多为非人的文学。在《人的文学》中，周作人直言："我们所说的人不是世间所谓'天地之性最贵'，或'圆颅方趾'的人。乃是说，'从动物进化的人类'。其中有两个要点，①'从动物'进化的；②从动物'进化'的。"正因为人是一种生物，与别的动物并无不同，"所以我们相信人的一切生活本能，都是美的善的，应得完全满足。凡有违反人性不自然的习惯制度，都应排斥改正"。正因为人是一种由动物进化的生物，有着比动物更为复杂高深的"内面生活"，所以"凡兽性的余留，与古代礼法可以阻碍人性向上的发展者，也都应排斥改正"④。

---

① 胡适. 历史的文学观念论［A］//杨犁. 胡适文萃［M］. 北京：作家出版社，1991：17-19.

② 胡适. 建设的文学革命论［A］//杨犁. 胡适文萃［M］. 北京：作家出版社，1991：28-42.

③ 胡适. 新文学运动之意义［A］//杨犁. 胡适文萃［M］. 北京：作家出版社，1991：113-120.

④ 周作人. 人的文学［A］//胡适. 中国新文学大系：建设理论集［M］. 上海：上海文艺出版社 1981：194—195.

正因为人的灵肉生活是一致的，所以才既要反对宣扬神性的禁欲主义，又要反对宣扬兽性的纵欲主义，而要张扬人性，倡导人道主义。

胡适白话文学的主要理论依据是"文学的历史进化观"，"一时代有一时代之文学"，因此，"周秦有周秦的文学，汉魏有汉魏的文学，唐有唐的文学宋有宋的文学，元有元的文学"。但只要深究一下，历史为什么也会像生物那样进化？文学又为什么随着时代而变迁？这许多的问题似乎在胡适那里成了不辩自明的"常识"。周作人提出了"人的文学""平民的文学"，区别了人与动物，但人与人之间是否就不存在差别呢？是否真的如他所说，在民国都是平等的公民，在以前除了皇帝都是奴隶，没有平民与贵族之分呢？看来，胡适所感到自豪的新文学运动两个中心理论——"活的文学"和"人的文学"，以及其作战的武器"历史进化的文学观"，都存在着不足，这也成了革命文学论者的批判点。受过苏联和日本等国际左翼文学思潮影响的一批作家，他们又扯起革命文学的大旗，对五四新文学进行再一次革命。他们的理由是"前一个时代有革命文学出现，而在后一个时代又有革革命出现，更后一个时代又有革革革命文学出现了"①，社会也好，文学也好，都在不断革命中走向进步。此语貌似五四的进化论，但实际上却有着根本的不同。

正如前述五四白话文运动的理论依据是生物进化论，进化是优胜劣汰、物竞天择的自然结果，那么，革命文学所依靠的是社会进步论，是以马克思主义的唯物史观和唯物辩证法为根本，进步是社会发展、激进革命的必然趋势。从日本回来的革命文学论者都把唯物辩证法视为圭臬，把暴力革命当作法宝。成仿吾认为，"历史的发展必然地取辩证法的方法（Dialektisch Methode）。因经济的基础的变动，人类生活样式及一切的意识形态皆随而变革；结果是旧的生活样式及形态等皆被'奥伏赫变'（德语 Aufheben 的音译，译为扬弃），而新的出现。"② 彭康则认为，"生产力底一定的发展程度决定在社会的生产过程中的人类相互的对立关系，社会形态是为表现这个关系的。适

---

① 郭沫若. 革命与文学［A］//郭沫若全集：文学编：第 16 卷［M］. 北京：人民文学出版社，1989：41.

② 成仿吾. 从文学革命到革命文学［A］//成仿吾文集［M］. 济南：山东大学出版社，1985：241-242.

应这形态的有精神和风习底一定的状态，宗教，哲学，文学和艺术等是要与这一定的状态所产生的能力，趣味倾向及嗜好等一致的。"① 他们分析了从五四以来特别是五卅以来的国际国内的社会背景，认为中国的下层经济基础已发生很大变化，社会各阶层的力量对比也已变化，作为上层建筑之一的文学自然也要变动，新的文学也就是革命文学——无产阶级文学必然要代替五四的资产阶级文学。

在革命文学论者看来，胡适的文学历史进化论只是停留在文学的内部自然演进，只是注重了文学的语言形式，而没有认识到文学作为一种意识形态，是上层建筑的一部分，它的变化主要是由经济基础决定的，是生产力发展的必然结果。同样，周作人将人的生物性即人的自然属性作为人的本质，并以此来否定封建礼教、封建制度对人的本性和欲望的压抑和扼杀，从而建立起资产阶级市民社会和个人主义的"自然秩序"，其进步性不可否认。但他只是从有关生物学、生理学、性心理学、民俗学、神话学和人类学等方面的知识来建构他的"人学"，强调了人的自然属性，人是自然的人、动物的人，而没有认识到人的社会属性，人还是社会的人，人是阶级的人，也就是说"人是政治的动物"，在阶级社会里，文学也带有一定的阶级色彩。而周作人所倡导的"人的文学"实为"人道主义"文学、个人主义的文学，这也预示了周作人日后反对革命文学对自由的压迫，甚至成了他沦为汉奸的注脚。

胡适尽管多谈"改良"，少谈"革命"，处处是"研究""整理""讨论"，但他清醒地认识到改良的局限和革命的重要，白话文学运动之所以能在短时期内取得成功，全在于它是"有意识的主张，有计划的革命"，而如果照他的和平态度去做，文学革命至少还需经过十年的讨论与尝试。胡适也坦承文学革命的进行，最重要的急先锋是陈独秀，恰好是陈独秀的勇气补救了胡适太持重、历史癖太深的缺点。当日若没有陈独秀"必不容反对者有讨论之余地"的精神，文学革命运动决不能引起那样大的注意。② 客观地讲，白话

---

① 彭康. 什么是"健康"与"尊严"?:《新月的态度》底批评 [A] //黄候兴. 创造社丛: 文学理论卷 [M]. 北京: 学苑出版社, 1992: 287.

② 胡适. 五十年来中国之文学 [A] //杨犁. 胡适文萃 [M]. 北京: 作家出版社, 1991: 99-101.

文的局面，若没有"胡适之陈独秀一班人"，若没有进化论思想的直接影响与精神感召作用，至少得迟出现二三十年，而整个20世纪中国文学就不知会是什么局面了。向中国传统文学发难，对于深受传统文化浸润、生性温文谦和、处事谨慎机敏的胡适来说，已是非常具有反叛精神了。

可在更为激进的左翼文学理论家眼里，胡适们的思想和行为都是改良的、妥协的，表现出反封建的不彻底性，并最终与封建势力合流。他们正是以此来分析为什么在20世纪20年代初白话文运动就取得了极大成功，又有人在20世纪30年代再次提出文言复兴运动，大有死灰复燃之势。茅盾就认为胡适的半部《白话文学史》，只不过是替"白话文学编家谱，证明它也是旧家子而不是暴发户"，但"一种新兴的运动应该是'创造的'，用不到抬出家谱来夸耀。何况又认错了祖宗！"① 因此在茅盾看来，胡适写《白话文学史》这个看似伟大的工作实为从进攻到退守，从斗争到妥协。以致把"文白之争"的阵线搅乱了，内涵深刻的文白问题转化成了单纯的文字问题，最终导致五四白话文运动失去了新兴运动的气势与意义，表面上退让的封建文学反而暗中得到了胜利！左翼文艺理论家瞿秋白对白话文运动的批判更为严厉。他认为，五四文学革命白革了，产生了一种"不战不和，不人不鬼，不今不古——非驴非马"的骡子文学，其中的次要原因是"文学革命党"自己的机会主义。他觉得蔡元培答复林纾的口气，是一种妥协的态度和显出可怜的神气，由此推导出胡适之流一开始就不敢推翻旧文学的"政府"，只要求"立宪"，只要求在文言的统治之下，给白话一个位置，并不敢梦想"专用白话的"。② 因此，有必要进行一次"无产阶级领导之下的文艺复兴运动，无产阶级领导之下的文化革命或文学革命"，也就是发动"无产阶级的五四"，进行马克思主义的启蒙。

## 二、革命文学对五四文学代表作家的批判

批判了五四文学革命的改良主义和妥协主义的同时，革命文学论者还对

---

① 茅盾. 对于所谓"文言复兴运动"的估价［A］//茅盾全集：第20卷［M］. 北京：人民文学出版社，1990：137.
② 瞿秋白. 学阀万岁［A］//瞿秋白文集［M］. 北京：人民文学出版社，1989：177.

五四文学进行了批判或全盘否定，而最突出的莫过于对鲁迅、茅盾、叶圣陶等作家的批判。把鲁迅作为批判的靶子，显然是郭沫若、郑伯奇和蒋光慈始料未及的，也是有悖他们初衷的。在 1927 年底他们与鲁迅还联合刊登宣言要在 1928 年元旦共同出版恢复《创造周报》，意味着要建立合作战线。坚决反对与鲁迅合作，并要把他作为革命文学的祭旗的是一班年轻的后期创造社成员。对此，当事人郑伯奇回忆：他们当初没有算到他们的敌人会是鲁迅、周作人等"语丝派"诸君，而且一直把他当作友军，更不是如某刊物所猜测的是为了忌厌和打倒鲁迅的地位。"这不是我们忌刻他，来压迫他，想来打倒他。这不是我们和鲁迅的冲突，也不是创造社和语丝派的冲突，这是思想和思想的冲突，文坛上倾向和倾向的冲突"，"我们所批评的不是鲁迅个人，也不是语丝派几个人，乃是鲁迅与语丝派诸君所代表的一种倾向"。① 确实，李初梨、彭康、冯乃超等人，他们在日本留学期间受到了马列主义思想影响，并积极参加了日本左翼文学运动。他们根据国内外新的政治形势——1927 年大革命失败之后，中国革命已完全由第四阶级来承担，国民党所代表的资产阶级已成为反革命的反动集团，无产阶级革命已经到来，而这也与蓬勃发展的国际无产阶级革命运动相呼应。他们相对纯熟地运用马克思列宁主义的唯物辩证法理论，认为经济基础决定上层建筑，文学作为上层建筑之一种，也要随着经济基础的变化而或早或迟地发生变化，进而认定了五四白话文学是属于小资产阶级的文学，带有资产阶级意识形态。作为"新文学"代表的鲁迅也就注定成了文化批判的靶子，但说白了，还是因为鲁迅当时的名气大，"革命文学"要向文坛中心进发，就必须扫清道路，清除障碍。正如郭沫若所说："他们的批判不仅限于鲁迅先生一人，他们批判鲁迅先生，也绝不是对于'鲁迅'这一个人的攻击。他们批判的对象是文化的整体，所批判的鲁迅先生是以前的'鲁迅'所代表，乃至所认为代表着的文化的一个部门，或一部分的社会意识。"②

① 郑伯奇. 文坛的五月［A］//郑伯奇文集［M］. 西安：陕西人民出版社，1988：109-110.
② 郭沫若. "眼中钉"［M］. 郭沫若全集：文学编：第 16 卷. 北京：人民文学出版社，1989：117-118.

最早对鲁迅及五四文学代表作家进行批判的是冯乃超。他在1928年1月《文化批判》的创刊号上著文称鲁迅为过气的"老生",其作品"不常追怀过去的昔日,追悼没落的封建情绪,结局他反映的只是社会变革期中的落伍者的悲哀,无聊赖地跟他弟弟说几句人道主义的美丽的说话";他还对叶圣陶进行了批判,认为叶是"中华民国的一个最典型的厌世家,他的笔尖只涂抹灰色的'幻灭的悲哀'。他反映着负担没落的运命的社会",并以叶圣陶为代表批判文学研究会所标榜的自然主义口号;他还一并批评了创造社的元老——郁达夫、郭沫若、张资平,认为他们尽管转向不一,但都是属于"小资产阶级文学家"①。而成仿吾虽肯定了五四文学革命的意义,但又以经济基础决定上层建筑为由,认为需要从文学革命到革命文学,提出要以"十万两烟火药"炸开以鲁迅、周作人为首的"语丝派"在北京所形成的"乌烟瘴气",因为他们超越在时代之上,"他们的标语是'趣味'","他们所矜持的是'闲暇,闲暇,第三个闲暇'","他们是代表着有闲的资产阶级,或者睡在鼓里面的小资产阶级"。② 之后,李初梨积极响应,并运用意识形态和经济基础互相作用的理论来分析"趣味文学"的阶级本质和社会效能——

第一,以"趣味"为中心,使他们自己的阶级更加巩固起来。

第二,以"趣味"为鱼饵,把社会的中层,浮动分子,组织进他们的阵营内。

第三,以"趣味"为护符,蒙蔽一切社会恶。……

第四,以"趣味"为鸦片,麻醉青年。③

并指出一位作家能否参加无产阶级文学运动,成为无产阶级文学家,不只看他属于哪个阶级,还要看他是出于什么动机来,更主要的是能否克服资产阶

---

① 冯乃超. 艺术与社会生活［A］//黄候兴. 创造社丛:文学理论卷［M］. 北京:学苑出版社,1992:172.

② 成仿吾. 从文学革命到革命文学［A］//成仿吾文集［M］. 北京:人民文学出版社,1984:245.

③ 李初梨. 怎样地建设革命文学［A］//黄候兴. 创造社丛:文学理论卷［M］. 北京:学苑出版社,1992:287.

级意识形态，把握无产阶级的世界观——唯物的辩证法。

而对鲁迅作品进行最彻底批判的当属太阳社的钱杏邨。1928 年 3 月，他写了一篇颇有影响的长文《死去了的阿 Q 时代》，对鲁迅发表于 20 年代中期的三部作品集——《呐喊》《彷徨》《野草》进行了集中批判。钱以"真正的时代的作家，他的著作没有不顾及时代的，没有不代表时代的。超越时代的这一点精神就是时代作家的唯一生命"为标准来衡量鲁迅其人其作，认为上述作品虽多创作于五四之后的十年，却没有创作出能代表五四时代的人物，体现出五四时代的现代精神，大部分创作的时代都已过去，而且遥远了，因此也就无法代表五四时代。钱觉得"他的思想走到清末就停滞了，因此他的作品既能代表时代，他只能代表庚子暴动的前后一直到清末"，并从鲁迅的三部集子的命名推断出"他始终没能找到一条出路，始终在呐喊，始终在彷徨，始终的如一束丛生的野草不能变成一棵乔木！"而鲁迅之所以陷入这样的状态，"完全是所谓自由思想害了他，自由思想的结果只有矛盾，自由思想的结果只有徘徊，所谓自由思想在这个世界上只是一个骗人的名词"。在钱看来自由思想本质上说是一种小资产阶级的恶习性和个人主义的精神，鲁迅的思想也就是资产阶级自由主义思想，在当时无产阶级革命运动如火如荼的年代里，自然要遭到时代的抛弃，因此鲁迅所创作的阿 Q 时代也已死去了。①

当然鲁迅对于上述批判并不认同，所以他马上写了《"醉眼"中的朦胧》，对创造社所倡导的革命文学或无产阶级文学感到质疑，也就免不了招致太阳社与创造社成员更猛烈的"围攻"。1928 年 4 月 15 日的《文化批判》发表了李初梨的《请看我们中国的 Don Quixote 的乱舞》、冯乃超的《人道主义者怎样地防卫着自己》、彭康的《"除掉"鲁迅的"除掉"！》。李文赠予鲁迅"中国的 Don Quixote"的称号，认为 Don 鲁迅认不清中国已进入了无产阶级革命阶段，中国的文学也应随之而变为无产阶级革命文学，不仅不去"奥伏赫变"自己的小资产阶级意识形态，反而来嘲笑他人的转变，所以鲁迅"对于布鲁乔亚氾是一个最良的代言人，对于普罗列塔利亚是一个最恶的煽动

---

① 钱杏邨. 死去了的阿 Q 时代［A］//中国社会科学院文学研究所现代文学研究室. 革命文学论争资料选编：上［M］. 北京：人民文学出版社，1981：180-193.

家"。冯文以揶揄嘲讽之口吻来揭示人道主义者和个人主义者鲁迅的"病态"，从鲁迅曾说"凡是愚弱的国民……病死多少是不必以为不幸的"来推导其人道主义的虚伪，从"所以我们的第一要着，是在改变我们的精神"来演绎其不关心国民的生存问题，所以鲁迅属于"讲趣味的有闲阶级"。彭文则特别爱咬文嚼字，抓住鲁迅把"Aufheben"理解为"除掉"，认为鲁迅根本不懂其义，也就是不懂唯物辩证法和没有鲜明的阶级意识；抓住鲁迅把无产阶级称为"第四阶级"，认为鲁迅对无产阶级无知，因为无产阶级是最后的阶级。5月，成仿吾在《创造月刊》上发表了《毕竟是"醉眼陶然"罢了》，钱杏邨在《我们月刊》发表写了《"朦胧"以后——三论鲁迅》。成文不仅继续嘲讽守旧的、蒙昧的及开倒车的"堂鲁迅"，还把鲁迅比作只关心自己的毁誉的小菩萨，没有时间观念，不知时代变迁。认为鲁迅的文章暴露了自己的朦胧与无知，暴露了知识阶级的厚颜，暴露了人道主义的丑恶。钱文对鲁迅发表在《语丝》上的通信和杂感进行了批判，他从鲁迅的一句"因为我喜欢"来剖析其创作兴趣完全源于喜欢与不喜欢。"'因为我喜欢'，所以我要反抗：这不是革命党人的态度，这是个人主义的小资产阶级者的丑态"，并从鲁迅的言行考察出"他的出发点，不是集体，而是个人，他的反抗，只是为他个人的反抗。……究竟是抛不开'我'的成分的。他始终是一个个人主义者。……他的心目中，何曾有群众，除去了'趣味'与'幽默'而外，他又何曾看到什么是文艺的使命？一个个人主义的享乐者。革命的态度是这样么？革命党人的个性能这样的倔强么？我们觉得从事实际工作的革命党人和革命文学作家的特性是没有分别的。鲁迅只是任性，一切的行动是没有集体化的，虽然他并不反对劳动阶级的革命。根据目前的政治状况看将起来，他不是革命的。"[①] 钱文还批驳了那些为鲁迅辩护的文章，认为它们都没能看清鲁迅的本质。钱断言从鲁迅对革命文学的冷讥热嘲中可看出他对无产阶级文学的"朦胧"；从他的作品只写社会的黑暗且没有出路可看出他的不革命，因为革命文艺不但要暴露社会的黑暗，还要创造社会的未来的光明；从他不接受各方面

---

①　钱杏邨."朦胧"以后：三论鲁迅［A］//中国社会科学院文学研究所现代文学研究室.　革命文学论争资料选编：上［M］.北京：人民文学出版社，1981：448.

对他的忠告，可看出他要保持已有的小资产阶级不认错的坏脾气，是一种中古时代任性而为的不屈不挠、坚忍不拔的武士。对鲁迅的批评最猛烈的应是杜荃（即郭沫若）发表在1928年8月《创造月刊》上的《文艺战线上的封建余孽》，该文针对鲁迅的《我的态度气量和年纪》给鲁迅的阶级性和时代性下了断论——"他是资本主义以前的一个封建余孽。资本主义对于社会主义是反革命，封建余孽对于社会主义是二重的反革命。鲁迅是二重的反革命的人物。以前说鲁迅是新旧过渡期的游移分子，说他是人道主义者，这是完全错了。他是一位不得志的Fascist（法西斯蒂）。"①

除了对鲁迅的个人主义、自由主义思想进行批判外，革命文学论者还对茅盾的自然主义和早期创造社"为艺术而艺术"的文学自主论进行。他们从无产阶级革命的需要出发，不满意五四的那种宽泛的"为人生而艺术"的主张，因为文学不是客观地表现生活，不是简单地为人而生，文学要担任起组织生活、创造生活的任务；文学不仅要跟上时代，甚至要走在时代的前面，为革命宣传助威、摇旗呐喊；文学不仅要反映旧社会的黑暗，更要展示出未来新社会的光明前景，不只是简单地批判，还应指出未来的出路。因此，五四时期倡导的写实主义、自然主义都有弊病，文学要为政治服务，为阶级斗争服务，要努力实现从文学革命到革命文学的伟大转向，新写实主义或唯物辩证法的创作方法才是革命文学家的良方。但仔细分析，可以发现革命文学论者对茅盾的批判主要是他在《从牯岭到东京》一文发出了对革命文学的异见，认为他是"善于出头的人"。革命文学论者甚至还对早期创造社郭沫若和郁达夫的文学创作和文学主张进行了批判，因为他们"在新文学有响亮的名头"，只不过这主要是一种自我检讨，虽也有零星的攻击，这方面将在下一节详论。

### 三、其他文学派别对五四文学革命的批判

应当说，创造社对五四文学革命的批判并不是始于1928年，前期创造社

---

① 杜荃. 文艺战线上的封建余孽［A］//中国社会科学院文学研究所现代文学研究室. 革命文学论争资料选编：上［M］. 北京：人民文学出版，1981：578-579.

的成仿吾和郭沫若已在之前几年就流露出对新文化运动的失望和不满情绪。郭沫若认为："四五年前的白话文革命，在破了的絮袄上虽打上了几个补绽，在污了的粉壁上虽涂了一层白垩，但是里面内容依然还是败棉，依然还是粪土。Bourgeois（资产阶级）的根性，在那些提倡者与附和者之中是植根太深了。"① 在 1924 年成仿吾的眼中，新文化运动"不过几个学政客不成的没事做的闲人硬吹出来出出风头的一种把戏"，是为了博得一点名声或为了获得出国机会等，虽已经闹了许多年，"在创作方面，除了极少数的作品之外，固无成绩可言；即在翻译方面，也差不多没有几部书可以使我们首肯。而最使人悲观的，便是正义观念的沦亡与个人道德的堕落"②，甚至他把当时的新文学界称为政界的缩影。之后，他在《洪水》杂志上陆续发表的《今后的觉悟》《完成我们的文学革命》《打倒低级趣味》《文学家与个人主义》等文章也表达了对五四文学和当时文坛的个人主义、趣味主义、小诗创作的不满，并积极倡导革命文学。

对五四文学的批判也不单单局限于创造社、太阳社等革命文学论者，实际上，其他派别也在反思、批判，只不过它们是从不同的政治立场或文学思想来看待五四文学的。国家主义派 1928 年创办了《长夜》，发表了左舜生的《我们的看法》和燕生的《越过了阿 Q 时代以后》，前者认为五四时期中国人生活极端贫乏和愚昧，定期刊物种类少、发行量小，受过新刊物影响的读者更是少之又少，新文化运动在社会上的影响甚微，无产阶级文学将是同样的命运，因此，当前的首要任务是如何救中国人于愚昧与贫乏之中。后者不像革命文学论者那样把鲁迅当作绊脚石，在肯定鲁迅及其《阿 Q 正传》的贡献时，也指出阿 Q 时代已经过去，但并不是"死去"，只不过要将《阿 Q 正传》部分真实的表现扩大为普遍的真实的表现，将乡土风味的文学扩大为表现全中国国民性的文学。以无政府主义派的《文化战线》旬刊和《现代文化》为阵地，既批判资产阶级的五四文学食洋不化而文学创作成就不高，更攻击无

---

① 郭沫若. 我们的文学新运动 [A] //黄候兴. 创造社丛：文学理论卷 [M]. 北京：学苑出版社，1992：17.

② 成仿吾. 文学界的现形 [A] //成仿吾文集 [M]. 济南：山东大学出版社，1985：174-175.

产阶级革命文学运动，恶毒咒骂马克思主义在中国的传播是"日本的病毒流到中国来了"，其目的就是反对阶级文学，主唱"无阶级的民众文学""劳动文学"。下面主要来谈谈"新月派"梁实秋是如何批评五四文学的。

1926年2月，梁实秋发表了《现代中国文学之浪漫的趋势》①，列举了五四时出现的大量的文学现象，旨在说明"新文学运动"有四个特点，并用新人文主义理论来证明其趋向于"浪漫主义"，呈现出"浪漫的混乱"。其主要理由：①新文学运动根本的是受外国影响。比如，白话文运动提出的"八不主义"即受英美"影像主义者"的"六条戒条"的影响，而新文学主张的新式标点、语体文之欧化、罗马字母取代汉字都是西化的结果；五四的白话新诗在体裁上反绝句、律诗等旧体诗而主张不要格律如西方"十四行体""排句体"等自由诗体，小说则排除章回而写短篇，戏剧则排斥中国戏而推崇西洋话剧。总之，洋作家争相受宠，洋作品相继被译，洋理论得以鼓吹，呈现出明显的洋化趋势，甚至是完全地模仿，但往往又消化不良。②新文学运动推崇情感轻视理性。现代中国文学到处弥漫抒情主义，对于感情过分推崇：情诗的创作所占比重过大，甚至有的诗集每四首诗要"接吻"一次；许多作品喜欢自诉衷肠，并做出不必要的感伤状，离家不到百里就说如何流浪，割破一点手指便说自杀未遂，晚饭迟到半小时便可记录如何绝食。情感上的不加节制势必流于颓废主义和假理想主义。③新文学运动所采取的对人生的态度是印象的。五四时盛行的"小诗"只是零星片段的思想印象的记载；五四小说没有故事、没有布局、没有人物描写，内容上只是一些零碎的感想和印象，在体裁上则多为自叙传、书信体和日记体的短篇；文学批评也提倡印象式、鉴赏式、读后感式"灵魂的冒险"，而缺少认真严肃的理性的、判断的批评，没被当作一种学问去潜心的研究。④新文学运动主张皈依自然并侧重独创。从当时"儿童文学"的勃兴和"歌谣的采集"可略见一斑。

梁实秋运用西方新人文主义理论这一全新视角来批评五四文学，立即提高了他在当时的知名度，也预示了他日后的文学批评特点。值得肯定的是，梁实秋文中所列举的五四文学的某些现象还是符合实情的，他所提出的某些

---

① 梁实秋. 浪漫的与古典的 文学的纪律［M］. 北京：人民文学出版社，1988：5-27.

见解也是中肯和尖锐的,但要由这些事实推导出五四新文学是一场"浪漫的混乱",这样的结论则有失偏颇,更不能因此而全盘否定五四新文学的功绩。其根源在于,梁实秋写这篇评论"理论的目的性"太强烈,太急于要验证和运用新人文主义的批评手段,与他所批评的新文学倡导者犯了同样的毛病,即硬套西方的某种理论模式来解决中国的实际问题,所造成的错位或错误也就在所难免。新人文主义推崇的是古典、普遍人性、理性、标准、纪律。因为尊崇古典,所以梁实秋认为"文学并无新旧可分,只有中外之辨",传统文学中业已形成"古典的标准",也就反对浪漫主义者的"现代的嗜好"——"无论什么东西凡是'现代的'就是好的",反对这种由于"进步的观念"而生"现代狂",反对他们的一味地求新求奇——"凡是模仿本国的古典则为模仿,为陈腐;凡是模仿外国作品,则为新颖,为创造"。因为崇尚普遍人性和理性,所以梁实秋反对浪漫主义者不加节制地推崇情感,而使理性完全失去了统驭力量,反对破坏了常态的、健全的道德伦理标准的所谓"诗狂""灵感""忘我的境界","要考察情感的质是否纯正,及其量是否有度"。因为遵守纪律、标准,所以梁实秋反对对人生持"流动的哲学"观的印象主义,印象创作完全是一种凭感觉的表现自我,而没有经过理性的过滤,不能表现普遍的人性;印象批评则推翻了理性的判断力,否认标准的存在。进而梁实秋反对讲究独创的"自由活动",因为独创就脱离了人生的中心,因为自由打破了人为的纪律法则。总之,正是梁实秋用古典主义的标尺来衡量五四新文学,也就会在评价新文学运动的现代性上出现盲视:他漠视了科学、民主、自由、个性解放等现代思想观念所富有的人性内涵,他忽视了人道主义所包含的平民化思想和平等观念,他无视独创在文学发展和文艺争鸣中所体现的自由精神。梁实秋试图用"浪漫主义"这一个框子将整个五四文学都框进去,捉襟见肘和自相矛盾也就日渐显露。

1928 年 3 月,梁实秋在《新月》的创刊号上发表了《文学的纪律》[①],进一步阐明其新人文主义的人性论,反对浪漫主义趋势。他认为,"在理性指导下的人生是健康的常态的普遍的,在这种状态下所表现出的人性亦是最标准

① 梁实秋. 浪漫的与古典的 文学的纪律 [M]. 北京:人民文学出版社,1988:110-127.

的；在这标准之下所创作出来的文学才是有永久价值的文学。"所以他一再强调要"以理性驾驭情感，以理性节制想象"，要把情感放在理性的缰绳之下，反对浪漫主义的放纵情感而产生的感伤主义；他多次重申要遵循古典标准、遵守文学纪律，反对独创、自由、想象，以及由此带来的"混乱"。因此，"文学发于人性，基于人性，亦止于人性"。而同一期发表的徐志摩的《〈新月〉的态度》则打着"健康与尊严"的旗帜，以人性论为标尺，对当时混乱的文坛的所谓十三个派别全都进行了否定，当然也包括当时风头正健的革命文学。"新月派"与左翼文学之间的争论、攻击甚至谩骂由此而生，并在20世纪30年代从未停息过，特别是作为"新月派"的理论代表而又喜欢论争的梁实秋更是处于风口浪尖。梁实秋遭到了来自左翼文学阵营，如创造社的彭康、冯乃超、郁达夫的猛烈抨击，当然最为激烈、最为尖锐、最为长久的是他与鲁迅之间的论争，围绕文学的阶级性、文学批评标准和态度、文学理论翻译等问题进行的论争直到鲁迅逝世。

## 第二节　文学理论家的自我反省意识

五四在中国历史上的地位是不言而喻的。五四运动在中国革命史上写下了辉煌的一笔，它所爆发出的"外争国权"的爱国激情，一直成为中国救亡图存、民族振兴的重要动力。五四精神在中国思想史上留下了宝贵的财富，它所倡导的"民主""科学"的启蒙思想，一直成为中国反思传统、对外开放的重要资源。五四文学在中国文学史上留下了丰硕的成果，它所进行的用白话取代文言的文学革命，给中国文学带来了根本性的变化。正因为五四如此的特殊、如此的不同寻常，所以特别定了一个"五四青年节"，每周年都会有人来关注，一百来年人们还在不断地谈论它，亲历者在追述，旁观者在回忆，后来人在研究，有批判，有继承，有否定，有肯定，似乎对它的态度成了不同思想、不同观念的试金石。同样，对五四文学的反思至今都没有间断，不同文学派别、不同文学主张有不同态度，甚至同一个人前后也会有不同认识。

不用说，后来人的反思无论多么深刻都只是五四的旁观者，而 20 世纪 30 年代对五四文学革命进行反思、批判甚至否定的人中有不少就是五四文学革命的见证者、参与者，甚至是积极的推动者、实践者，他们对旧文学打了硬仗，对新文学做了贡献，甚至成了五四文学的代表作家。这也就意味着他们在反思五四文学之际，也必然涉及对自身的反省。甚至要进行严厉的自我批判和对过去的清算。如果说胡适由文学革命的主将转向整理国故、不谈主义，陈独秀由文学革命的先锋转为共产党的创建者，周作人从十字街头退回到自己的园地，还不显得突兀的话，那么创造社及其初创者的前后变化真可谓判若两人。当时就有人说创造社在发生"剧变"，"翻着筋斗"地变，是一种投机行为。一是创造社从崇尚"天才"和"灵感"，注重"自我表现"，标榜艺术的"无目的"，追求文学的"全"与"美"，到遵从"时代"，主张"写实"，强调文学的"功利性"，赞美文学的"同情于无产阶级"的团体转变。二是初创者们文学主张的个体转变：创作中国现代文学史上第一部长篇小说《冲积期化石》的张资平由反映个性解放、妇女解放而具有反封建色彩的五四作家代表变成一个专写"三角恋爱""多角恋爱"的"恋爱小说家"，脱离了创造社而加入第三党并最终沦为汉奸；第一个出版小说集《沉沦》的郁达夫也脱离了创造社，在《文学上的阶级斗争》中大声疾呼的是基于"反抗"的"斗争"，而不是"阶级"，三年后写的《无产阶级专政和无产阶级文学》则断定"真正的无产阶级文学，必须由无产阶级自己来创造"；创造社的主要理论代言人成仿吾由呼吁作者要"彻底透入而追踪到永远的真挚的人性"到要"努力获得阶级意识""接近农工大众的用语""以农工大众为对象"，大力倡导从文学革命到革命文学的转变。而那几年急转直去、脱胎换骨、给人印象最深的莫过于郭沫若，不仅从他的诗歌创作中可感知其文学风格的明显变化，也可从他的发表论文中了解其文学理论主张的很大不同，就是从他否定自己过去的言辞中都可看出他与五四划清界限的决心，而且还以"在文坛只有创造社能够自己批判"为豪。

郭沫若 20 世纪 20 年代的主要文艺理论体现在《文艺论集》和《文艺论集续集》中，前者包括作者 1920—1925 年的论著，由上海光华书局于 1925

年出版；后者主要收录作者 1926—1931 年的论著，由上海光华书局于 1931 年出版。1925 年《洪水》半月刊的复刊成了创造社前后期的一个标志，那么郭沫若在 1925 年 12 月发表在《洪水》上的《〈文艺论集〉序》则是他由文学的郭沫若转向革命的郭沫若的标志。他说：

> 这部小小的论文集，严格地说时，可以说是我的坟墓吧。
>
> 我的思想，我的生活，我的作风，在最近一两年间，可以说是完全变了。
>
> 我从前是尊重个性、景仰自由的人，但在最近的一两年间与水平线下的悲惨社会略略有所接触，觉得在大多数人完全不自主地失掉了自由，失掉了个性的时代，有少数的人要来主张个性，主张自由，未免出于僭妄。……
>
> 要发展个性，大家应得同样地发展个性。要享受自由，大家应得同样地享受自由。
>
> 但在大众未得发展个性、未得享受自由之时，少数先觉者倒应该牺牲自己的个性，牺牲自己的自由，以为大众人请命，以争回大众人的个性与自由。①

之前的郭沫若是不承认和反对艺术的功利主义的，他认为艺术本身是无所谓目的的，"假使创作家纯以功利主义为前提以从事创作，上之想借文艺为宣传的利器，下之想借文艺为糊口的饭碗。这个我敢断定一句，都是文艺的坠落，隔离文艺的精神太远了。这种作家惯会迎合时势，他在社会上或者容易收获一时的成功，但他的艺术（？）绝不会有永远的生命"②。而之后的郭沫若却觉得"我们都嗜好文学，但我们又都轻视文学，我们都想亲近民众，

---

① 郭沫若.《文艺论集》序［A］//郭沫若全集：文学编：第 15 卷［M］. 北京：人民文学出版社，1989：146.

② 郭沫若. 论国内的评坛及我对于创作上的态度［A］//黄候兴. 创造社丛：文学理论卷［M］. 北京：学苑出版社，1992：5.

但我们又都有些高蹈的精神；我们倦怠，我们怀疑，我们都缺少执行的勇气"①。他已成了革命文学、无产阶级文学的鼓吹者，成了文艺为政治服务、为阶级斗争服务的积极倡导者，并鼓动青年人要做时代的传声筒，当一个留声机器。之前的他认为艺术的伟大使命和价值在于统一人类的感情和提高个人的精神，使生活美化。"凡是真正的文学上的杰作，它有超时代的影响，它是有永恒生命的"；"文学是精赤裸裸的人性的表现，是我们人性中一点灵明的精髓所吐放的光辉，人类不灭，人性是永恒存在的，真正的文学是永有生命的"；"文学的好坏，不能说它古不古，只能说它醇不醇，真不真"。② 而之后的他，在《关于文学的不朽性》中，却对七八年前所说过的这些话真切地感到惭愧，并觉得它们贻误了多少人。因为从辩证法的角度来看，世上不存在一种永恒不朽的东西和超时代的东西。进而他否定文艺的民族性，否定文艺的人性，还否定了"灵感""神兴"的存在，甚至认为讲个性、自由的人都是在替资产阶级说话。之前的他还非常宽容地对待研究国学、整理国故、古书今译等现象，认为只要本着科学的精神让一部分人去做还是可取的，只是不必打锣打鼓地大力宣扬，因此，大可不必笼统地排斥。而之后的他却说："我们现在所需要的文艺是站在第四阶级说话的文艺，这种文艺在形式上是现实主义的，在内容上是社会主义的。除此之外的文艺都已经是过去的了。包含帝王思想宗教思想的古典主义，主张个人主义自由主义的浪漫主义，都已过去了。"并呼吁青年"应该到兵间去，民间去，工厂间去，革命的旋涡中去。时代所要求的文学是同情于无产阶级的社会主义的写实主义的文学"。③从中外历史的发展来证明无产阶级革命文学代替五四资产阶级文学的必然性。

郭沫若不为自己放弃文学创作而后悔，反而为自己五四时期的创作而惭愧，并为过去的艺术主张而忏悔，对自己的历史来一次全面的清算。他承认

① 郭沫若. 孤鸿：致成仿吾的一封信［A］//郭沫若全集：文学编：第15卷［M］. 北京：人民文学出版社，1989：17.

② 郭沫若. 论文学的研究与介绍［A］//郭沫若全集：文学编：第15卷［M］. 北京：人民文学出版社，1989：262.

③ 郭沫若. 文艺家的觉悟［A］//郭沫若全集：文学编：第16卷［M］. 北京：人民文学出版社，1989：31，43.

以前的他几乎是一个纯粹的冬烘头脑，一点也不否认自己的小有产者意识。他在1930年的《文学革命之回顾》中，不仅对五四文学革命定了性，认为它是资产阶级革命在文学上的表征，不仅批判了急先锋胡适、陈独秀，前卫者周作人、刘半农和钱玄同等人，以及其他的文学团体如文学研究会、"新月派"和现代评论等，还批判了创造社这个小团体。他不像成仿吾、李初梨那样有意地抬高创造社同人而贬低其他流派的功绩，而是直言创造社与其他各派的对立与纠葛，他非但没把创造社打扮成英雄，反而深刻地指出，"其实他们所演的角色在《创造季刊》时代或《创造周报》时代，百分之八十以上仍然是在替资产阶级做喉舌。他们是在新兴资本主义的国家，日本，所陶养出来的人，他们的意识仍不外是资产阶级的意识。他们主张个性，要有内在的要求。他们蔑视传统，要有自由的组织。……这用一句话归总，便是极端个人主义的表现"，"他们所'创造'出来的结果，依然不外是一些不具体的侏儒。划时代的作品在他们的一群人中也终竟没能产出！"① 他自己也坦白招认，"在当时的所谓'语丝'也，所谓'创造'也，所谓周、鲁也，所谓成、郭也，要不过一丘之貉而已！说得冠冕一些是有产者社会中的比较进步的知识分子的集团，说得刻薄一些便是旧式文人气质未尽克服的文学的行帮和文学的行帮老板而已，成、郭对于周、鲁自然表示过不满，然周、鲁对于成、郭又何尝是开诚布公？始终是一些旧式的'文人相轻'的封建遗习在那儿作怪。"② 而且他并不认为自己的行为是一种投机，也并不觉得前后矛盾，因为"我素来是站在民众方面说话的人，不过我从前的思想不大鲜明，现在更鲜明了些，从前的思想不大统一，现在更统一了些罢了"③，"在反动派的无耻的中伤者或许会说我们是投机，但这是我们光荣的奋斗过程，我们光荣的发

---

① 郭沫若. 文学革命之回顾［A］//黄候兴. 创造社丛：文学理论卷［M］. 北京：学苑出版社，1992：36.
② 郭沫若."眼中钉"［A］//郭沫若全集：文学编：第16卷［M］. 北京：人民文学出版社，1989：115-116.
③ 郭沫若. 文艺家的觉悟［A］//郭沫若全集：文学编：第16卷［M］. 北京：人民文学出版社，1989：23.

展"①。他还认为在旁人看来创造社所发生的剧变事实上并没有完全转换过来，即使他自己的转变也是自发的，还不是有目的有意识的，创造社真正的"剧变"是在 1928 年，那些从日本回来的新锐带来了全新的唯物辩证论的意识。

姑且不论郭沫若的这种变是对是错，但 20 世纪 30 年代的他对自己如此毫不留情地自批、自责、自省，甚至现在看来似乎有点自虐倾向，其勇气与胆量都令人佩服。当然这个时期勇于批判自己、解剖自己的还不只是郭沫若，像茅盾、鲁迅等人都对自己的过去进行检讨。声称"素来不护短，也是素来不轻易改变主张"的茅盾，在与革命文学论者经过一番论争之后，也悄悄转向，开始认同革命文学理论，学习马克思主义，并运用马克思主义的意识形态理论来检讨五四运动，分析中国社会性质，还创作了长篇小说《子夜》。向来固执的鲁迅，也在遭到革命文学论者的一番围攻之后，由进化论者变成了"马克思主义者"，做起"遵命文学"来，与曾经反对、辱骂过他的人处于同一个战壕进行坚韧的战斗。当上海某家小报说"鲁迅在被创造社'批判'之后，今年也提起笔来翻过一本革命艺术论，表示投降的意味"时，鲁迅却认为投降的事为世上所常有；当太阳社说他"方向转换"了，他也不置可否。事实上，当时的"奥伏赫变""否定之否定""扬弃"已成了时髦，不这样的倒被耻笑为落伍。一个人谁不走错路、说错话、做错事，关键在于意识到自己有错就要勇敢地去改，而不是拼命地去掩饰错误，更不要一错到底。因此，鲁迅毫不在乎梁实秋讥笑他的"硬译"，他说："但我自信并无故意地曲译，打着我所不佩服的批评家的伤处的时候我就一笑，打着我的伤处的时候我就忍痛，却决不肯有所增减。"②

自我反思与批判意识不但是个人的自觉，也是"左联"的一个重要原则。殷夫在分析五四文化运动失败和无产阶级文学运动的错误后，特别指出要完成今后的文化运动任务就得"勇于自我批判——因为我们是必须与敌人斗争

①　郭沫若. 留声机器的回音：文艺青年应取的态度的考察［A］//郭沫若全集：文学编：第 16 卷［M］. 北京：人民文学出版社，1989：68.
②　鲁迅. "硬译"与"文学的阶级性"［A］//鲁迅全集：第 4 卷［M］. 北京：人民文学出版社，2005：215.

的，因为我们是必须建设革命的文艺的；所以自我批判是十分的必要。我们不怕在斗争中犯了错误，但怕的是我们不能勇敢地改正这个错误，这必然会动摇我们自己的路线，而给敌人以进攻的机会。在过去，这种精神的缺乏，也是一大缺点。譬如有人攻击无产口号标语文学，而我们固执地不肯予以承认，这是不好的。我们为什么不承认自己的缺点呢？我们只要能想法把这缺点克服，那就是我们的胜利了。""28 年创造社掩蔽着创造社的错误，太阳社讳言太阳社的缺点，都是工作上的重大错误。"① 在中国无产阶级文学蓬勃发展而逐渐被大众所认识的过程中，"自我批判的工作是急不可缓！为了要巩固我们的阵线，为了要整齐我们的步伐，为了要克服旧意识的抬头，为了要纠正不正确的倾向"，"一个真正的马克思主义者，最能够接受正确的客观批判，他一定又是自己阵营内检讨工作，坚决执行自我批判的人，毫无彼此与个人情感意气的虚掩"。"马克思主义者自我批判的目的与手段，绝对不与一个小资产阶级自由主义者相同，他绝对不允许从个人的利害关系或者私人的情感而出发。"②

开展批评与自我批评是中国共产党的优良传统和作风，也是"左联"成立后一再强调的。从《上海新文学运动者底讨论会》可以看出，大家还是较为一致地认同：中国的新兴阶级文艺运动无大进展，与社会运动不同步调，原因在过去都是由小集团或个人的散漫活动，因此有必要开展"清算过去"的讨论。1930 年 8 月 4 日，"左联"执行委员会通过了《无产阶级文学运动新的情势及我们的任务》的决议，并直言不讳地指出，"真正的马克思主义者不会隐藏自己的缺点。为完成我们伟大的任务正确的执行工作起见，我们应该指出'左联'自身的缺陷和过去运动上的弱点勇敢的纠正过来"。"左联"本应当吸纳青年学生和工农群众加入，可实际的缺陷就是在组织上存在把它仅仅当成一个作家组织的狭隘观念，工作中存在许多的弱点和不好的倾向，主要有五个方面：一是理论斗争没有充分的展开。二是作品内容缺乏现实社

① 殷夫. 过去文化运动的缺点和今后的任务［A］//周扬. 中国新文学大系（1927—1937）：第一集［M］. 上海：上海文艺出版社，1987：212-213.

② 潘汉年. 普罗文学运动与自我批判［A］//中国社会科学院文学研究所现代文学研究室. "革命文学"论争资料选编：下［M］. 北京：人民文学出版社，1981：958-959.

会的真实性。三是没有全面理解文学运动的意义。四是没有充分理解阶级对立的事实。五是集体生活的习惯不够的关系。因此，"每个左联的同盟员应该坚决地执行自我批判和克服逡巡的动摇的倾向，特别是和右倾的倾向做斗争"。① 1931 年 11 月，"左联"又通过了《中国无产阶级革命文学的新任务》的决议，特别提出："理论家和批评家现在必须即刻开始学习和研究，首先开始诚实地研究马克思列宁主义。他必须在任何斗争里锻炼自己，成为一个始终坚决地站在无产阶级立场上不屈不挠的斗争者。一方面，必须和过去主观论'左'倾小儿病及观念论机会主义的理论及批评斗争，要和同志们在理论斗争方面的怠工斗争，要和对于同志间发生的妥协调和及掩饰态度斗争。"1932 年，"左联"又对左翼理论刊物《文学》提出要求："必须时时刻刻地检查各派反动文艺理论和作品，严格地指出那反动的本质。同时，目前在左联内部，自我批评，两条战线上的斗争，在任何部门的工作上都甚为必要"；同时强调，"必须整顿自己的队伍，就是发展一时期的内部讨论——自我批评（严厉的批判到现在为止的理论和作品上的不正确的倾向）"。

在实际的文学批判和斗争中，一些在"左联"中有影响的理论家都善于不断检讨自己，承认错误，有时还接受对手的批评。在 20 世纪 30 年代的"文艺自由论辩"中，冯雪峰等人就表现出敢于自我批判的勇气。当胡秋原清算左翼理论家、批评家钱杏邨的批评与理论时，认为它"充满理论混乱，观念论的，主观主义的，右倾机会主义与'左'倾小儿病的空谈的，非真实批评的成分"②，冯雪峰并没有护短，而是客观地承认"钱杏邨的文艺批评，自他的开始一直到现在，都不是正确的马克思主义的批评，并且对于他的批评的不满现在已成为一个普遍的意见，杏邨自己也早在大家面前承认，要求同志们给他批判"，因此，"杏邨的批评上的错误，我们不但承认，并且非越快越好的给以批判不可，我们更欢迎一切人的严厉的批判"。③ 以胡秋原和苏汶

① 无产阶级文学运动新的情势及我们的任务［A］//马良春，张大明. 三十年代左翼文艺资料选编［M］. 成都：四川人民出版社，1983：153-154.

② 胡秋原. 钱杏邨理论之清算与民族文艺理论之批评［A］//苏汶. 文艺自由论辩集［M］. 上海：现代书局，1933.

③ 冯雪峰. 致《文艺新闻》的一封信［A］//吉明学，孙露茜. 三十年代"文艺自由论辩"资料［M］. 上海：上海文艺出版社，1990：78.

为代表的"自由人""第三种人"与以瞿秋白、冯雪峰、周扬、胡风、鲁迅等为代表的"左联"理论批评家长达一年的激烈争论在 1933 年初逐步降温，"左联"已意识到批判的失误，对"第三种人"有了重新的认识："第三种人"不仅不应被看作敌人，而要看作同盟战斗的帮手，建立起友人的关系，应当像一个同志似的向他们解释和说服；"第三种人"的错误的见解，是由于不明了和不了解左翼理论引起的；对"左联"的反感，是由于"左联"平日没有很好地接近他们，没有和他们建立很好的关系，在理论上、批评上存在着"左"倾关门主义倾向。显然冯雪峰们已开始把责任往自己身上揽，而不老是往对方身上推。1933 年，张闻天在《文艺战线上的关门主义》中对几年来的中国左翼文艺运动进行了检讨，认为左翼文学没有发展的原因在于"左"倾空谈和右倾消极，关门主义脱离了群众，排斥了盟友，抛弃了革命的统一战线，使幼稚的无产阶级文学处于独立的地位。而"左联"的这种自我反思也换来了"第三种人"的自我检讨。苏汶在事后的总结中就承认，当时的左翼文坛粗暴对待"自由人""第三种人"，一半由于残留的宗派性，一半出于双方误解。对胡秋原来说，是因为他个人的较复杂的社会关系；对自己来说，是说话过于转弯抹角，留给别人误解的机会。

# 第三节　批判意识的现代性意义

　　争论，意味着冲突、矛盾、对立、对抗，意味着一方批判另一方，另一方也以这样或那样的方式回应批判方，批判意识的勃兴不只是表现在 1928—1936 年。中国的 20 世纪就是一个曲折追求现代性的世纪，不同党派、不同学派、不同群团的政治主张不同，所信奉的思想不同，所追求的理想不同，冲突和矛盾以及由此引发的争论从未停止。这种批判意识折射到文学上，使得中国 20 世纪的文学理论在发展过程中也不可避免地充满矛盾和斗争、论战和批判。不过发生在 1928—1936 年间的文艺论争尤多、尤激烈。举其大者有"革命文学"之争，"左联"与"自由人""第三种人"之争，左翼文学与三民主义文艺、民族主义文学之争，"京派"与"海派"之争，文学大众化之争，小品文之争，国防文学之争，等等，而小规模、小范围、短时间的论争就从未间断。毫不夸张地说，中国现代文学批评三十年就是文学论争不断的三十年——从1917年白话文运动到1949年的全国第一次文代会召开，对于这些文学论争产生的原因，研究者更是众说纷纭，大而言之可归结为政治立场、文化认同、历史观念等方面的不同，小而言之可归因于宗派门户、审美趣味、家庭背景等方面的差异，甚至有时就是文人相轻、意气用事、个人恩怨而为之。

批判、清算、检讨这样一些词汇，是20世纪30年代从日本输入的。它们的含义，在当时和现在有一个时间差，不尽相同，现在一说起它们，则批判、清算的对象和检讨的主体，必定都是错误的。可在当初却并非完全如此，它有一种积极的东西在里头，正像人们对"扬弃"一词的正确理解一样。李长之在粉碎"四人帮"后，上海某出版社有人造访他，劝其将《鲁迅批判》的"批判"一词改一改，即可出书。他拒绝了，他不愿给书易名。他说："第一，这是历史；第二，批判本身的意思就是分析、评论，是个对无论是'是'，还是'非'都作出判断的中性词，远非今人赋予它新内涵后理解为'大批判'之意。"① 李长之正是受德国古典哲学家康德的《纯粹理性批判》《实践理性批判》《判断力批判》三部巨著的影响来使用"批判"一词的，并非如后来"文革"中所广泛使用的那样含有"抨击"意味。但随着政治之争、党派之争、阶级斗争的愈演愈烈，批判、清算已包含更多的价值判断，似乎谁是批判的主体谁就成了握有真理的一方，并名正言顺地使用起"批判的武器"。郭沫若解释过"攻击"一词，他说："'攻击'这个字在一般人很忌避的。大抵被批评者总爱把'攻击'这个字样去谳定批评家，而批评家总兢兢于要辩护，说'我不是攻击'。但在我们现在看来，凡是站在不同的阶级的立场上所施行的战斗的批评，实质上就是'攻击'。所以'攻击'在我们现在的立场上说来是批评的要素。'攻击'是美名，'攻击'是无须乎忌

---

① 李书. 序 [A] //郜元宝. 李长之批评文集 [M]. 珠海：珠海出版社，1998：1.

避的。"①

中国古代哲学家不但不主张论辩，相反的，他们认为真正的"辩"就是沉默。老子说"大辩若讷"，庄子说"大道不称，大辩不言""言隐于荣华""知者不言，言者不知""辩者不必慧""辩不若默""人不能以善言为贤"，因此讥讽惠施"以善辩为名"，"是穷响以声，形与影竞走也"，嘲笑公孙龙"困百家之知，穷从口之辩"是"陷阱之龟"，不知天高地厚，但是他又不得不通过大量的言辩来反对崇尚言辩的风气。其实儒家也有这样的看法。比如，孔子就说过"天何言哉？而四时行焉、万物生焉"，就是说他也看到了语言概念范畴的局限，认为它不能够表达根本的"道"，所以不想说话。天如此，君子仁人当如此，所以子曰："君子欲讷于言而敏于行"；"刚毅木讷近仁"。孟子在儒家中是比较善辩的一个，但是他自己就说过，他的好辩是为了反击当时的杨墨学派对儒义的扰乱，实在是出于不得已。总之一句话，儒、道、释都不重逻辑性的论辩，而重无言的领悟。因为在他们看来，宇宙之本体是一种混一不可分的东西，要想真正把握它，就不能靠逻辑的分析和思考，而要靠无言的冥契、体验，此道家所谓"墮肢体、毁聪明"的"静观"，佛家所谓"如鱼饮水，冷暖自知"的"证悟"。而且中国古代哲学家还反对论辩。孔子就说"巧言令色，鲜矣仁""巧言乱德"，所斥的"佞"和"佞者"也都是善辩的。这与老子所谓"善言不美，美言不善""善者不辩，辩者不善"，在骨子里是相通的。这与西方崇尚论辩的传统不同，古希腊亚里士多德时代就有了《修辞》《逻辑》、雄辩术等学问。所以，西方思想发展史是"替变"式的，一种新的理论只有在否定过去的基础上才能得以存在，理论家阐述自己的思想时，多有详密的论证，有力的驳难。否则，旧的理论就倒不下，而新的理论也就立不起。

也许受西方文化的影响，也许是现代理论家的自觉，20世纪20—30年代的学术界特别喜欢论争、批评、批判。来看看处于这一时期论争旋涡中心的人士是如何看待这些行为的。郑伯奇曾说："我们尤其要求批判，破坏与建设

---

① 郭沫若. 眼中钉 [A] //郭沫若全集：文学编：第16卷 [M]. 北京：人民文学出版社，1989：115.

同时作用的批判。批判是我们最紧要的部队，是文艺战线的前锋。"① 胡秋原就说："批评是一件高尚的事业。"冯雪峰说过："要文艺理论的发展，需要一些深刻的讨论，辩难，尤其需要指出事实的本质，指鹿为鹿，指马为马的工作，这决不能说是谩骂，也并非浪费的论争。"② 钱杏邨也指出："批评家对本身还有一个重大的责任，就是要随时检阅自己；批评家不是没有错误。批评家应克服小资产阶级的劣根性，随时检阅自己的错误，并把这种种的错误随时告知读者。"③ 郭沫若则把批评家的态度等同于父母对子女的爱，"批评家总当抱着博大的爱情以对待论敌或其他的对象，不当存一个'唯我独醒'的成见来拒绝人于千里之外，至于隐姓匿名，含沙射影之举，更表示得自己卑怯了，这更可以不必。"④ 作为创造社的理论代表和革命文学论者的成仿吾，就"批评"写过许多文章，如《批评与同情》《作者与批评家》《批评的建设》《建设的批评论》《批评与批评家》《文艺批评杂论》等。他反对轻视文学批评的做法，认为批评家是与作者并肩而立的，批评是与创造同样重要的工作。"创作与批评是两种不同的工作，然而创作时不可没有批评的精神，与批评时不可没有创作的精神，却是不可轻轻看过的。"⑤ 他甚至认为中国文学的不进步的原因在于没有辨别是非的真的文艺批评的存在，因此，"不论什么事情，只要有人在那里讨论辩驳，就是这件事情有进步的证据，这是极可喜的一种现象"。那么批评家应采取何种态度和何种方法进行文学批评呢？成仿吾认为应持"学者的态度"——以真挚的热忱，持研究的态度，时时刻刻把问题的本体拿稳，放在我们的心头，因此不可有党同伐异的劣等精神，不可有攻击人身的论调，不可捉人话头的毛病。⑥ "理想的批评家"要避免文人相轻的旧习，"对于作品或作者非抱有热烈的同情不可，因为文学是感情的产

① 何大白. 文坛的五月 [A] //郑伯奇文集 [M]. 西安：陕西人民出版社，1988：113.
② 洛扬. 并非浪费的论争 [A] //雪峰文集：第 2 卷 [M]. 北京：人民文学出版社，1983：352.
③ 钱杏邨. 批评的建设 [J]. 太阳月刊，1928（5）：1-21.
④ 郭沫若. 论国内的评坛及我对于创作上的态度 [A] //黄候兴. 创造社丛：文学理论卷 [M]. 北京：学苑出版社 1992：287.
⑤ 成仿吾. 作者与批评家 [A] //成仿吾文集 [M]. 济南：山东大学出版社，1985：118.
⑥ 成仿吾. 学者的态度 [A] //成仿吾文集 [M]. 济南：山东大学出版社，1985：3.

物，若是批评家对于作品或者作者有反感或没有同情，那便不论作品如何优秀，在这样的批评家的眼底，好的也不免要变为丑的，作者的观念情绪更不无从感触得到了"①。批评家不是高于作者的独裁的君主，他不应戴着有色眼镜以个人的趣味喜好去评论，还要允许作者的反批评，两者是"炮火与铁甲一般的竞争"，批评可以促进作者进步，作者的反观亦足以促批评的进步。成仿吾还提出了批评的"超越"观，批评家既要能超然脱出一切既成的思想与见解，充分发挥个人的创造力和理论个性，还要在作品批评时，不完全沉浸其中，停留于阅读的感受与印象，还应进一步做理性的思考和价值的判断，从而得出自己独特的发现。他反对印象的、主观的、欣赏的批评，他也反对求疵和捧场的伪批评，因为批评是判别善与恶、美与丑和真与伪的努力。② 正是因为成仿吾不受旧说与定论的束缚，不投合惯常的阅读心理，敢于对当时著名的已有评论的作家作品进行再批评——如冰心、郁达夫、郭沫若、许地山和鲁迅等人的作品——也给人留下了一个"手执板斧在文坛驰骋的李逵式的批评家"的印象。应当说，成仿吾觉察到批评界的不良倾向，所以提出"同情"与"超越"，但他自己的批评理论也处于变动之中，也有自相矛盾之处，特别是在"革命文学"论争之际，就更表现出偏激、独断，带有明显的门户之见和宗派情绪。

20世纪20—30年代的批判与自我批判的氛围非常浓厚，以至人们把它比作中国思想史上的又一次"百家争鸣"。尽管免不了存在宗派情绪与意气用事的无端指责、吹毛求疵等恶批行为，但与后来的一场场与政治密切相关的文艺斗争和文学运动相比，理论界的批判与自我批判，显然学理性和学术化强得多，自觉性和自由度高得多。这反映出当时接受过西方自由思想影响的中国知识分子们都或多或少认同伏尔泰的那句"我不赞成你说的话，但我誓死捍卫你说话的权利"。茅盾曾比较过20世纪30年代和60年代的文学评论的差异。他写于30年代的《林家铺子》在60年代被夏衍改编成电影，"成为夏

①　成仿吾. 批评与同情［A］//成仿吾文集［M］. 济南：山东大学出版社，1985：116-117.
②　成仿吾. 建设的批评论［A］//成仿吾文集［M］. 济南：山东大学出版社，1985：160-164.

衍是'反革命修正主义分子'的罪状之一",但他觉得对小说的评论和对电影的批判,其观点甚有相似之处,"所不同的是,30年代的评论,纯属学术观点上的争鸣,谁都不把它放在心上;而60年代的批判,却成了决定一个艺术家的政治生命和艺术生命的帽子和棍子"①。

当然不是说只有在现代社会才有反思,"反思性"可以理解为人类一切活动的根本特征。只不过"在前现代文明中,反思在很大程度上仍然被限制为重新解释和阐明传统,以至于在时间领域中,过去的方面比未来更为重要"。"仅仅因为一种实践具有传统的性质就认可它是不够的。传统,只有用并非以传统证实的知识来说明的时候,才能够被证明是合理的。"② 即使已被证明为合理的传统,也只有从对现代性的反思中才能得到认同。从中不难看出,现代性的反思标准不再是过去与传统,而是一种全新的、前所未有的。对中国文学理论来说,全新的不是可以从中国传统自发产生的,而是一种外来的、西方的,因此,近代以来各种各派的文学理论都直接地受到了西方的影响,批判双方都在操持着各自的外来思想进行论战,这也正是鲁迅所言的,"别求新声于异邦","别国窃得火来,本意却在煮自己的肉",但较多论者往往忽视中国的国情而生搬硬套。

这个时期为什么又有如此多的争论与自我批判呢?可以从现代性社会来分析。现代社会与古代社会相比,影响社会生活的不稳定性因素要比农耕时代多得多,也就意味着风险越来越大。正如吉登斯所说:"对现代社会生活的反思存在于这样的事实之中,即社会实践总是不断地受到关于这些实践本身的新认识的检验和改造,从而在结构上不断改变着自己的特征。"由于不断出现的新发现,社会实践日复一日地变化着,并且这些新发现又不断地返还到社会实践之中。因此,在现代性的条件下,知识不再是一成不变的,没有什么知识还是原来意义上的知识了。"在社会科学中,所有建立在经验之上的知识都是不稳定的,社会科学实际上比自然科学更深地蕴含在现代性之中,因为对社会实践的不断修正的依据,恰恰是关于这些实践的知识,而这正是现

---

① 茅盾. 我走过的道路:中 [M]. 北京:人民文学出版社,1984:145.

② 安东尼·吉登斯. 现代性的后果 [M]. 田禾,译. 上海:译林出版社,2000 (4):33-34.

代制度的关键所在。"① 20 世纪 20—30 年代的文学理论，处于一个新旧交替、政局动荡、思想活跃的时期，不断调整、不断更新、不断探索也就在所难免。实际上，这些理论家的"变"无不因时代而"变"。茅盾指出，"六年前（指1923 年，作者注）板着面孔把守了'艺术的艺术之宫'的成仿吾会在六年后同样地板起了面孔来把守'革命的艺术之宫'"②，但这种改变未必是投机和出风头，而是时代对人的影响力实在是太大了。成仿吾如此，茅盾不也一样，又有多少人能不跟随时代潮流，而愿意做时代的弃儿呢？变化的观念，也即进化的观念，是现代性的根本内涵。

在现代逐"新"的社会里，在现代进步、进化观成为社会信仰时，复古、守旧、落伍是要受到嘲笑的，说某某如此近似于宣判了死刑。1928 年出版的《新评论》杂志上就赫然印着这样的口号："要做潮流的指导者，不要做潮流的追逐者。"如果说"维新"在戊戌变法时期开始成为一种趋势，并且随着现代潮流的发展，"新"在五四时期已经成为一种合法性的标志，那么，到1928 年，对于"新潮流"的信仰达到了极点。李初梨不就用"中国的 Don Quixote"来讽刺鲁迅吗？成仿吾不就用 Don 鲁迅来讥嘲其不可救药吗？钱杏邨不就宣告了鲁迅是"死去了的阿 Q 时代"的表现者吗？而潘梓年、朱镜我等人更是轻蔑地称鲁迅为"老头子"，这也成了"左联"时期周扬等人对鲁迅的代称。在这些革命者眼中，鲁迅几近沦为五四时期复古代表林琴南的角色。正是在一种沦为时代落伍者的巨大压力下，鲁迅才如饥似渴地接近"新兴理论"和"新兴文学"，并集中翻译了不少马克思主义文艺理论，又成了"左联"的一面旗帜。但并非所有人都能把握住时代脉搏，领悟时代精神，五四时的干将刘半农，在 20 世纪 30 年代的革命浪潮面前，不得不慨叹："这十五年中国内文艺界已经有了显著的变动和相当的进步，就把我们这班当初努力于文艺革新的人，一挤挤成了三代以上的古人，这是我们应当于惭愧之余

---

① 安东尼·吉登斯. 现代性的后果 [M]. 田禾，译. 上海：译林出版社，2000 (4)：34-35.

② 茅盾. 读《倪焕之》[A] //茅盾文艺杂论集：上 [M]. 上海：上海文艺出版社，1981：282.

感觉到十二分的喜悦和安慰的。"①

　　站在"现代性"角度，再来看钱李之争，或太阳社和创造社之争，就不应完全视之为浪费笔墨的意气之争，争"革命文学"的首创权，争在革命文学中的"地位"。人们不能因为后来的争论或个别人之间的争论有含沙射影、指桑骂槐之嫌，甚至言辞激烈有人身攻击之词，而否认所有的论争文章。首先，从文学史的角度来看，考察或确定谁是首创者也是很有必要的，如果当时没搞清楚，时间久了就更难。何况，是自己首创的又为什么不争呢？即使争错了改正过来又有何妨？只不过要实事求是，讲究学理，切忌争权夺利。其次，在现代社会，一个理论是谁先提出，不仅直接关系到其先行者和创始人地位，还往往间接影响其今后的阐释权和话语权。"学术发现优先权，是学术共同体乃至整个社会对学术发现所给予的确认和承认。学术优先权标志着科学的进步与突破，是对科学家原始创新贡献的一种褒奖，是一种有利于科学发展的激励机制。"② 现在不是在保护首发权、出版权、著作权，反对抄袭、剽窃别人的学术成果吗？如果说文学创作谁先谁后还很难定论的话，那文学理论与批评则相对要容易多了。胡适不就凭《文学改良刍议》而一鸣惊人，再凭"刚放脚"的《尝试集》而成为第一个出版白话诗集的诗人，以后的新文学史自然是少不了他，实际上他的这种成名当时就遭到了好友及论敌梅光迪的羡慕乃至嫉妒。有人感到奇怪，为什么太阳社和创造社之间在理论上并无什么不同，甚至可以说是同一战线的却还要争得你死我活？其实相同的发明创造更强调先后。20 世纪 30 年代本质上并无多大差别的"两个口号"之争，不就因为"国防文学"是先提出来的，而且还得到不少人的认同，胡风再提出"民族革命战争的大众文学"时却只字不提"国防文学"，并企图代替之，就显得不合时宜，被认为是"不批评而另提关于同一运动的新口号，这在胡风先生是不是故意标新立异，要混淆大众的视听，分化整个新文学运

---

① 刘半农. 初期白话诗稿序目 [A] // 刘半农文选 [M]. 北京：人民文学出版社，1986：274.

② 李志民. 互联网时代对学术优先权的影响 [J]. 中国教育网络，2016（4）：4-14.

动的路线呢?"① 像现在所说的原创性一样,现在学术界不就常有人在不断地发明创造一些"新"概念、"新"术语,提出不同凡响的"新"观点来引起人们的关注。所谓的知识产权不就是承认和保护著作者、发明者、创造者的权利吗?因此,商标注册只讲最早,专利发明只认第一。这样看来,不难理解为什么这些有头有脸的名人那么认真,那么投入,为一些看似鸡毛蒜皮的事情而争个没完没了。也就可以想见,鲁迅对1926年陈源公开说他的《中国小说史略》是窃取盐谷温教授的《支那文学概论讲话》里面的"小说"一部分的,是如何的气愤。过了十年之后,他仍对"剽窃"罪名耿耿于怀,即使终于可以洗刷干净,也不忘诅咒对方一番。"现在盐谷教授的书早有中译,我的也有了日译,两国的译者,有目共见,有谁指出我的'剽窃'来呢?呜呼,'男盗女娼',是人间大可耻事,我负了十年'剽窃'的恶名,现在终于可以卸下,并且将'谎狗'的旗子,回敬自称'正人君子'的陈源教授,倘他无法洗刷,就只好插着生活,一起带进坟墓里去了。"②

---

① 徐懋庸. 人民大众向文学要求什么 [A] //林淙. 现阶段的文学论战 [M]. 北平:文艺科学研究会,1936:207.
② 鲁迅. 且介亭杂文二集·后记 [A] //鲁迅全集:第6卷 [M]. 北京:人民文学出版社,2005:465-466.

# 第二章

## 文学批评中的现代科学精神

"从事科学研究，遇事问个为什么，不满足于古老的神话传说，而是采用一定的方法，通过一定的途径，系统性地继续提出问题，进而解决问题——这就是古希腊时欧洲理性文化的诞生。"① 显然，中国古代缺乏西方的科学观念和科学精神。这也使中国古代"文说"② 与西方文论（诗学），无论是内容还是形态上都呈现出很大差异。西方文论重论辩，带有较多的分析性、逻辑性，中国古代"文说"重领悟，带有较多的直观性、经验性；西方文学理论表现出较强的明晰性，中国古代"文说"则相对具有较大的模糊性；西方人使用的是纯概念，而中国古人使用的却往往是类概念，前者是脱离了具体感性事物的抽象概念，后者是介于具体与抽象之间的东西，它固然也具有一定的抽象性，但还没有抽象到完全脱离具体感性事物的程度。总之，中国古代的"文说"缺少科学性。而近现代以来，中国文学批评者在从事文学研究或文学批评时，已逐渐把它作为一门科学或学科，并形成一套与中国古代"文说"在文学观念、文体观念、话语体系等方面完全不同，而与西方文学理论更为接近的中国现代文学理论，其科学性也日益体现出来，并成为文学理

---

① 汉斯·波塞尔. 科学：什么是科学 ［M］. 李文潮，译. 上海：上海三联书店，2002：1.
② 著者在此使用中国古代"文说"与西方"文论""诗学"相对，而不使用学界通用的"文学理论""文学原理""文学批评""文学理论批评""文论""诗学"等概念，是鉴于以"文学批评""文学理论"之类的外来词来命名可能难以符合古代汉语语境，以"诗学""文论"这样的本土语来命名，可能又会引起处于现代汉语语境中的读者的歧义。"文说"一词既符合古人在中国古代语境中评说文学的特点，又能在现代汉语语境中，使现代读者在阅读或聆听时，能迅捷而准确地领悟到中国古人"论"文少而"说"文多。文说：一个还原中国古代的命名 ［J］. 湖南大学学报（社会科学版），2006，20（03）：100-104.

论课程或"文艺学"学科进入大学教育。

## 第一节 从"器"到"道"的科学观确立

"科学"一词最早出现，是在甲午战争以后。康有为在《日本书目志》中将日文汉字的"科学"直译为中文。并把它与传统经学相对立来使用，之后，蔡元培、严复、梁启超等也都在上述意义中使用过"科学"一词。而日文"科学"一词，最早的使用者，有研究者认为是西周，他于1874年在《明六》杂志上发表文章，第一次用日文汉字把Science译为"科学"，寓"分科之学"的含义。在当时的欧洲，Science也用以表示任何有条理的知识体系或公认的学术分支。中国的学术传统与西方的学术分科制度是截然不同的。中国传统学术以史学知识为主要内容，以历史叙事为主要的话语形态，不注重逻辑上的合理性。而西方分科制度下的学术则表现为科学叙述，强调逻辑上的合理性。古代中国，没有严格的学科划分，传统的知识、学术在相当长的时期都带有未分化的特点，诗、学、书、艺就概括了全部学问，经、史、子、集就包罗了所有著作。

自鸦片战争以来，中国人对西方科学的认识经历了几次大的转变。第一次鸦片战争之前，中国人虽然对西技有所认识，因"士大夫太无学识"，一般官吏、士大夫轻视西学，对其"鄙弃不道"，少数知道者也知之甚少。第二次鸦片战争后，现实的刺激特别是"体用观"的出现，使一批士大夫尤其是洋务官员们开始大胆地接触西学，引进西学。随着"中体西用"观念的形成，西学，主要是西方科学技术，被作为有"用"之物确定下来，始以"专意用剿"，继又作为"御夷之策"，此所谓"自强之道"。但由于这种器物科学观只是把科学当作"技"或"器"，不主张根本变革传统儒家思想，相反，还要以儒家思想为体。冯桂芬在《校邠庐抗议》中提出"以中国之伦常名教为原本，辅以诸国富强之术"，薛福成也提出"取西人器数之学，以卫吾尧舜禹汤文武周公之道"。表现在翻译上，并不是音译的"赛因斯"，而是用出自儒家经典《礼记·大学》中的"格致"或"格物"。这使得近代中国人对"科学"概念及其含义的理解发生了重大偏差，也就无从建立起真正的科学方法、科学精神和科学理论。

事实也在甲午战争的惨败上证明了，只是欣羡并进而模仿西方枪炮技术的洋务运动是注定发育不全的。之后的戊戌变法期间，维新派人士竭力提倡学习西方科技文化，要求改变旧的体制。他们提出的新的文化模式是"改革中体，以用西学"，而且注意引进西学之体，力图以"西学之体用"代替"中学之体用"。康有为不再用"格致"来指称西学，而是从日本引进"科学"一词，维新人士严复、康有为、梁启超等人都开始触及西方科学的本质。他们强调以自然科学知识为基础，以逻辑实证为方法，这种新的方法论科学观，使科学不再仅仅局限于造船制炮等洋务实业，而被视为是直接制约着人们以什么方式来把握必然之理与因果关系的方法论和世界观。并提出了不少具体的改革措施：第一，要求废八股科举，改试策论取士；主张兴学校、学习自然科学。第二，竭力倡议组织学会。第三，广译西书、报纸，加速选派留学生。第四，建立一套奖励科学技术发明创造的制度。可见，科学的内涵从"器"向"道"演进，这是近代中国"科学"概念与含义的又一发展。

真正把科学视为自然界和社会界的普遍规律，并用以改造中国传统文化，形成现代启蒙科学观，是由国外创刊的《科学》和国内创刊的《新青年》两种杂志共同倡导，最终由《新青年》同人完成的。1915 年 1 月，《科学》创刊号开篇即言："世界强国，其民权国力之发展，必与其学术思想之进步为平行线"，在美国倡导"民主"与"科学"。同年 9 月，陈独秀在国内呼应，《新青年》创刊号中指出："近代欧洲之所以优于他族者，科学之兴，其功不在人权说下，若舟车之有两轮焉。"① 两者还共同对"科学"一词的含义进行了深入探讨。中国科学社和《科学》杂志创始人之一任鸿隽指出："科学者，智识而有系统之大命，就广义而言，凡智识之分别部居，以类相从，井然独译一事物者，皆得谓之科学。自狭义言之，则智识之关于某一现象，其推理

---

① 陈独秀. 敬告青年［A］//陈独秀著作选：第 1 卷［M］. 上海：上海人民出版社，1993：135.

重实验，其察物有条贯，而又能分别关联抽举其大例者谓之科学。"① 当时在哈佛大学攻读物理博士学位的胡明复对"科学"是这样说明的："科学观动察变，集种种之变动成事实，集多数事实而成通律，有条有理，将自然界细细分析，至于至微，而自然界运行之规则见焉。"② 陈独秀则概括指出："科学者何？吾人对于事物之概念，综合客观之现象，诉之主观之理性而不矛盾之谓也。"从这些定义和论述看来，他们都认为科学是运用一定方法获得的关于客观事物内部规律的相互关系的有系统的知识，只不过《科学》侧重于从自然科学角度来论科学，《新青年》则稍稍侧重于社会科学层面来谈科学，但已经基本符合那个时代人们对科学的普遍解释。丹皮尔在 1929 年出版的《科学史——及其与哲学和宗教的关系》一书中对科学的认识和前述说法基本相同，"在我们看来，科学可以说是关于自然现象的有条理的知识，可以说是对于表达自然现象的各种概念之间的关系的理性研究"③。

在五四新文化运动的倡导者、最坚决地高举"科学"大旗的陈独秀眼中，"科学"成了古代文明与近代文明，东方文明与西方文明的界碑。他认为中国之世乃是"蒙昧之世"，中国之民乃为"浅化之民"，只有运用"欧洲近世确有价值的科学"作为"最适当的药品"，才能"根治之"。他觉得"我们中国人向来不认识自然科学以外的学问，也有科学的威权；向来不认识自然科学以外的学问，也要受科学的洗礼；向来不认识西洋除自然科学外没有别种应该输入我们东洋的文化；向来不认识中国底学问有应受科学洗礼的必要。我们要改去从前的错误，不但应该提倡自然科学，并且研究、说明一切学问（国故也包含在内），都应该严守科学方法，才免得昏天黑地乌烟瘴气的妄想、胡说"④。他甚至断言：中国文化发展的出路，必以科学为正轨。他对科学的认识已比近代科学观更进一步，他已意识到科学不仅仅是为了"国家兴亡在

① 任鸿隽. 说中国无科学之原因 [J]. 科学，1915 (1).
② 胡明复. 近世科学之宇宙观 [J]. 科学，1915 (1).
③ 段治文. 中国现代科学文化的兴起（1919—1936）[M]. 上海：上海人民出版社，2001：60-62.
④ 陈独秀. 新文化运动是什么 [A] //陈独秀著作选：第 1 卷 [M]. 上海：上海人民出版社，1993：123.

科学之精粗"的急迫，也非只是为防止国家"一旦有事，因不只束手就戮"才提倡科学，而是因为科学所提倡的"实证""求真"精神，能使学术界摆脱尊圣、尊古、尊国（粹）的陋习。陈独秀还表示出为了科学就是断头流血也在所不辞的气概，在《〈新青年〉罪案之答辩书》中严正指出，"要拥护那德先生，便不得不反对礼教，礼法，贞节，旧伦理，旧政治；要拥护那赛先生，便不得不反对旧艺术，旧宗教；要拥护德先生又要拥护赛先生，便不得不反对国粹和旧文学。"并信心百倍地认定，"只有这两位先生，可以救治中国政治上、道德上、学术上、思想上一切黑暗。"①

其他五四新文化运动的倡导者们也与陈独秀持相同的观点。鲁迅早在1908年就结合西方的科学史来阐明科学的重要。他认为古希腊罗马的强盛全在科学与艺文，而后的衰落也因科学观念的缺乏，只知模仿前人而少创新；欧洲中世纪的黑暗全因当时非但不发扬科学，还采取排斥科学的态度，视科学为异端；17世纪后，欧洲又开始发达起来，无不蒙科学之泽，物质丰富，精神亦振，国民风气，为因而一新。因此，他极力称赞"科学者，神圣之光，照世界者也，可以遏末流而生感动"②，认为要救治"几至国亡种灭"的中国，不靠讲鬼话，而在讲真正的科学，因为科学能教道理明白，能教人思路清楚。胡适也认为对于中国的政治、道德、学术等，有三术乃是起死之神丹，即"归纳的理论""历史的眼光""进化的观念"，而"那光焰万丈的科学"正是"再造文明"的利器。五四文学革命正是把科学作为反封建、反愚昧、反旧文学的武器，把科学作为解剖国民性、重塑国民性的武器。

经过清末维新运动的倡导，经过新文化运动的启蒙，再经过1922年新学制颁布和前所未有的科玄论战，到了20世纪30年代，科学的地位已由具体的"器"和"技"提升为"道"，开始影响着国人的思维方式、人生态度和价值取向。留学英国后在清华大学任教的学者伍启元，在1934年出版的《中国新文化运动概观》中曾说："科学虽是受过一度的反对，但现在已深深地走

---

① 陈独秀. 新青年罪案之答辩书［A］//陈独秀著作选：第1卷［M］. 上海：上海人民出版社，1993：442.
② 鲁迅. 科学史教篇［A］//鲁迅全集：第1卷［M］. 北京：人民文学出版社，2005：35.

入中国所有青年的脑海中"，所以"科学在中国可算成功了"。① 胡适更是带着自豪又略显过于自信的神情说："近三十年来，有一个名词在国内几乎做到了无上尊严的地位：无论懂与不懂的人，无论守旧与和维新的人，都不敢公然地对他表示轻视或戏侮的态度。那名词就是'科学'。"② 对科学的认识逐步深化的过程中，对文学的认识也逐渐科学化。研究者已开始把文学当作一门独立的"科学"，与哲学、道德、科学等比较起来研究，并利用自然科学所取得的成果或借用自然科学的研究方法来探讨文学的起源与发展、本质与特征、内容与形式、创作与欣赏等文学的一般规律。

## 第二节　自然科学视域下的"逻辑-实证"文学批评

只要人们细心地考察五四前后几年登上中国现代文坛的作家（实际上他们大多数也是中国现代文学理论的筚路蓝缕者），不难发现，他们所受的教育是独特的也是幸运的。其中不少都在幼年时接受过严格的传统私塾教育，成年后又有机会接受系统的新式西学教育，而且相当一批有过较长时间的留学国外的经历。非常有意思的是，他们大多所学的专业不是文学，或与文学相近的艺术、史学、哲学，而是理、工、农、医等自然科学专业。③ 时势造就了这样一个可谓前无古人的文学家群体，他们的文化素养堪称一代楷模，不仅传统"国学"功底深厚，而且现代"科学"知识丰富，真可说是学贯中西（见表2-1）。

从表2-1可以看出，五四之前出国留学的主要以自然科学为主。确实，中国政府在选派留学生时一直都侧重于理工科，1908年更是规定，官费留学必须是理工科。庚款留学生也限定五分之四学理、工、农、商各科，辛亥革命

---

① 伍启元. 中国新文化运动概观 [M]. 上海：黄山书社，2008.

② 胡适.《科学与人生观》序 [A] //杨犁. 胡适文萃 [M]. 北京：作家出版社，1991：704.

③ 刘雄平. 中国现代文学批评主流群体留学教育及文学论争的三次转向 [J]. 深圳大学学报（人文社会科学版），2022，39（4）：150-160.

表 2-1　中国现代文学批评主流群体五四前留学情况一览表①

| 文学派别 | 姓名 | 国家 | 留学年份 | 就读学校 | 学科或专业 | 主要文学理论主张 |
|---|---|---|---|---|---|---|
| 新文学运动阵营 | 陈独秀 | 日本 | 1901—1903 | 东京高等师范学校 | 速成科 | 高举"科学"和"民主"两面大旗，批判旧文学，倡导"文学革命" |
| | 胡适 | 美国 | 1910—1912 | 康乃尔大学农学院 | 农学 | 提出文学的自然进化观，倡导白话文为中国文学正宗，反对文言文，进行"文学工具革命" |
| | | | 1912—1914 | 康乃尔大学文学院 | 文学、哲学 | |
| | | | 1915—1917 | 哥伦比亚大学研究院 | 哲学 | |
| | 蔡元培 | 德国 | 1907—1911 | 莱比锡大学 | 哲学、心理学、美术史 | 倡导白话文，提出"以美育代宗教"的审美观 |
| | 李大钊 | 日本 | 1913—1915 | 早稻田大学 | 政治经济学 | 宣传民主、科学精神，抨击旧礼教、旧道德 |
| | 鲁迅 | 日本 | 1902—1904 | 弘文学院 | 日语 | 倡导白话文，创作"为人生"的现实主义文学，解剖国民性，反对"瞒和骗"的旧文艺 |
| | | | 1904—1906 | 仙台医专 | 医学 | |
| | | | 1906—1909 | 独逸（日语）学协会学校 | 德语 | |
| | 刘半农 | 英国 | 1920—1921 | 伦敦大学 | 语音实验室 | 主张白话宜吸取文言的可取部分，文言白话各有所长，不能偏废 |
| | | 法国 | 1921—1925 | 巴黎大学，并在法兰西学院听讲 | 实验语音学（文学博士） | |
| | 钱玄同 | 日本 | 1906—1910 | 早稻田大学文学系 | 中国文学、音韵学 | 反文言文最为激进，反对用典甚至废除汉字 |

① 本文表 2-1、表 2-2、表 2-3 所列中国现代文学批评主流留学情况，涉及各派重要批评家 60 多人，资料主要来源于《中国现代文学辞典》《鲁迅传》《胡适之评传》等辞书、人物传记、回忆录、年谱、研究资料等 40 余种，以及百度百科的人物词条。可能不同资料的记录有时稍有出入，国外地名、校名的音译也有细微差别。

续表

| 文学派别 | 姓名 | 国家 | 留学年份 | 就读学校 | 学科或专业 | 主要文学理论主张 |
|---|---|---|---|---|---|---|
| 学衡派 | 梅光迪 | 美国 | 1911—1912 | 威斯康辛大学 |  | 接受新人文主义理论，反对白话诗文，主张尊孔复古 |
|  |  |  | 1912—1914 | 西北大学 | 文学 |  |
|  | 胡先骕 | 美国 | 1915—1920 | 哈佛大学研究院 | 文学（博士） | 主张文化保守主义，批评新文化运动的文化偏至，强调批评要中正 |
|  |  |  | 1913—1916 | 加州柏克莱大学 | 森林植物学 |  |
|  |  |  | 1923—1925 | 哈佛大学 | 植物分类学（博士） |  |
|  | 吴宓 | 美国 | 1917—1918 | 弗吉尼亚州立大学 | 英国文学 | 对新文学革命极端仇视，称其为乱国之文学 |
|  |  |  | 1918—1921 | 哈佛大学研究院 | 文学批评 |  |
| 甲寅派 | 章士钊 | 日本 | 1905—1908 | 东京正则学校 | 英语 | 以"循环论"泯灭新与旧目的区别，认为文言比白话更"美""雅" |
|  |  | 英国 | 1908—1911 | 爱丁堡大学 | 法律、政治、逻辑学 |  |
| 文学研究会 | 周作人 | 日本 | 1906—1907 | 东京法政大学 | 特别预科 | 倡导"人的文学""平民文学"，创造性以个人为本位的文学 |
|  |  | 日本 | 1908—1911 | 立教大学 | 学海军技术，后读外国语 |  |
|  | 朱希祖 | 日本 | 1905—1909 | 早稻田大学 | 史学 | 主张历史学是运用科学方法从事研究的社会科学 |
|  | 蒋百里 | 日本 | 1900—1905 | 日本陆军士官学校步科 | 军事 | 著有《欧洲文艺复兴》《东方文化史及哲学》 |

续表

| 文学派别 | 姓名 | 国家 | 留学年份 | 就读学校 | 学科或专业 | 主要文学理论主张 |
|---|---|---|---|---|---|---|
| 前期创造社 | 郭沫若 | 日本 | 1914—1915 | 东京第一高等学校 | 预科 | 浪漫主义文艺思想的代表，主张诗人的自我表现，自然流露 |
| | | | 1915—1918 | 冈山第六高等学校 | 医学预科 | |
| | | | 1918—1923 | 九州帝国大学 | 医学 | |
| | 郁达夫 | 日本 | 1914—1915 | 东京第一高等学校 | 医科部预科 | 主张文学本体论上的"唯真唯美"说和主观主义的文学批评观 |
| | | | 1915—1919 | 名古屋第八高等学校 | 医学部，后改学政治学科 | |
| | 成仿吾 | 日本 | 1919—1921 | 东京帝国大学 | 经济学 | 倡导文学创作的"自我表现"，肯定文学批评的价值 |
| | | | 1910—1916 | 名古屋第五中学，冈山第六高等学校 | 理工类 | |
| | 田汉 | 日本 | 1916—1921 | 东京帝国大学 | 枪炮制造 | 早期主张"艺术至上主义" |
| | | | 1916—1922 | 东京高等师范学校 | 先学海军，后学教育 | |
| | 郑伯奇 | 日本 | 1917—1926 | 东京第一高等学校，京都第三高等学校 | — | 倡导"国民文学"，对"平民文学""阶级文学"进行反驳 |
| | | | | 京都帝国大学文学部 | 哲学学科 | |
| | 张资平 | 日本 | 1912—1919 | 东京帝国大学 | 地质学科 | 倡导个性解放 |

续表

| 文学派别 | 姓名 | 国家 | 留学年份 | 就读学校 | 学科或专业 | 主要文学理论主张 |
|---|---|---|---|---|---|---|
| 旧戏改良派 | 欧阳予倩 | 日本 | 1904—1911 | 明治大学 | 商科 | 倡导"为人生"的戏剧 |
| | | | | 早稻田大学 | 文科 | |
| | 丁西林 | 英国 | 1916—1920 | 伯明翰大学 | 物理学与数学（硕士） | 著名的科学家兼"独幕喜剧的圣手" |
| | 洪深 | 美国 | 1916—1919 | 俄亥俄州立大学 | 陶瓷工程专业 | 中国系统学习西方戏剧艺术第一人，开创男女同台演戏，建立严格演出制度 |
| | | | 1919—1921 | 哈佛大学 | 戏剧 | |

之后仍是如此。据 1916 年统计，官费学生中学理工者占 80%。应当说，整个国家的生存压力是其直接原因，当时社会对留学行为的实用性约束和学习方向的期望性导引也是一项重要因素，除此之外，还有一点是当时整个中国社会对西方文学的隔膜。事实上，许多作家都是在国外才接触和阅读了大量的外国文学作品的，并深受其文学观念的影响，自觉地学习其创作的技巧。像吴宓这样留学美国而选文学专业的非常少，实际上他在赴美留学时也遇到选科的难题，因为他心目中"有杂志与化学二种"，他清楚地感到"化学工业"是确立中国科学的基础，从富国强民的实际需要出发，这门"实学"大有作为，但他同时认识到自己"体弱而不耐劳"，恐怕在这一领域难有建树。①

总的说来，具有留学背景的现代作家接触理、工、农、医乃至天文等知识的比较多，当他们日后转向文学研究和创作时，较为丰富的科学知识和稳固的科学世界观，便一直发挥着重要的作用。现代自然科学思维方式，使五四文学批评家的文学理论和文学批评呈现出与中国古代文说的直觉性、体验性不一样的特点，具有更强的分析性、逻辑性。1921 年初，郭沫若因打算改弦更张而生出转入文科大学的念头时，成仿吾就不同意，在他看来，"研究文学没有进文科的必要，我们也在谈文学，但我们和别人不同的地方就是有科学上的基础知识"②。确实，理论研究者利用自然科学知识和方法来研究文学，可以认识到传统诗文评无法感悟到的文学本质。

一方面，借助现代自然科学知识来阐明其文学主张。

胡适是这样界定短篇小说的："短篇小说是用最经济的文学手段，描写事实中最精采的一段，或一方面，而能使人充分满意的文章"，这就"譬如把大树树身锯断，懂植物学的人看了树身的'横截面'，数了树的'年轮'，便可知道这树的年纪。一人的生活，一国的历史，一个社会的变迁，都有一个'纵剖面'和无数'横截面'。纵面看去，须从头到尾，才可看见全部，横面截开一段，若截在要紧的所在，便可把这个'横截面'代表这个人，或这一

---

① 沈卫威. 回眸"学衡派"：文化保守主义的现代命运［M］. 北京：人民文学出版社，1999：228.

② 郭沫若. 创造十年［M］. 昆明：云南人民出版社，2011.

国，或这一个社会"。①这里，胡适借助现代植物学知识，形象逼真地表达了他对于"短篇小说"的看法，不仅廓清了新文学创建初期的有关模糊认识，也为中国现代小说艺术规范的构设和创作方法的探讨奠立了坚实的思想理论基础，蕴含了胡适的一种现代小说观念的科学化价值取向。1923年，孙俍工也是这样来论述短篇小说的，他认为："修订人生底全体譬如一棵大树，干、根、叶、枝杈等譬如人生的事实底全部，我们把树身截取一横断片，把来尽力地描写出来，并且从这横断片可以看出树底全体，这就是短篇小说底结构。"②

郭沫若在《革命与文学》中对"文学是天才的作品"的观点进行了驳斥，运用的是心理学或者医学的知识。"从来的学者大别分为四种：一种是胆汁质（choleric），一种是神经质（melancholic），一种是多血质（sanguinic），一种是黏液质（phlegmatic）。神经质的人感受性很锐敏，而他的情绪的动摇是很强烈而且能持久的。这样的人多半倾向于文艺。……文学家并不是能够转移社会的天生的异才，文学家只是神经过敏的一种特殊的人物罢了。"③

20世纪20年代末，刘大白曾向友人谈及他在研究中国古诗时获得了一个新的重要发现：

> ……是五律和七绝，都是合于黄金律的。因为（8+5=13）：8=8：5，即64略等于65。（7+4=11）：7=7：4，即49略等于44。因此，五绝是半黄金律，而七律是倍黄金律。五七言律诗绝句之所以盛行于中国诗坛，非无故也……词调中的"瑞鹧鸪"，把七律分为两节，是最合于黄金律的。④

他自觉地遵循数学算式中内含的科学精神，从"黄金律"的独特形式着

---

① 胡适. 论短篇小说［A］//杨犁. 胡适文萃［M］. 北京：作家出版社，1991：167-168.
② 孙俍工. 小说作法讲义［M］. 上海：中华书局，1923：3.
③ 郭沫若. 革命与文学［A］//郭沫若全集：文学编：第16卷［M］. 北京：人民文学出版社，1989：37-38.
④ 刘为民. 科学与现代中国文学［M］. 合肥：安徽教育出版社，2000：374.

眼，来研究中国古典诗词中字数和句数结构所蕴含的美，表现了明确的数学
思维逻辑。

另一方面，运用数理逻辑或数学公式、几何图形来总结文学规律。

最为突出的是创造社作家的表现，因为他们几乎都是学自然科学的，而
且受近代心理学的影响颇深。郁达夫在《介绍一个文学的公式》里，认为
"世界上的文学，总逃不了底下的一个公式：F+f。F 是焦点的印象，就是认
识的要素。F 是情绪的要素"。郭沫若在《革命与文学》中，则较为详细地用
一个数学公式论证了文学与革命之间的关系：

革命文学=F（时代精神）

更简单地表示的时候，便是文学=F（革命）

用言语来表现时，就是文学是革命的函数。文学的内容是跟着
革命的意义转变的，革命的意义变了，文学便因之而变了。革命在
这儿是自变数，文学是被变数，两个都是 X，YZ 两个都不一定的。
在第一个时代是革命的，第二个时代又成为非革命的，在第一个时
代是革命文学，在第二个时代又成为反革命的文学了。所以革命文
学的这个名词虽然固定，而革命文学的内涵是永不固定的。①

当时创造社的理论代表人物成仿吾尤具典型性。在文学批评越来越强调
理性、系统和综合的时代，西方的"始、叙、证、结"的程序和累积详举的
方法几乎全线取代了中国传统"画龙点睛"的批评。成仿吾在进行具体的作
家作品批评时，因其理工专业学习背景，喜欢用自然科学中的公式、图表、
坐标之类的手段，精于条分缕析，直观形象，颇具特色。在批评冰心的短篇
小说《超人》时，明显不同于其他的批评文章，一方面他认为其他批评者的
论述，可能用较为简明的公式表述为"否定—肯定"或"否定—爱的实现—
肯定"，但都过于印象了。他采用归纳的方法，从近代人精神上痛苦的普遍现

---

① 郭沫若. 革命与文学 ［A］//郭沫若全集：文学编：第 16 卷 ［M］. 北京：人民文学出
版社，1989：39.

象出发，按照一个人的情感变化过程，即"否定—媒介甲—零点—媒介—肯定"，推断出冰心描写何彬的情感轨迹是存在问题的。① 显然成仿吾的批评是从科学出发而不是从文学出发的。

在反驳署名为"摄生"者批评郭沫若的小说《残春》因缺少"climax"（高潮）而不成功时，成仿吾认为不能以有无高潮来衡量小说的成败。他在《〈残春〉的批评》中用几何作图来详细注解，并辅以长段文字说明。

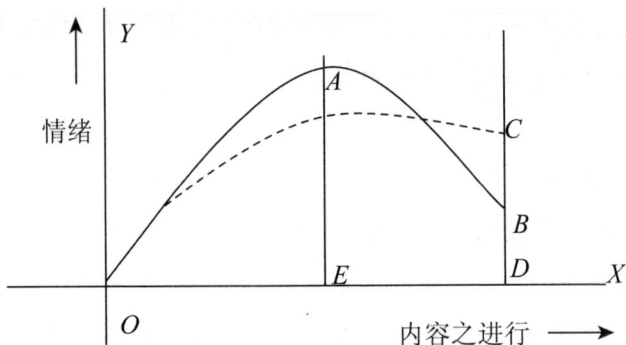

**图1  成仿吾在《<残春>的批评》中使用的几何图**

他的结论是，"情绪不可不与内容并长；因为内容增加时，情绪若不仅不与他同时增加，反而减小，则此内容之增加，个啻画蛇添足，所以一篇作品的情绪，如果有一个 Climax 则 OE 以后之内容，为有害无益的蛇足。"② 成仿吾还认为：

> 文学是直诉于我们的感情，而不是刺激我们的理智的创造；文艺的玩赏是感情与感情的融洽，而不是理智与理智的折冲。……文学始终是以情感为生命的，情感便是它的始终。……不仅诗的全体要以它所传达的情绪之深浅决定它的优劣，而且一句一字变必以情感的贫富为选择的标准。假使：

---

① 成仿吾. 评冰心女士的《超人》［A］//成仿吾文集［M］. 济南：山东大学出版社，1985：26-33.

② 成仿吾.《残春》的批评［A］//成仿吾文集［M］. 济南：山东大学出版社，1985：43.

F 为一个对象所给我们的印象的焦点 focus 或外包 envelope，f 为这印象的焦点或外包所唤起的情绪。

那么，这对象的选择，可以把 F 所唤起的 f 之大小来决定，用浅显的算式来表出时，便是我们选择材料时，要满足 df/dF>0 一个条件。如果这微分系数小于 0 时，那便是所谓蛇足。①

实际上，类似创造社诸人套用数学公式或图形来注解文学的，在 20 世纪 20、30 年代的文论中并不鲜见。茅盾在《论无产阶级艺术》中就用算式来表示：新而活的意象+自己批评（个人选择）+社会的选择＝艺术。1930 年，陈穆如著的《文学理论》于第一章《文学的定义》中说：

至若文学的定义，也并不神秘；构成文学的要素的也不外下面的一个公式就是：

$$\frac{艺术（思想×感情）}{文字}$$

那就是说：我们有了艺术化的思想与艺术化的情感相融和，拿文字表现出来就可以称为文学。再具体地讲，文学是艺术地表现思想和感情的文字。

1932 年，赵景深的《文学概论》认为文学为艺术之一，并别出心裁地以数学公式表示其定义，即"文学＝文字+感情+想象+思想+艺术，社会科学＝文字+思想，自然科学＝文字+智识"，以此来区别文学与自然科学、社会科学。1934 年，陈君治在为《新文学概论讲话》作序时写道，"我们可以先立下这样的一个简明的公式：文学＝文字+感情+思想+想象+艺术手腕。把这个公式翻译过来，就是如下的一句话：文学是通过作家底的感情思想想象用文字形象地艺术地表现出来的东西。"遑论这些数学公式是否恰当，但对认识文学的本质和特点还是有帮助的。

---

① 成仿吾. 诗之防御战［A］//成仿吾文集［M］. 济南：山东大学出版社，1985：75.

　　更有甚者，如郑振铎用有些很近于科学"实证"的方法来表示对《孔雀东南飞》的大胆"怀疑"，他说：

　　　　……前言：'共事二三年，始尔未为久。'后言：'新妇初来时，小姑始扶床。今日被驱遣，小姑如我长。'在二三年中小姑决不会由扶床而走的孩子，骤长至与新妇同长。即以二三为相乘之数，言新妇在焦仲卿家中已六年……也不能……长至如新妇之长。①

　　因此，他觉得这儿的文辞是费解的。应当说这是建立在严谨数学计算基础上的理性判断，充分展示了运思逻辑与思想方法的科学性。当然，人们都知道用科学语言与文学语言、科学表达与文学表达是有很大区别的，不能等而视之。

　　现代科学的洗礼，使五四作家群拥有较强的探索精神和发展期待，使他们往往对现存的事物不满足，对改革、创新、批判和超越具有强烈的渴望与追求；严格的科学训练，则赋予他们较多的科学态度和科学理念，使他们严谨务实，注重实效，对浮躁、轻率、盲从迷信等，具有相当的警惕和抵制。许寿裳在谈及鲁迅时就特别强调其科学素养，"鲁迅当初学矿，后来学医，对于说明科学，如地质学、矿物学化学、物理学、生理学、解剖学、病理学、细菌学，自然是根底很厚。不但此也，他对于规范科学也研究极深，他在医学校里不是伦理学的成绩得了最优等吗？这一点，我觉得大可注意的"。许认为，"惟其如此，他对于一切事物，客观方面既级说明事实之所以然，主观方面又能判断其价值之所在，以之运用于创作，每有双管齐下之妙"，"鲁迅有了这种修养，所以无论在谈话合作上或写作上，他都不肯形容过火，也不肯捏造新奇，处处以事实做根据，而又加以价值的判断，并不仅仅以文艺技巧见长而已"。②

　　接受过自然科学专业的教育甚至成了他们日后生存的依靠和引以为豪的

_____

① 　西谛. 孔雀东南飞：读书札记 [J]. 小说月报 . 1923, 14（1）.

② 　许寿裳. 我所认识的鲁迅 [M]. 北京：人民文学出版社，1978：60-61.

资本，并顺便在争辩中用以刺痛一下对手。成仿吾在与文学研究会争论之时，就曾说："我们创造社的同人，最厌恶一般文人社会的种种劣迹，所以我们都怀有不靠文字吃饭的意志（因为一靠文字吃饭，就难免不堕落了）。虽说是偶然的现象，我们同人中差不多各有各的专门科学，所以绝不至于故意相轻，故意瞧他们不起。"① 事实上现代作家中确实有不以文为生的多面手：前期创造社主要成员张资平，虽写了不少畅销的三角或多角恋爱小说而声名鹊起，但他在大学主要讲授的是地理学地质学等课程；丁西林被号称"独幕喜剧圣手"，但日后影响更大的是其物理成就，他可是中国著名物理学家和北大著名物理教授，曾以热电子发射实验直接验证麦克斯韦速度分布律，设计新的可逆摆测量重力加速度值；"新月社"林徽因才华横溢，虽创作了不少诗歌、散文和小说，但她的最大成就是用现代科学方法研究中国古代建筑，是中国现代建筑学的开拓者，是人民英雄纪念碑和中华人民共和国国徽深化方案的设计者之一；"学衡派"胡先骕也不只是凭借他在《学衡》上发表的《评〈尝试集〉》《五十年来中国之文学》等反白话文的长篇论文而名噪一时，更有长远影响的是他在中国现代植物科学的贡献，他被称为中国现代植物分类学的奠基人和开拓者。

## 第三节　社会科学视域下的"社会-历史"文学批评

尽管到五四之前，近代科技文化已经形成和发展，并且对中国社会各领域起着重要的影响，但这种发展和影响都还属于浅层次的。经过五四新文化的科学启蒙之后，自然科学已深入人心，特别是 1923 年大规模的"科玄论战"，科学更被推上了无上尊严的地位，已经成了一种人生观。胡适甚至说："我们也许不轻易信上帝的万能了，我们却信仰科学的方法是万能的，人的将

---

① 成仿吾. 创造社与文学研究会 ［A］//成仿吾文集 ［M］. 济南：山东大学出版社，1985：47.

来是不可限量的。"① 但科学真有如此大的效能吗？以后科学的发展状况能否如人所愿呢？

在20世纪20年代，中国的自然科学综合性杂志凤毛麟角，据胡道静先生的《上海的定期刊物》统计，当时上海只有三份自然科学的期刊（不包括医学、卫生、工程等专业刊物），分别是1915年创刊的《科学》、1926年创刊的《自然界》和1929年创刊的《科学月刊》。1925年，鲁迅曾慨叹："单为在校的青年记，可看的书报实在太缺乏了，我觉得至少还该有一种通俗的科学杂志，要浅显而且有趣的。"② 只可惜当时中国的科学家不大做文章，做出来的往往过于高深很是枯燥，不像法国昆虫学家法布尔讲昆虫故事和德国动物学家勃莱姆讲动物生活那么活泼有趣，并且还有许多插图。应当说，中国人对于科学的认识依然存在着不小的偏差，这也可算是现代中国科学技术并没有取得长足进步的原因之一。但客观地说，原因绝非如此简单。一个国家的科技水平的提高需要一大批有志于献身科学事业的科技工作者，还需要得到一个主权独立、政治民主、思想自由、社会稳定的国家政府支持，还需要有一个重视教育、崇尚科学、推崇理性的文化氛围，可这一切在当时都难以满足。

20世纪20—30年代的中国，内战、外战从未停止，"连一张书桌都放不安稳"，天灾人祸从没间断，老百姓连温饱都还没有解决，又如何去提高科技水平？即使有报国之心，可能也报国无门。冰心的小说《去国》就较早地表现了留学归来的学子无法报效祖国只好无奈去国：英士是个留美七载、名列前茅的高才生，学业有成想归国，所见的"中华民国"只不过是辛亥志士洒热血、抛头颅换得的"一个匾额"，看到的是军阀混战、百业不振、官场黑暗、社会恶浊。他报国无门，便又含愤去国了，并痛苦地喊出了"可怜呵！我的初志，绝不是如此的，祖国呵！不是我英士弃绝了你，乃是你弃绝了我英士呵！"③ 民族复兴需要人才，但腐败的政府只需奴才，不需英才。

这种现象也出现在老舍的笔下。王明远（《铁牛与病鸭》)、尤大兴

---

① 胡适. 我们对于西洋文明的态度 [J]. 现代评论，1926，4（83）.
② 鲁迅. 华盖集·通讯 [A] // 鲁迅全集：第3卷 [M]. 北京：人民文学出版社，2005：26.
③ 浦漫汀. 冰心名作欣赏 [M]. 北京：中国和平出版社，1993：234

（《不成问题的问题》）等人物就是被旧文化所排拒的孤独者。他们十分厌恶古老文化中的陈规陋习，自觉吸取西方现代文化中的精华；他们没有染上"重政务、轻自然、斥技艺"的民族遗传病，特别注重学习先进的科学技术和文化知识；他们尤为反感中国传统的礼俗文化，而崇尚西方现代的法理精神。他们有着报效祖国的赤子之情和振兴中华的强烈愿望，可是在那样一个历史时代与社会环境之中，他们的一腔热情和理想只能化作无尽的悲愤。"铁牛"王明远，在那个拉帮结派、拉关系走后门的社会里，结果连工作权利都被"病鸭"李文剥夺了。学成归国的尤大兴，在善于应酬、精通交际且不学无术的丁务源的进攻下节节败退，卷着铺盖走人，"不成问题的问题"在中国倒成了极有问题的问题。只不过冰心侧重揭露政府的窳败无能，而老舍则从更深层的中国礼俗文化入手。

"师夷长技以制夷""中学为体，西学为用"的洋务运动，以西方资产阶级的君主立宪为目标的维新变法运动，都无法挽救清朝的崩溃。但辛亥革命之后所建立起来的民国，并没有使中国走上富民强国之路，反而陷入了旷日持久的军阀混战，总统也好，总理也好，内阁也好，十多年来就像走马灯似的。更让国人震惊的是，作为第一次世界大战的战胜国，在1919年的巴黎和会上却被任人宰割，再次遭受奇耻大辱。这也使人们对西方的科学与民主、自由与平等产生了质疑，人们一下子从"科学救国"的大梦中醒来，明白了没有一个独立自主的民族国家，再先进的自然科学和技术也不会给中国带来实质性的变化，产生立竿见影的效果。中国的仁人志士寻求新的救亡之路。一时间，无政府主义、新村主义、基尔特主义、马克思主义纷至沓来，令人目不暇接。而十月革命的一声炮响，把马克思主义送到了中国，并在与其他各种思想的交锋较量中，逐渐吸引了越来越多的知识分子。表2-1所提到的不少作家，就弃理工从文学，甚至还投笔从戎，直接参加国民革命。20世纪30—40年代在中国文坛有影响的文学家或理论批评家，在五四后出国留学者就少有是学习理工科的，而多倾向于学哲学、社会学、历史学、政治学、教育学等社会科学专业。不仅是左翼的创造社、太阳社和"左联"成员，还有倡导"三民主义文学"和"民族主义文学"的右翼社团，以及试图不左不右的"中间派""自由人"等。具体留学（游学）情况及文学主张见表2-2。

表 2-2　中国现代文学批评主流群体五四后留学情况一览表（一）

| 文学派别 | 姓名 | 国家 | 出国年份 | 留学（游学）学校或活动 | 主要文艺理论主张 |
|---|---|---|---|---|---|
| 后期创造社 | 冯乃超 | 日本 | 1911—1927 | 名古屋第八高等学校 | 宣传和介绍马克思主义，接受"左"倾文艺理论，倡导"无产阶级革命文学"，批判资本主义文化和思想 |
| | | | | 京都帝国大学文学部哲学学科 | |
| | 李初梨 | 日本 | 1920—1927 | 东京帝国大学社会学科 | |
| | 彭康 | 日本 | 1920—1927 | 东京帝国大学文学部哲学学科 | |
| | | | | 京都帝国大学文学部哲学学科 | |
| | 朱镜我 | 日本 | 1920—1927 | 东京第一高等学校 | |
| | | | | 名古屋第八高等学校 | |
| | | | | 东京帝国大学社会学科 | |
| 太阳社 | 蒋光慈 | 苏联 | 1921—1924 | 莫斯科东方共产主义劳动大学中国班 | 倡导"无产阶级革命文学"，强调作家、批评家的岗位立场 |
| | 楼适夷 | 日本 | 1929—1931 | 修俄罗斯文学 | 翻译了苏联、日本等国革命作家的论文与作品 |
| | 冯宪章 | 日本 | 1928—1929 | 建立太阳社东京支社，并从事革命活动 | |
| 中国左翼作家联盟 | 夏衍 | 日本 | 1921—1927 | 福冈明治专科学校电机学科 | 主张文艺为无产阶级革命事业服务 |
| | | | | 九州帝国大学工学部冶金学科 | |
| | 瞿秋白 | 苏联 | 1921.1—1922.12 | 作为记者到莫斯科采访，还到莫斯科东方大学中国班讲授俄文、唯物辩证法、政治经济学，并担任政治理论课的翻译 | 译介评述马克思主义文艺思想并使之中国化。强调文艺意识形态性，文学内容与语言的阶级性 |

续表

| 文学派别 | 姓名 | 国家 | 出国时间 | 留学（游学）学校或活动 | 主要文艺理论主张 |
|---|---|---|---|---|---|
| 中国左翼作家联盟 | 艾青 | 法国 | 1928—1932 | 在巴黎半工半读习画，接触大量西方批判现实主义作品和俄苏小说，参加"世界反帝大同盟东方部" | 主张诗歌要真善美统一，要表现"苦难的美""忧郁的力"，要鼓舞人类积极向上 |
| | 周扬 | 日本 | 1928—1930 | 去日本寻找党组织，没有入大学学习。广泛阅读马克思主义著作和著述，主要是俄苏方面的亚、欧、南美等外国文艺方面的著述，主要是俄苏文学，并与日本左翼文化人士有来往 | 强调文艺的政治倾向性、功利性和无产阶级党性，持守"政治优位"的现实主义观 |
| | 胡风 | 日本 | 1929—1933 | 就读于神田区东亚日语学校和东京庆应大学英文科。但主要精力在从事马克思主义和普罗文学运动的学习研究和革命活动 | 强化以作家的"主观战斗精神"启蒙大众，疗治其"精神奴役创伤" |
| | 郭沫若 | 日本 | 1924 | 翻译河上肇《社会组织与社会革命》、屠格涅夫《新时代》 | 系统了解马克思主义理论，确立马克思主义观 |
| | | 日本 | 1928—1937 | 受通缉旅居日本，运用马克思主义理论从事中国古代史和古文字学的研究工作，翻译辛克莱作品 | 著有《中国古代社会研究》《甲骨文字研究》《殷周青铜器铭文研究》等 |
| | 茅盾 | 日本 | 1928. 10—1930. 4 | 受通缉流亡日本，从事创作和神话研究，文学批评。 | 以历史唯物主义论思想，建立社会一历史批评范式 |

95

续表

| 文学派别 | 姓名 | 国家 | 出国时间 | 留学（游学）学校或活动 | 主要文艺理论主张 |
|---|---|---|---|---|---|
| 中国左翼作家联盟 | 萧三 | 法国 | 1920—1922 | 入莫达日公学，组织"公学世界社"并研讨马列主义 | 主张"文艺上的革命功利主义"，用文艺、用诗歌当武器 |
| | | 苏联 | 1923—1924 | 莫斯科东方劳动者大学 | |
| | 叶以群 | 日本 | 1929—1930 | 就读于东京法政大学经济系，但兴趣在文学。参加日本无产阶级科学研究会和中国问题座谈会，阅读和翻译了不少左翼文艺论著和进步作品 | 对马克思主义文学原理与文学基本知识做了通俗简明的阐释 |
| | 蔡仪 | 日本 | 1929—1937 | 先后就读于东京高等师范学校和九州帝国大学文学部，接触到日译马克思、恩格斯关于文艺理论的文献 | 对经典马克思主义文学理论中的相关问题进行梳理、发挥 |
| 三民主义文艺 | 张道藩 | 英国 | 1921—1924 | 伦敦大学思乃德学院美术部 | 著有《我们所需要的文艺政策》，鼓吹三民主义文艺，抨击普罗文学 |
| | | 法国 | 1924—1926 | 国立最高美术学院 | |
| | 陶愚川 | 日本 | 1934—1936 | 早稻田大学 | 批评普罗作家 |
| | | 美国 | 1936—1938 | 密歇根大学教育学院教育学，获硕士学位 | |
| | 卜少夫 | 日本 | 1930—1937 | 明治大学新闻科 | 上海"青白社"，南京"开展文艺社"主要成员 |

续表

| 文学派别 | 姓名 | 国家 | 出国时间 | 留学（游学）学校或活动 | 主要文艺理论主张 |
|---|---|---|---|---|---|
| 民族主义文艺 | 傅彦长 | 日本 | 1917—1919 | 留学日本，考察日本艺术的性质 | 主张文艺的最高意义就是民族主义，否认阶级社会中民族内部存在的阶级矛盾和阶级斗争，攻击无产阶级文艺运动 |
| | 叶秋原 | 美国 | 1920—1923 | 留学美国，考察美国的音乐 | |
| | | 美国 | ？—1927 | 印第安纳大学政治学硕士 | |
| 第三种人 | 刘呐鸥 | 日本 | 1900—1925 | 自幼生长于日本，后入东京青山学院学文学，毕业于庆应大学文科 | 新感觉派代表，强调直觉和作家的主观感受 |
| 自由人 | 胡秋原 | 日本 | 1929—1931 | 早稻田大学政治经济学（正赶上日本理论界关于"政治价值"和"艺术价值"的论战） | 主张文学与艺术至死是自由的、民主的 |
| 其他无党派 | 老舍 | 英国 | 1924—1930 | 伦敦大学东方学院中文讲师 | 期间创作了四部长篇小说 |
| | 巴金 | 法国 | 1927.1—1928.12 | 参加勤工助学，翻译无政府主义者克鲁泡特金的著作，发表政论 | 接受无政府主义思想，撰写第一个中篇《灭亡》 |

从后期创造社重要的理论家冯乃超身让可以看出这种观念的变化。1921年，冯考入名古屋第八高等学校本科理科甲类，准备学习采矿、冶金或地质。可家庭因关东大地震而破产，富国强兵的思想亦大受打击，从此对理工科失去兴趣，转而酷爱文学。并于 1924 年考入京都帝国大学文学部哲学科，1925 年又在朱镜我的建议下，转入东京帝国大学文学部社会学科，但对所学课程不感兴趣，后又改学美学与美术史专业，并选修英国文学、德国文学和考古学。参加日本革命学生组织的马克思主义读书会和艺术研究会，从日文、德文中阅读一些马列著作。接受过苏联和日本的左倾文艺理论，也受日本福本主义左倾思潮的影响。朱镜我于 1927 年东京帝国大学文学部社会学科毕业后入京都帝国大学大学院（研究院）从事马列主义理论研究。在日本攻读社会科学、研究马列主义。他撰写的《理论与实践》《科学的社会观》《政治一般的社会的基础》《中国社会底研究》《法底本质》《艺术家当前的任务》等一系列论文，从政治、经济、历史、哲学、社会、文艺等方面阐述了马克思主义基本理论，批判了反马克思主义的思想文化。

正如鲁迅所言："这回的读书界的趋向社会科学，是一个好的，正当的转机，不惟有益于别方面，即对于文艺，也可催促它向正确，前进的路。"① 鲁迅也受"革命"的挤压，开始阅读和翻译社会科学论著。陆续出版了 2 套丛书——《文艺理论小丛书》（1928 年）和《科学的文艺论丛书》（1929 年）。前者收了弗里契及日本左翼作家的文艺论文，共 6 册。后者包括普列汉诺夫、卢那察尔斯基的论著，原计划出 14 种，后因国民党查禁，只出 8 种。1929 年一年内译出了 155 种社会科学著作，因此被称为"翻译年"，其中大部分是直接或间接地介绍苏联早期文学思想的。当时社会科学丛书的刊行或计划的，"有现代的《社会科学丛书》，南强的《新社会科学丛书》，北新的《近代社会科学名著译丛》，黎明的《社会科学大纲》，南华的《苏俄研究小丛书》……"② 其他以单行本出版的，除开文艺理论之外，就主要涉及辩证法、

---

① 鲁迅. 我们要批评家［A］//鲁迅全集：第 4 卷［M］. 北京：人民文学出版社，2005：246.

② 君素.1929 年中国关于社会科学的翻译界［A］//宋原放. 中国出版史料：现代部分：第 1 卷下册［M］. 济南：山东教育出版社，2001：448.

唯物论、经济学、欧洲的政治思想史、社会主义运动史、西方革命史以及苏俄研究等，翻译出版的马克思主义书籍就有近 150 种之多。正是在这些后期创造社和太阳社成员的大力倡导下，由早期共产党人提出的无产阶级文学才在 1928 年成了一场新的运动，并使 20 世纪 30 年代的现代文学成了"红色三十年"。自然科学的洗礼与社会科学的熏陶，使得 30 年代与五四时期相比，一些貌似相同的文学观点实际上却隐藏着巨大的不同，上一节已论及生物进化论与社会进步论之间的不同，下面主要以文学理论界对现实主义认识的变迁来阐述 30 年代现代文学的社会科学化转型。

现实主义从来就不是一个固定的概念，其内涵是流动的、不断调整的。可以说，对现实主义的不断的重新阐释，构成了中国 20 世纪文学理论发展史的一条重要线索。现实主义，在五四时一般称为写实主义，有时还把它与自然主义混为一谈，许多批评家都认为"文学上的自然主义与写实主义实为一物"，两者的区别即在描写法上客观化的多少，自然主义把客观推向了极端。当时对自然主义文学理论最为推崇也以此进行创作实践的无疑是沈雁冰（即茅盾），他写了不少文章对自然主义进行介绍、解答、倡导、辩护，并在他主编的《小说月报》上开展了自然主义的讨论。

五四时期，受科学实证主义影响的，不少作家强调只有通过经验实证的方式才能达到客观真实，以实证科学的方法去观察人生才能发现问题，因此要先行排除一切主观偏见和世界观的干扰。基于这一立场，茅盾早年极力倡导自然主义，认为自然主义为现代小说带来了两种法宝，即"客观描写和实地观察"。中国古代为什么会有那么多的瞒的、骗的文艺？中国人为什么那么喜欢大团圆的结局？为什么会有文学"载道"观和"游戏"观？在茅盾看来，都源于不能客观地观察人生，而是主观地向壁虚造。甚至他还看到了新派描写"第四阶级"的问题小说也存在不能客观描写"第四阶级"的容貌举止、言谈心理的情况，而讲求事事实地观察、追求严格的"真"的自然主义当然能成为治疗这一弊病的良方。因此，茅盾极为推崇的是泰纳的艺术哲学思想和左拉的"实验小说论"，他指出："近代西洋的文学是写实的，就因为近代的时代精神是科学的，科学的精神重在求真，故文艺亦以求真为唯一目的。科学家的态度重客观的观察，故文学也重客观的描写。因为求真，因为重客观的描写，故眼睛里看见的是怎样一个样子，就怎样写"，"譬如人生是个杯子，文学就是杯子在镜子里的影子"。① 小说家的创作实践就像科学试验，小说家不单要把事实客观地记载下来，而且应该用所描写的事实来证明某一科学定理。

受进化论思想的影响，茅盾还力主中国文学要走向现代就必须过自然主义这一关。针对当时有人在翻译和介绍外国文学时认为，"西洋的小说已经由浪漫主义（Romanticism）进而为写实主义（Realism）、表象主义（Symbolicism）、新浪漫主义（New Romanticism），我国却还是停留在写实以前，这个又显然是步人后尘。所以新派小说的介绍，于今实在是很急切的了"，茅盾却主张不应冒冒失失地"唯新是摹"，因为"最新的不就是最美的，最好的。凡是一个新，都是带着时代的色彩，适应于某时代的"，应还是先从写实派、自然派小说介绍起。② 茅盾和陈独秀等人一样，都按照文学现代性的标准将古典主义、浪漫主义、写实主义、自然主义、新浪漫主义作为不同的进化等级排列，这种线性的进化顺序不能改变，而且有着价值上的高下之分。由于把中国古典文学当作古典主义，尽管看到西方文学在一战后已出现新浪漫主义、象征主义、表现主义等后来所称为的"西方现代派"文学，但依然认为中国的文学发展必须先经过浪漫主义、自然主义这一阶段。并断然肯定"中国的新文学一定要加入世界文学的路上，——那么，西洋文学进化途中所已演过的主义，我们也有演一过之必要；特是自然主义尤有演一过之必要，因为它的时期虽短，它的影响于文艺界全体却非常之大"，"自然主义在世界文坛上，似乎是过去的了，但是一向落后的我们中国文学若要上前，则自然主义这一期是跨不过的"。③ 甚至认为"新浪漫主义在理论上或许是现在最圆满的，但是给未经自然主义洗礼，也叩不到浪漫主义余光的中国现代文坛，简直是等

---

① 茅盾. 文学与人生［A］//茅盾文艺杂论集：上［M］. 上海：上海文艺出版社，1981：110-114.

② 茅盾. "小说新潮"栏宣言［A］//茅盾文艺杂论集：上［M］. 上海：上海文艺出版社，1981：6-11.

③ 茅盾. 文学作品有主义与无主义的讨论［A］//茅盾全集：第18卷［M］. 北京：人民文学出版社，1990：157-158.

于向瞽者夸彩色之美。彩色虽然甚美，瞽者却一毫受用不得"①。中国现代文学发展事实上似乎也证明，对于第一次世界大战后西方已经盛行的现代派，尽管五四作家也接触到了，但终未形成气候，对西方现代派的作家作品大规模地介绍、引进、借鉴要延迟到 20 世纪 40 年代甚至 80 年代。茅盾在理论上是这么主张，在实践中也是这么创作的，他的小说《蚀》三部曲就是那个时代痛苦的结晶，它真实地记录下了大革命浪潮中知识青年的"幻灭""动摇""追求"，带有浓重的自然主义痕迹。

进入 1928 年之后，茅盾的自然主义、写实主义理论和《蚀》三部曲遭到了革命文学论者的猛烈批判，因为在他们看来"纯客观的观察是不可能的事情"。太阳社的蒋光慈就明确指出，"一个作家一定脱离不了社会的关系之中，他一定有他的经济的、阶级的、政治的地位——在无形之中，他受到这一地位的关系之支配，而养成了一种阶级的心理。"② 因此，阶级社会中的任一观察者都不可避免地用某一社会团体的眼光来观察。他指责茅盾的客观观察理论是一种"旧的写实主义与自然主义的理论"，并公开主张要站在无产阶级的立场上，以无产阶级的眼光去观察事物，描写有利于无产阶级革命的事物。所谓无产阶级的革命文学就是以被压迫群众为出发点，反抗一切旧势力，反个人主义，并能指出一条改造社会的新路径的文学。创造社的成仿吾也持相同论调，他认为"社会上任何现象，都没有不受它那个时代的社会背景的支配的，文艺当然不能是例外"，因此"认定文艺上根本没有所谓纯客观的存在"，即使有，"我们今日的时代也不需要纯粹客观的东西"。革命文学虽注重现实，但"绝对不学自然主义者只说病源不下药的手段，把文艺当作研究社会生活所得的记录"，应把时代反抗的情感表露出来，把革命的思想宣传出去，并暗示出一条出路。③ 应当说，"左拉主义"认为小说家应该是超党派、

---

① 茅盾. 自然主义与中国现代小说［A］//茅盾文艺杂论集：上［M］. 上海：上海文艺出版社，1981：96.

② 蒋光慈. 关于革命文学［A］//中国社会科学院文学研究所现代文学研究室. "革命文学"论争资料选编：上册［M］. 北京：人民文学出版社，1981：141-142.

③ 成仿吾. 革命文学与自然主义［A］//中国社会科学院文学研究所现代文学研究室. "革命文学"论争资料选编：上册［M］. 北京：人民文学出版社，1981：487-488.

超政治的，抹杀人的阶级性、社会性；用自然规律来代替社会规律，把艺术创作完全等同于实验科学，实际上就取消了艺术的存在。蒋光慈他们的批驳当然有一定道理，即使科学都或多或少带有主观色彩，何况文学？但他们用这一推理去批驳旧写实主义的时候，也不知不觉地使自身陷入了悖论，既然没有"纯粹客观的观察"，那革命文学的视角岂不也是不客观的吗？也许意识到这一点，蒋光慈本人从来不打"写实主义"的招牌，他公开宣称自己是浪漫主义者，并说"革命是最伟大的罗曼谛克"①。被当时称为"普罗文学""新兴文学"大师的蒋光慈创作的诗歌和小说无不充满浪漫主义，而他所创造的"革命+恋爱"的模式更是风靡一时。

不过，并不是所有的革命文学倡导者都否认客观真实的存在，"写实"是不能放弃的，因为客观比主观更为科学，真实比激情更有力量，只不过加了限定词。勺水（陈启修的笔名）在《论新写实主义》一文中提出用"新写实主义"一词来代替在日本流行的"无产写实主义"，并对新旧写实主义进行了辨析。他认为，真正的新写实主义作品应有以下几个性质：①应该站在社会的及集团的观点上去描写，而不应该采用个人的及英雄的观点；②不单是描写环境，并且一定要描写意志；③不单是描写性格，还要由性格当中描写出社会的活力；④应该是富于情热的，引得起大众的美感的；⑤应该是真实的，纵然万不得已要用想象，也应是根据事实的想象；⑥应该是有目的意识的，即有教训的目的。总之，"一定是能够教训大众的观点，暗示大众的出路，鼓舞大众的勇气，安慰大众的痛苦，满足大众的需要"②。钱杏邨就不像蒋光慈那样激进，他承认有客观真实，但他认为达到客观真实的途径不是科学实证的方法，而是马克思主义科学的方法，即唯物辩证法的方法。前者是旧写实主义，是资产阶级的世界观；后者才是新写实主义，才是无产阶级的世界观。依据他的话语逻辑，客观真实并不向任何一种眼光显现，它只对无产阶级的眼光显现。自然主义、旧写实主义作家观察到的只是社会生活的"现象"，而

---

① 蒋光慈. 十月革命和俄罗斯文学［A］//蒋光慈文集：第4卷［M］. 上海：上海文艺出版社，1988：65.
② 勺水. 论新写实主义［A］//中国社会科学院文学研究所现代文学研究室. "革命文学"论争资料选编：下册［M］. 北京：人民文学出版社，1981：803-805.

无法正确反映隐藏在纷繁复杂的"现象"背后的"本质"。换句话说只有凭借作为无产阶级世界观的马克思主义社会科学思想才能把握客观真实，才能达到本质的真实，进而获得艺术的真实。"社会科学的思想，决不是思想界中的一个时髦品。它是一种正确的认识世界、理解世界，并创造世界的方法，一种唯一的方法。世界这东西，只有靠着社会科学的光线的射照，才可以最正确的，最客观的，被人类看见。"①

革命文学论争结束之后，成立了"左联"，对现实主义的认识也进入了一个新的阶段。首先表现在对英语"realism"的翻译上，五四时译成"写实主义"；20世纪20年代末革命文学论者如上所述，称前者为"旧"的，加上了"新""普罗""无产""无产阶级"等限定词以示区别；30年代把它译成"现实主义"。最早体现在瞿秋白的《高尔基论文选集》里，他在《写在前面》中说："高尔基是新时代的最伟大的现实主义的艺术家。他不会从现实主义'realism'的中国译名上望文生义的了解到这是描写现实的'写实主义'。写实——这仿佛只要把现实的事情写焉，或者'纯粹客观地'分析事实的原因结果——就够了。这其实至多也不过是自欺欺人的'客观主义'，或者还是明知故犯的假装的客观主义"②，"客观主义"是苏汶的译名。后来他又及时地把当时在苏联公谟学院《文学遗产》上发表的文章译成中文，其中主要包括恩格斯致保·恩斯特（瞿译爱伦斯德）、玛·哈克奈斯（瞿译哈克纳斯）的信，俄国资格最老的马克思主义的传播者普列汉诺夫（瞿译普列哈诺夫）的四篇未发表的原稿，由无政府主义者转变为马克思主义者的拉法格所写的《左拉的〈金钱〉》。瞿秋白自己还撰述了《马克斯、恩格斯和文学上的现实主义》《恩格斯和文学上的机械论》《文艺理论家的普列哈诺夫》《拉法格和他的文艺批评》等文章（马克思，瞿译为马克斯），并与译作一起收录于1932年的《"现实"——马克斯主义文艺论文集》一书，他后来还翻译了马

---

① 钱杏邨. 中国新兴文学中的几个具体的问题［A］//中国社会科学院文学研究所现代文学研究室. "革命文学"论争资料选编：下册［M］. 北京：人民文学出版社，1981：936.

② 瞿秋白. 写在前面［A］//瞿秋白文集：文学编：第5卷［M］. 北京：人民文学出版社，1987：324.

克思和恩格斯致斐·拉萨尔和敏·考茨基的信，只可惜这些译作都没能发表，还是后来由鲁迅在瞿秋白牺牲后的 1936 年才把它们编成了《海上述林》出版。从他发表于《现代》第二卷第六期（1933 年 4 月 1 日）的《马克斯、恩格斯和文学上的现实主义》来看，翻译马、恩关于现实主义的文章明显地开阔与深化了瞿秋白对现实主义的理解。他从恩格斯对巴尔扎克、狄更斯、雨果、左拉的评论中，认识到了文学作品要有倾向性，即有政治立场，但又不应像席勒那样成为政治观念的传声筒，而应"莎士比亚化"；现实主义胜过自然主义，因为"巴尔扎克比过去、现在、将来的一切左拉都要伟大得多"；文学作品除了细节的真实外，还应表现典型环境中的典型性格。他还是认为巴尔扎克没有掌握辩证法唯物论的创作方法，但已不再把作家的世界观与作家的创作完全等同或对立起来，而是辩证地区别对待，现实主义的创作方法有时可以克服思想上的局限。显然瞿秋白的现实主义理论比前一阶段太阳社、创造社成员从日本引进的藏原惟人、青野季吉等人的新写实主义更接近马克思主义文艺观。

但是不是只有掌握了唯物辩证法才能写出现实主义的作品呢？随着 1932 年苏联宗派主义色彩较浓甚至连"同路人"都否定了的"拉普"的解散，它所倡导的"唯物辩证法"创作方法也遭到了批评和取消，取而代之以"社会主义现实主义"。1933 年初，《艺术新闻》根据日本上田进的论文的介绍最早把这一口号引入中国。1933 年 11 月，周扬在《现代》杂志上发表了《关于"社会主义的现实主义与革命的浪漫主义"——"唯物辩证法的创作方法"之否定》一文，在当时产生了重要影响，也使现实主义的认识和发展进入一个新的阶段。他在转述和介绍吉尔波丁的论述时，主要明确和强调了以下几点：①"唯物辩证法的创作方法"忽视了艺术的特殊性，把艺术对于政治、对于意识形态的复杂而曲折的依存关系看成直线的、单纯的，把创作方法的问题直线地还原为全部世界观的问题。但不意味着抛弃"唯物辩证法"，而是更加强化，更注重从具体现实生活中来汲取。②"社会主义现实主义"不是凭空想出来的，而是从文学实践中总结出来的，而且不能把它当作"一般的应用的万应药"；它最大的力量来源于真实性，而真实不在表面的琐事中，而在本质的、典型的创造"典型环境中的典型人物"；它还是为大众服务，被大众所理解的。③反对把现实主义和浪漫主义对立起来。周扬还在最后告诫："这个口号是有现在苏联的种种条件做基础，以苏联的政治—文化的任务为内容的。假使把这个口号生吞活剥地应用到中国来，那是有极大的危险性的。"① 1936 年，周扬写了《现实主义试论》重申上述观点，进一步强调正确的世界观对于作家认识复杂社会和反映客观真实的重要性，并把它放在第一等重要的位置上。他还指出，"典型具有某一特定的时代，某一特定的社会群所共有的特性，同时又具有异于他所代表的社会群的个别的风貌。"同时还在"典型"问题上又与胡风发生了争论，只是由于"两个口号"的论争把这个争论掩盖了，但埋下了两人之间恩怨的种子。

20 世纪 30 年代对马克思主义文艺理论的不断介绍，尽管大多是通过日本、苏俄转译的，尽管还存在许多的不足，至少加速了马克思主义在中国的传播，使许多人知道了一点马克思主义，并促使他们去不断了解、充实、丰富马克思主义，并逐渐成为当时主导性的社会思想。鲁迅就说："我有一件事要感谢创造社的，是他们'挤'我看了几种科学底文艺论，明白了先前的文学史家们说了一大堆，还是纠缠不清的疑问。并且因此译了一本蒲力汗诺夫的《艺术论》，以纠正我——还因我而及于别人——的只信进化论的偏颇。"② 1929 年鲁迅集中翻译当时被称为"新兴文艺"的有关论著，并承认马克思主义文艺理论是科学的文艺理论，逐步变成了一个党外的"马克思主义者"。当初受"革命文学"论者猛烈抨击的茅盾，在 20 世纪 30 年代初向"左联"的马克思主义文艺理论研究会提交的《"五四"运动的检讨》中，也用唯物辩证法把五四定性为"中国资产阶级争取政权时对封建势力的一种意识形态的斗争"，"中国新兴资产阶级企图组织民众意识的资产阶级的'文化运动'"，它虽完成了一定的历史使命，但反帝反封建并不彻底，最终与之妥协。"无产阶级运动的崛起，时代走上了新的机运，'五四'埋葬在历史的坟墓里了"③，

① 周扬. 关于"社会主义的现实主义与革命的浪漫主义"："唯物辩证法的创作方法"之否定 [A] //周扬文集：第 1 卷 [M]. 北京：人民文学出版社，1984.

② 鲁迅. 三闲集·序言 [A] //鲁迅全集：第 4 卷 [M]. 北京：人民文学出版社，2005：6.

③ 茅盾. "五四"运动的检讨：马克思主义文艺理论研究会报告 [A] //茅盾全集：第 19 卷 [M]. 北京：人民文学出版社，1991.

显然这是马克思主义者的话语。1932 年，茅盾还强调："文艺家的任务不仅在分析现实，描写现实，而尤重在于分析现实描写现实中指示了未来的途径。所以文艺作品不仅是一面镜子——反映生活，而须是一把斧头——创造生活。"①1933 年出版的长篇小说《子夜》给封建地主阶级敲响了丧钟，给中国民族资产阶级敲响了警钟，同时还拉开了新兴力量崛起的序幕。小说以现实主义创作方法，运用马克思主义社会科学对中国社会进行深刻而准确的洞察，并以小说的形式回答了中国社会的性质——"中国并没有走向资本主义发展道路，中国在帝国主义的压迫下，是更加殖民地化了"②，这可是当时争论不休的敏感而重大的问题。瞿秋白对《子夜》进行了高度的评价，他说："应用真正的社会科学，在文艺上表现中国的社会关系和阶级关系，而《子夜》不能不说是很大的成绩"，"一九三三年在将来的文学史上，没有疑问的要记录《子夜》的出版"。③ 文学史已经证明了，茅盾的《子夜》不仅为左翼文坛争得了荣誉，也为中国 20 世纪现代长篇小说树立起了一个艺术高峰。

20 世纪 30 年代文学意识形态化，使文学派别、文学社团从五四时期的同人性质或多或少都染上了政治性、阶级性和党派性色彩。随着马克思主义做传播越来越广，左翼文学的声势愈来愈大，这也引起了其他党派和学派的恐慌。来自右翼的无政府主义、国家主义以及民族主义文学派别，由于其政治色彩浓重，无论文学理论还是文学实践都没有多大成绩可言，对左翼文学没有构成实质上的威胁。而真正让"左联"觉得有必要对付的是来自政治思想不是非常明显的自由主义者，可以包括"自由人""第三种人""新月派"，以及"京派"文人等。而梁实秋似乎成为"左联"最难啃的硬骨头，他凭借着从美国白璧德那里获得的"新人文主义"思想，对无论是五四新文学还是保守复古的旧文学，无论是左翼文学还是右翼文学，无论是"论语派"的幽默小品文还是"京派"文学，都进行了尖锐的批评。彭康、冯乃超、郁达夫都撰文与梁实秋论辩，而最为尖锐、最为激烈的当属鲁迅与梁实秋之间的论

---

① 茅盾. 我们所必须创造的文学作品［A］//茅盾文艺杂论集：上［M］. 上海：上海文艺出版社，1981：330.

② 茅盾.《子夜》是怎样写成的［N］. 新疆日报·绿洲，1939-06-01.

③ 瞿秋白.《子夜》与国货年［N］. 申报·自由谈，1933-03-12.

争。人们以往只注意到了他的人性论，而忽视了他的理论是在反思科学的基础上产生的，下面就此来谈谈梁实秋如何在评论伊斯特曼的《科学时代中之文学心理》和《文学与科学》中论述文学与科学的关系。

一方面，梁实秋清楚地看到了科学，尤其是现代以来的实验科学对文学的影响。他认为，实验科学、自然科学的发展可谓一日千里，突飞猛进，其领域日趋扩大，代替了魔术、宗教及抽象哲学之后，又顺利地对文学加以攻击。科学侵入到了文学的大本营，其先锋就是"社会学"和"心理学"。文学不应该且不能拒绝科学的侵入，一来"科学研究的结果也许可以开辟新的文学的材料，也许可以令文学家对于一部分自然现象和社会现象得到较精确的认识"；二来文学批评与研究可以效法科学力求严密，改变旧有的文学思想之含糊笼统，变成莫明其妙的玄谈。

另一方面，梁实秋认为科学并不是万能的，两者所涉领域和所用方法不相同。他认为："科学的领域是有限制的，这限制不是由谁武断定下的，而是因为科学的根本性质和它所用的方法的性质而必然的有了限制，所以通常总以为科学的对象是外界的自然现象，而人的精神方面的现象不属于科学范围"；"科学以实证的方法研究自然与社会的现象，文学以经验的想象的方法来说明人生，科学的方法是没有文学的方法之优美动人，文学方法亦没有科学方法之准确精细。文学与科学是无所谓领域的冲突，因为是不在一个层境上。文学与科学之分工是方法上、观点上的分工，不是领域的瓜分"；其理由是"人的脑和神经系的活动状态是很难加以实验研究的，只得由构造和机能方面加以推测。由动物心理学推测到人的心理，其可靠程度是有疑问的。由现在的科学成绩来看，'人'有很大一部分仍旧是个谜，科学尚未能解释得清楚"。① 在《文学与科学》中，梁实秋继续批驳"心理学"和"社会学"无助于文学的研究。他认为"心理学"自命按科学方法来研究人的心理，但人的身体是否完全为一堆物质，人的心理是否亦完全受物质规律的支配？人的精神现象如何可以用实验科学的方法加以物质的说明？白鼠试验的结果有多少可以无疑地推论到人的心理？这些都是问题。同时他对"社会学"能否单

① 梁实秋. 偏见集［M］. 南京：正中书局，1934：117-144.

独成一门学科的资格都还有疑惑，而且认为社会学也存在着弊病，那就是，"人生中的经济政治等组织的问题是可以用科学方法来对付的，但社会科学（包括社会学在内）的效用是在一般现象的说明，现象里面的精神的内涵，是仍要靠个人的实际经验才得深刻认识"；最后他得出较为偏激的结论："心理学社会学都能帮助文学家更清晰的去认识人生，但并不能代替文学的地位。心理学社会学若是科学，一踏入主观的精神的领域里，立刻就成了假科学"。①

在分析了当时中外文学实情的基础上，梁实秋认为，在科学的侵入下文学的防御是失败了、撤退了，西方文学开始出现"为艺术而艺术""纯粹艺术""象征派""印象派"等的颓废的文学。它们无法承担"人生的批评"的重责，没有了人生意义的探索，失去了应有的道德价值，只讲究形式技巧，内容晦涩难懂，令人不知所云。而中国文学，要么在甚嚣尘上的科学救国的呼声中被斥之无用，弃如敝帚，要么在愈演愈烈的革命斗争中被视为武器，却又成了政治的工具，而还有坚守文学的，则要么不管春夏秋冬经营着"自己的园地"，要么不论风沙扑面只管幽默于"人世间"。对这些文学他都进行了严厉批判。按梁实秋新人文主义的理论逻辑，文学，特别是他所认为的好的文学或具有古典性经典文学是不受科学进步与否影响的。因为科学虽在日新月异，但文学无所谓进步，自古以来，能够成为经典文学的无一不是表现人性的，而人性是普遍的、永恒的、固定的、不变的，不会随着科学的发达而有所改变。因此，他仍然相信文学有着美好前途，"科学战胜了宗教，征服了玄学，现在又有人用科学的名义来征服文学，但是文学抵抗了哲学，抵抗了宗教，现在又有抵抗科学的机会了"②。

在当时看来，梁实秋无疑一个独异于文坛的人物，因为按照他的"人性论""天才论"，几乎没有哪部文学作品能入他的法眼，没有哪个文学理论能让他满意，这也招来各方对他的批判。现在看来，梁实秋对科学在文学中的运用虽带有点偏见，但总体还是较为中肯和辩证的，甚至还略带先见。因为

---

① 梁实秋. 偏见集［M］. 南京：正中书局，1934：197-210.

② 梁实秋. 偏见集［M］. 南京：正中书局，1934：114.

在当今科学如此发达的信息社会里，文学不但没有消失，反而以新的样式继续生存和繁荣起来。但为什么文学有如此顽强的生命力呢？从梁的文学理论中似乎也难以找到令人们满意的答案。

## 第四节 人文科学视域下的"审美-直觉"文学批评

把文学作为自然科学来看待，当然就强调其"真"，讲究知识性、真实性和规律性；把文学作为社会科学来对待，自然强调其"善"，讲究功利性、实用性和工具性。而文学更主要的应属人文科学，除了求"真"求"善"之外，它更应追求的是"美"，更应关注人类价值与精神表现，它应当是一种审美超功利、自足自主的艺术创造。

把文学引入美学视野中进行研究，并进而批判中国传统文学工具论的肇始者当推王国维，他首次向国人较为全面而深入地介绍了叔本华、康德、席勒的哲学和美学思想。他在《论哲学家与美术家之天职》中说："天下有最神圣、最尊贵而无与当世之用者，哲学与美术是已。"两者的价值不在"合当世之用"，而是对当世功利关系之超越，政治和实业才须合当世之用，注重一时的功利有用性。他认为中国历史上缺乏真正意义上的哲学家和美术家，也无真正意义上的哲学与美术，原因就在于缺乏对哲学和美术之独立价值和神圣位置的自觉。中国最完备者唯道德哲学与政治哲学。他认为文学应是自主独立的，为文学之外的目的而文学者都不是真文学，为利之文学为"餔餟的文学"，为名之文学为"文绣的文学"，"职业的文学家，以文学得生活；专门之文学家，为文学而生活"。① 应当说，王国维的文学理论所构设的潜在的理论体系，所使用的评论话语，所采用的写作文体以及其思维的方式和所凭借的西方文学理论的资源，都与中国传统文论有着根本的区别，在某种程度上

---

① 王国维. 文学小言［A］//晞辄. 王国维集［M］. 北京：中国华侨出版社，2018：619-623.

实现了古代文论的现代性转型。但王国维所倡导的文学自主论，要想从根本上取代传统的文学工具论，或对抗自梁启超以来所愈演愈烈的"文学革命""革命文学"等新式的文学工具论，显得较为不合时宜，因为清末以来中华民族所面临的亡国灭种之灾，使救亡图存乃全民族压倒一切的任务。王国维也只得以特立独行的自绝方式来维护文学的自尊，其后也有不少艺术的守护者自甘寂寞，甚至以身殉道。最主要体现在 20 世纪 20、30 年代留学欧美的自由主义知识分子身上，包括较早的"现代评论派""象征诗派""新月社"同人和稍后的"新月派""论语派""京派"文人（见表 2-3）。

从以上作家、学者或文艺理论家的留学经历可以看出，他们都没有经历由自然科学或社会科学转向人文科学的过程，而是一开始就选择外国文学专业，或从事文学密切相关的艺术、哲学、美学、心理学等专业，与上述热衷社会学、政治学、经济学、历史学等社会科学的留苏、留日学生完全不同。"新月派"余上沅的留美经历就是很好的说明。1923 年他得到清华学堂半公费补助留学美国，另一半费用是由父亲朋友资助的，条件是必须学政治。可他对戏剧更有兴趣，在赴美前夕，甚至公开发表了"我爱文学而尤其爱戏剧"的宣言，全然不顾当时社会上瞧不起"戏子"的传统偏见。到了美国后，并没有学政治，而是先在匹茨堡卡内基大学戏剧系攻读，后到纽约哥伦比亚大学读研究生，专攻西洋戏剧文学和剧场艺术，终因失去资助，不得不于 1925 年提前回国。"新月派"的徐志摩、邵洵美亦如此，本希望他们出去学经济学以继承家业，可两人都醉心于欧美文学，特别是唯美诗歌，更热衷组文学社团、办文学刊物、开出版社和书店。可以说，热爱文学艺术是表 2-3 中欧美留学者的共同之处，把文学人文科学化又是他们进行文学研究、文学批评的思维与方法。

最早研究美学，把文学艺术纳入美学范畴来研究的，应当是宗白华。他在留学英国、法国五年期间，就把目标锁定在广泛涉猎西方哲学和美学上，而且他于 1925 年 7 月被聘在南京东南大学哲学系任教后，开始写作《美学》提纲，从人生和文化方面论述美学研究的对象，并就美学的趋势、美感、审美方法、美感分析各学说之评价，美感分析方法，艺术创造之问题等方面，进行讲解。又在《艺术学》和《艺术学（演讲）》中，就什么是艺术学，艺术的范围、起源与进化，形式美，美感的主要范畴等问题，进行讲解。这两

表2-3　中国现代文学批评主流群体五四后留学情况一览表（二）

| 文学派别 | 姓名 | 国家 | 留学年份 | 所入大学 | 所学专业 | 主要文学理论主张 |
|---|---|---|---|---|---|---|
| 现代评论派 | 陈西滢 | 英国 | 1912—1922 | 爱丁堡大学、伦敦大学 | 文学、政治经济学（博士） | 认为文学的使命是疏导人的情感，引人向善支持新文学运动，但又反对暴力革命 |
| 新月派 | 徐志摩 | 美国 | 1918—1919 | 克拉克大学历史系 | 银行学、选历史学、社会学 | 提出诗歌的"灵感论""天才观"，倡导"不妨害健康"与"不折辱尊严"原则，反对偏激，鼓吹"爱" |
| | | 英国 | 1919—1920 | 哥伦比亚大学研究院 | 经济系、文学（硕士） | |
| | | | 1920—1922 | 伦敦大学（去剑桥大学皇家学院听课） | 政治经济学 | |
| | 闻一多 | 美国 | 1922—1925 | 芝加哥美术学院 | 油画 | 提出现代新诗格律的"音乐美""绘画美""建筑美"原则 |
| | | | 1923—1924 | 科罗拉多大学 | 油画 | |
| | | | 1924—1925 | 纽约一家艺术学院 | 美术 | |
| | 梁实秋 | 美国 | 1923—1924 | 科罗拉多大学 | 哲学、文学 | 坚持文学"人性论"，批评五四以来中国新文学的浪漫趋势，反对"抗战八股" |
| | | | 1924—1925 | 哈佛大学研究院 | 文学（硕士） | |
| | | | 1925—1926 | 哥伦比亚大学英语研究所 | — | |
| | 叶公超 | 美国 | 1920—1924 | 麻省赫斯特大学 | 文学 | 注重以作品为对象的具体的批评实践，即"实际批评"（西方）"新批评"的中国化 |
| | | 英国 | 1924—1926 | 剑桥大学玛地兰学院 | 英国文学（硕士） | |
| | 邵洵美 | 法国 | 1926 | 巴黎大学研究院 | 文学 | 主张诗歌唯美，投身文艺出版业 |
| | | 英国 | 1923—1927 | 剑桥大学 | 经济系（醉心于英诗） | |

111

续表

| 文学派别 | 姓名 | 国家 | 留学时间 | 所入大学 | 所入专业 | 主要文学理论主张 |
| --- | --- | --- | --- | --- | --- | --- |
| 新月派 | 余上沅 | 美国 | 1923—1925 | 匹茨堡卡内基大学 | 戏剧 | 介绍美国戏剧动态和有关戏剧理论。并在美国发起改编中国传统戏曲的"国剧运动" |
| | | | | 纽约哥伦比亚大学读研究生 | 西洋戏剧文学和剧场艺术 | |
| | | | | 阿美利加戏剧艺术学院格迪斯技术所 | 兼修舞台技术 | |
| 中国象征诗派 | 李金发 | 法国 | 1919—1925 | 第戎美术专门学校 巴黎帝国美术学校 | 美术、雕刻 | 受法国象征派诗歌影响，主张通过象征性的形象和意象来表现奇妙复杂的感觉、印象界，传达对外部世界的感觉、印象 |
| | 穆木天 | 日本 | 1920—1923 | 京都第三高等学校 | 文科 | |
| | | 日本 | 1923—1926 | 东京大学 | 法国文学 | |
| 现代诗派 | 戴望舒 | 法国 | 1932—1935 | 巴黎大学、里昂中法大学 | 法国文学 | 追求诗歌的"显与隐""真实与想象""现代与传统""中国与西方"的有机统一，"格律与自由"的 |
| 论语派 | 林语堂 | 美国 | 1919—1920 | 哈佛大学 | 比较文学（硕士） | 其文艺理论批评以"超政治—近人性（情）"思想为底色，以"表现—性灵"和"幽默—闲适"为主体 |
| | | 德国 | 1921—1922 | 耶那大学 | 德语 | |
| | | | | 莱比锡大学 | 音韵学（博士） | |
| | 徐訏 | 法国 | 1936—1938 | 巴黎大学 | 哲学（博士） | 接受伯格森的生命哲学、理学，精神分析学 |
| | | | 1925—1925 | 斯坦福大学 | 哲学（学士） | |
| | 全增嘏 | 美国 | 1925—1927 | 哈佛大学 | 哲学（硕士） | 从外国哲学史的研究为主，主编《论语》 |

| 文学派别 | 姓名 | 国家 | 留学时间 | 所入大学 | 所学专业 | 主要文学理论主张 |
|---|---|---|---|---|---|---|
| 京派 | 朱光潜 | 英国 | 1925—1929 | 爱丁堡大学 | 英国文学、哲学（硕士） | 以心理学研究文艺理论，美学，提出"心理距离说"。标举"纯正的文学趣味"，超然于文学政治功利目的 |
| | | 法国 | 1929—1930 | 巴黎大学 | 法国文学 | |
| | | | 1930—1933 | 斯特拉斯堡大学 | 文艺心理学（博士） | |
| | 李健吾 | 法国 | 1931—1933 | 巴黎现代语言专修学校进修 | 法国文学 | 强调批评的独立、自由与公平，取直观印象，"心灵探险"式批评 |
| | 梁宗岱 | 瑞士 | 1924—1925 | 日内瓦大学 | 法语 | 把西方象征主义讲学与中国传统诗论相"契合"。重视诗歌的"形式"而不是"内容"，提出"纯诗"观念，"走内线"批评 |
| | | 法国 | 1925—1930 | 巴黎大学 | 法国文学 | |
| | | 德国 | 1930—1931 | 海德堡大学 | 德语 | |
| | | 意大利 | 1931 | 佛罗伦萨大学 | 意大利语 | |
| 战国策派 | 陈铨 | 美国 | 1928—1930 | 奥伯林大学 | 文学（硕士） | 鼓吹"力"和"英雄崇拜"，批判五四运动和个人主义，提倡民族文学运动 |
| | | 德国 | 1931—1933 | 克尔大学 | 文学（博士） | |
| | 雷海宗 | 美国 | 1922—1927 | 芝加哥大学 | 哲学（博士） | |
| | 林同济 | 美国 | 1926—1928 | 密歇根大学 | 文学（学士） | |
| | | | 1928—1930 | 加利福尼亚州立大学 | 文学（硕士） | |
| | | | 1930—1933 | 加利福尼亚州立大学 | 政治学（博士） | |

续表

| 文学派别 | 姓名 | 国家 | 留学时间 | 所入大学 | 所学专业 | 主要文学理论主张 |
|---|---|---|---|---|---|---|
| 其他 | 苏雪林 | 法国 | 1921—1925 | 海外中法学院和里昂国立艺术学院 | 西方文学、绘画艺术 | 评述了五四前后文坛上的许多作家及其作品 |
| | 冰心 | 美国 | 1923—1926 | 威尔斯利女子大学 | 文学（硕士） | 关注妇女儿童和社会问题，创作儿童文学与问题小说 |
| | 钱锺书 | 英国 | 1935—1937 | 牛津大学 | 英国文学（副博士） | 回国后完成《谈艺录》《写在人生边上》 |
| | | 法国 | 1937—1938 | 巴黎大学 | 法国文学 | 《围城》的写作 |

门课程不仅是当时中国大学里哲学系第一次开设的课程，而且也是文学系、艺术系、建筑系等开设的第一门课程。只是由于没有公开出版发行，影响范围有限。但宗白华应是最先成功把中西文化、文论、美学与艺术融会贯通的一位。而比他影响更大的可算是稍后的朱光潜。

对悲剧推崇较早的无疑是王国维，他在《〈红楼梦〉评论》中对《红楼梦》的美学价值予以了高度的评价，认为它是彻头彻尾的悲剧、悲剧中的悲剧，对中国人之精神的背离与颠覆。王国维总结"吾国人之精神，世间的也，乐天的也，故代表其精神之戏曲小说，无往不著此乐天之色彩，始于悲者终于欢，始于离者终于合，始于困者终于亨"①，因为无论是戏剧《牡丹亭》《西厢记》《长生殿》，还是小说《水浒传》《儿女英雄传》无不是喜剧。胡适也是这么认为的，"中国文学最缺乏的是悲剧的观念。无论是小说，是戏剧，总是一个美满的团圆"②。从某种意义上说，团圆的文学是一种说谎的文学，决不能叫人有深沉的感动，决不能引人到彻底的觉悟，决不能使人起根本上的思量反省。这种悲剧观念的引进乃是医治我们中国那种说谎作伪、思想浅薄的文学的绝妙圣药。鲁迅在《论睁了眼看》中也曾感言："中国人向来因为不敢正视人生，只好瞒和骗，由此也生出瞒和骗的文艺来，由这文艺，更令中国人更深地陷入瞒和骗的大泽中，甚而至于已经自己不觉得。"③ 他们都是受西方的哲学和文学观念的影响，而提倡悲剧以反对中国传统文学中的虚假、虚伪和粉饰。但为什么要提倡悲剧？为什么人们喜欢欣赏悲剧？等一系列的理论问题，他们都只是浅尝辄止。真正从理论上深入探讨悲剧问题的当属朱光潜的《悲剧心理学》。

此书是朱光潜留学法国斯特拉斯堡大学时用英文写的博士论文，1982年时隔半个世纪才有中译本。全书所要解决的一个问题就是"人们为什么喜欢悲剧"，为此，首先，他对过去的哲学家，如柏拉图、亚里士多德、休谟、席

① 王国维.《红楼梦》评论 ［A］//晞辄. 王国维集 ［M］. 北京：中国华侨出版社，2018：412.

② 胡适. 文学进化观念与戏剧改良 ［A］//杨犁. 胡适文萃 ［M］. 北京：作家出版社，1991：55.

③ 鲁迅. 论睁了眼看 ［A］//鲁迅全集：第 1 卷 ［M］. 北京：人民文学出版社，2005：254-255.

勒、黑格尔、叔本华、尼采等人对悲剧的论述做一番检讨。他发现这些哲学家的悲剧研究都由于方法上有错误而被引到错误的道路上去：他们不是以归纳的方法，从研究大量的悲剧作品来建立自己的理论，而是从某种预拟的哲学体系中先验地演绎出理论，然后把悲剧作为具体例证去证明这个前提。他认为文艺研究最科学、最可靠的方法是要占有大量的材料，在此基础上提出观点，形成结论。因此，他尽量多地掌握这样一些论证的材料：一是悲剧的杰作；二是书籍和杂志上记录关于悲剧的意见和印象，包括悲剧诗人们的言论、观众读者等人的言论、演员的言论和哲学家的言论；三是有过审美经验者的个人印象。同时，他也看到了哲学家们的悲剧理论虽然没有一种能够令人满意，却几乎又都有一点道理，都不够充分，但也非全然错误。因此，他要公平地检查从前的理论，取其精华，采取批判和折中方法，形成一种全面系统的看法，消除偏见，解决矛盾，他甚至都不打算在博士论文中提出任何崭新的有关悲剧的理论，他也指望人们带着寻求新奇或独创性的目的来读他的论文。他认为，"推动学术的发展可以通过发现过去未知的东西来实现，也可以通过把已经说过的话加以检验，重新评价和综合来实现。"① 尽管他一再谦虚地说他不追求独创、首创、填补空白，其论文的水平之高及学术之新却是有目共睹的。学术贵在创新，但谈何容易，超越前辈固然可喜，但不误读、不误传、不误用也决非易事。

其次，朱光潜选择了一种较新的视角，即从文艺的接受者心理来思考悲剧的特点。他认为既不能从纯艺术的角度，也不能从道德伦理的角度去研究悲剧，而应从心理学的角度去研究悲剧的快感是如何产生的，"与别的艺术形式一样，文学也是心灵与心灵互相交流的一种媒介。一切正确的批评理论都必须以深刻了解创造的心灵与鉴赏的心灵为基础。过去许多文学批评之所以有缺陷，就在于缺少坚实的心理学基础"②。朱光潜认为从康德到克罗齐的欧洲主流的形式主义美学，虽提出了审美是直觉，是超功利性的观照等有价值的命题，它错在"它在抽象的形式中处理审美经验，把它从生活的整体联系

① 朱光潜. 朱光潜全集：2 [M]. 合肥：安徽教育出版社，1998：216.
② 朱光潜. 朱光潜全集：2 [M]. 合肥：安徽教育出版社，1998：226.

中割裂出来，并通过严格的逻辑分析把它归并为最简单的要素"。因为"在生活中，特别是在精神生活中，整体虽然是由各个部分组成，但各部分的总和并不就能构成整体。把纯分析方法应用于精神活动往往有歪曲精神活动本质的危险"。"他们把审美经验的纯粹性和独立性过度夸大，甚至认为不必自问，这样一种纯粹的审美经验是在什么条件下产生和维持的?"① 而事实上形式主义美学没有回答也不可能回答这个问题。朱光潜觉得布洛的"心理距离说"就弥补了其不足，它既像形式主义那样强调审美经验的纯粹性，又没有忽视有利或不利于产生和维持审美经验的各种条件。艺术成功的秘密在于距离的微妙调整。距离过度是理想主义艺术常犯的毛病，它往往意味着难以理解的缺少兴味，距离不足则是自然主义艺术常犯的毛病，它往往使艺术品难于脱离其日常的实际联想。以此为立足点，朱光潜批驳了当时最为盛行的写实主义或现实主义的弊病，因为它们与悲剧精神不相容。他认为，"悲剧中的痛苦和灾难绝不能与现实生活中的痛苦和灾难混为一谈，因为时间和空间的遥远性，悲剧人物、情境和情节的不寻常性质，艺术程式和技巧，强烈的抒情意味，超自然的气氛，最后还有非现实而具暗示性的舞台演出技巧，都使悲剧与现实之间隔着一段'距离'。"② 悲剧是伟大诗人运用创造性想象创作出来的艺术品，它明显是人为的、理想的。单是痛苦和灾难并不足以构成悲剧，只有经过艺术媒介的过滤之后，才能成为悲剧。人们在欣赏悲剧时也应把它与现实生活距离化，才能产生悲剧的快感。这些快感有人认为是来源于悲剧人物激起的观众人性中的恶意、同情、怜悯、恐惧等心理，同时还混杂着崇高感、正义感，并最终产生心灵的"净化"。因此不难看出悲剧的审美同情具有道德因素，但又不同于道德同情。前者使主体和客体一起行动，后者则使主体对客体采取行动。

最后，朱光潜还对中国古代为什么缺少悲剧进行了心理分析。新文化运动以来，对封建旧文学中表现出的大团圆和团圆主义，一直是新文学倡导者们批判的一个重点。究其原因，要么用"逻辑-实证"方法从中国传统文化方

① 朱光潜. 朱光潜全集: 2 [M]. 合肥: 安徽教育出版社, 1998: 231-232.
② 朱光潜. 朱光潜全集: 2 [M]. 合肥: 安徽教育出版社, 1998: 249.

面来考证，要么从"社会-历史"角度进行阶级、政治分析。而朱光潜认为，悲剧产生于宗教，而中国人缺乏宗教精神，是一个最计实际、最从世俗考虑问题的民族，不大进行抽象思辨，不大思考终极问题。中国人用很强的道德感来代替宗教狂热，对人类命运的不合理性没有一点感觉，虽也把痛苦归之于天命，这种宿命观不会导致悲观，反而会乐观地用"命该如此""命中注定"来自我安慰。文学也受到道德的束缚，强烈的道德感使中国作家不愿承认人生的悲剧面，所以中国戏剧多为善得善报、恶得恶报的大结局，都是喜剧。从研究态度、方法和表述来看，《悲剧心理学》都表现出与中国古代甚至与当时的文学批评和文学理论的不同之处，它更讲究学理性。他在中国美学史上第一次从审美经验这个角度来阐释悲剧乃至文学艺术，"审美经验一方面与普通的实践活动或道德活动有区别，因为它不是由任何满足实际需要的欲望所推动，也不是引导出任何要达到某种外在目的的活动。另一方面它也区别于科学态度，因为它并不包含逻辑概念的思维"①。当然，这之中的有些观点在后来的《文艺心理学》和《诗论》中得到了进一步的论证或修正。

　　《文艺心理学》是朱光潜在英法留学期间写成初稿，回国后在清华大学、北京大学、中央艺术学院任教时作为教材，并做了修改和增补，1936年定稿，是年 7 月由开明书店出版的。"这是一本讲科学的美学的书"，是我国较早问世的极少数非常严谨的文艺理论书籍之一。与《谈美》的信手拈来的学术随笔不一样，朱光潜在写《文艺心理学》时，是要先看几十部书才敢下笔写一章的，其科学性和严谨性可见一斑。为什么要写《文艺心理学》呢？一是朱光潜旅欧期间，西方心理学的长足发展，欧洲美学重视对审美经验做心理学研究的潮流，促使他立志写一部"从心理学观点研究出来的美学"；二是国内美学研究的稚嫩和贫乏，更坚定了他到美学园地垦荒的志向，誓做一个"国内仅有的研究科学的美学的人"，把光怪陆离的各派学说，归纳起来，批判分析，造成一个完整的美学体系。如果说《悲剧心理学》主要是将艺术的一般原理应用于悲剧快感问题，那么，《文艺心理学》则把文艺的创造和欣赏当作心理的事实去研究，从事实中归纳一些可

---

① 朱光潜. 朱光潜全集：2 ［M］. 合肥：安徽教育出版社，1998：225.

适用于文艺批评的原理。

对于美感经验，朱光潜主要依据康德、克罗齐的"形象的直觉"理论，提出审美的非功利性的非逻辑性；依据布洛的"心理距离说"，提出了审美需要审美者情感关注；依据立普斯（Theodor Lipps）的"移情理论"，分析审美过程中的"物我同一"现象；依据谷鲁斯（Karl Groos）的"内模仿说"，指出审美过程中伴随的审美者的生理变化。但审美者欣赏艺术品又绝不是被动的，实际上是包含创造性的。并在此基础上提出"什么是美"这个难题，"美的问题难点就在它一方面是主观的价值，一方面也有几分是客观的事实"①。他指出，"美不仅在物，亦不仅在心，它在心与物的关系上面"，"世间并没有天生自在、俯拾即是的美，凡是美都要经过心灵的创造"，因此"美就是情趣意象化或意象情趣化时心中所觉到的'恰好'的快感"，"美既不在内容，也不在形式，而在它们的关系——表现——上面"。②《文艺心理学》定稿时，与初稿相比，朱光潜的美学思想已发生很大的变迁。他说："从前，我受从康德到克罗齐一线相传的形式派美学的束缚，以为美感经验是形象的直觉，……现在，我觉察人生是有机体；科学的、伦理的和美感的种种活动在理论上虽可辩，在事实上却不可分割开来，使彼此互相绝缘。"③ 所以他专门写了一篇《克罗齐派美学的批评》，表明他是一位不敢轻信片面学说和片面事实的学问家，因为做学问持成见最误事。一方面，朱光潜肯定了直觉理论的美学价值。另一方面，也切中了其三大毛病：一是他的机械观，克罗齐把"美感的人"和"科学的人""实用的人"分割开甚至对立起来，把直觉完全与意志、思考、联想甚至媒介割裂开来；二是他的关于"传达"的解释，克罗齐认为直觉到一种形象或是想见一个意象就是艺术创造，是否传达出来并不重要，忽视了传达的媒介是会直接影响艺术的效果的，忽视了传达是作为社会动物的人的一种途径；三是他的价值论，克罗齐认为"直觉＝表现＝创造＝欣赏＝艺术＝美"，所以只有艺术与非艺术之分，而没有艺术的好坏之分。

---

① 朱光潜. 朱光潜全集：1 [M]. 合肥：安徽教育出版社，1998：340.

② 朱光潜. 朱光潜全集：1 [M]. 合肥：安徽教育出版社，1998：346-347.

③ 朱光潜. 朱光潜全集：1 [M]. 合肥：安徽教育出版社，1998：198.

朱光潜还就当时理论界的一些热点和长期争执不休的问题提出了自己的见解。在论及文艺与道德（其中道德实际上就是政治）之间的关系时，他认为中国传统的"文以载道"不能一概否定，这既是中国文学的短处也是其长处。"短处所在，因为它钳制想象，阻碍纯文学的尽量发展；长处所在，因为它把文学和现实人生的关系结得非常紧密，所以中国文学比西方文学较浅近、平易、亲切。"①"为艺术而艺术"的呼声不是那么容易就把数千年来的"文艺寓道德教训"的信条完全打倒，"文艺自主论"和"文艺工具论"这两个相反的主张各有各的道理，也各有各的毛病。朱光潜在思想倾向上尽管偏向于文艺自主论，但他并没有从"党见"出发为此辩护，而是站在纯学术的立场上进入文艺本身。他运用"心理距离说"来分析写实主义与理想主义各自的偏颇。艺术来源于生活，但与生活是有"距离"的。凡是艺术都必须带有几分理想性，都必是反对极端的写实主义的。理想主义和写实主义对于"距离"一个是太过，另一个是不及。艺术"要有几分近情理，'距离'才不至于过远，才能使人了解欣赏；要有几分不近情理，'距离'才不至于过近，才不至使人由美感世界回到实用世界去"②。中国古代，旧戏的角色往往戴面具、打花脸、穿高跟鞋，演戏时用歌唱的声调，画画不用远近阴影，形象只求神骨的妙肖而不求骸体的逼真，诗歌用音韵，都是因为这个道理。而近代技巧的进步逐渐使艺术逼近实在和自然，这在艺术上不一定是进步。

朱光潜的《变态心理学派别》《变态心理学》《悲剧心理学》等著作侧重于介绍西方理论和运用西方理论来分析西方艺术，《文艺心理学》则具有了中西比较的眼光。这部书不仅仅"瞻仰他人的色彩"，不仅仅介绍西洋近代的美学理论，而是注重借用外来的"镜子"照自己的面貌，应用外来的美学学说评析我国的文学作品，写下文学作品所引起的美感经验，提出研究的正当途径。"书中虽以西方文艺为论据，但作者并未忘记中国；他不断地指点出来，关于中国文艺的新见解是可能的，所以此书并不是专写给念过西洋诗，看过

---

① 朱光潜. 朱光潜全集：1 [M]. 合肥：安徽教育出版社，1998：297.
② 朱光潜. 朱光潜全集：1 [M]. 合肥：安徽教育出版社，1998：227.

西洋画的人读的。"① 为了让那些没有接触过西方文学的中国读者明白文艺心理学，朱光潜列举了不少的中国例子来阐释西方理论，其中有不少有趣而新颖的解释。这是中国人自己写出来的第一部具有现代科学形态的比较系统的美学著作，是在认真研习、比较中西文化基础上，"移西方美学之花，接中国传统之木"的重要成果，标志着美学在中国发展的新阶段。所以这部书问世之后，立即得到了学界的普遍赞誉。向培良在评介这部书的时候说："能以卓特的见解，自成一家之言的，不能不自朱先生的《文艺心理学》始。"有人指出，这部富有"划时代"意义的《文艺心理学》是"心理地"，也是"生理地""社会地""哲学地"去探寻文艺真理的书；是"一部充满智慧与精神见解的大书"；它的问世标志着我国文艺领域的"阴天里掀开一片蓝天了"。②众所周知，美学成为一门独立的科学，是在近代。王国维、蔡元培、鲁迅等先驱者为我国现代美学的建设做出了卓越的贡献。但是直到 20 世纪 30 年代初，我国还缺乏自己的影响广泛的美学专著，美学还没有与文艺理论分家，成为一门独立的科学。朱自清就深有体会，他说："我们现在的几部关于艺术或美学的书，大抵以日文书为底本；往往薄得可怜，用语行文又太将就原作，像是西洋人说中国话，总不能够让我们十二分听进去。"他认为朱光潜的《文艺心理学》是蔡元培先生提倡"美育代宗教说"以来第一部讲得"头头是道，醰醰有味的谈美的书"。③ 朱光潜也以此成为我国现代美学的开拓者和奠基人之一。

《文艺心理学》不仅以其开拓性和创造性的理论震撼文坛，而且文笔流畅，文字优美，将深奥的理论问题，出之以明白流丽的笔调，真可谓谈得是"美"，写得也"美"，堪称一部极美的散文集。诚如朱自清所言："这部《文艺心理学》写来自具一种'美'，不是'高头讲章'，不是教科书，不是咬文

---

① 朱自清.《文艺心理学》序［A］//朱光潜全集：1［M］. 合肥：安徽教育出版社，1998：524，525.

② 商金林. 朱光潜与中国现代文学［M］. 合肥：安徽教育出版社，1995：291.

③ 朱自清.《文艺心理学》序［A］//朱光潜全集：1［M］. 合肥：安徽教育出版社，1998：522.

嚼字或繁征博引的推理与考据；它步步引你入胜，断不会教你索然释手。"①
而最能体现朱光潜的这一风格的美学理论著作当属写于 1932 年的《谈美》。
这种深入浅出、通俗易懂的学术著作与有些故作高深、晦涩难懂、生造术语，
特别是食洋不化的论文论著形成极大反差，值得文艺批评界借鉴学习。

---

① 朱自清. 《文艺心理学》序［A］//朱光潜全集：1［M］. 合肥：安徽教育出版社，
1998：523.

# 第三章

# 开放与自主的现代文学理论

当中国的国门一点点打开之后，当西方列强一次次侮辱国人的时候，中国人才真正感到了"山外有山""国外有国"，也不得不收敛起傲慢与偏见，以被迫开放的姿态投入世界化进程之中。中国文学和文学理论也在几十年里，通过西方文学理论的译介，改变了传统的文学观念；通过各文学派别之间的不断论争，提升了现代文学理论的自主性；通过文学理论学科在现代大学中的建制，取得了知识合法权利。20世纪30年代，开始了文学理论从古代到现代的转向。

## 第一节　西方文学理论的译介

古代中国与异域的交往并不少，除了佛教进入中国那一次外，外来文明对于中国知识、思想与信仰世界的震撼，始终不是很大。居于主位的华夏本土文化一直在对外交流中处于主导和主动地位，并没有发生质的变化。直到明清两代，西方知识、思想与信仰逐渐有一个加速度进入中国的过程，中国才又一次真正地受到了根本性的文化震撼。古代中国，"天朝"和"中央"的观念确实强烈，即使"日心说"和西方的"地球观"已传入中国，魏源的《海国图志》，仍然把万国当成"四夷"，把中国自身置于"世界"之外。就是在鸦片战争之后的1848年，徐继畬绘制《环瀛志略》时，虽然已经按照西方世界地图，一一叙述了世界各洲各国，但是毕竟在朋友的劝告下，仍然要在卷首先放置《皇清一统舆地全图》以免惹麻烦，而且在序文里也要郑重声明"坤舆大地以中国为主"，并且要把中国画得似乎占了亚洲的三分之二。利玛窦曾经很抱怨："中国人把所有的外国人都看作是没有知识的野蛮人，并且就有这样的词句来称呼他们，他们甚至不屑从外国人的书里学习任何东西，因为他们相信只有他们自己才有真正的科学和知识。"① 可世界化的趋势不是中国所能阻止的，紧闭的国门毕竟是关不住的，当西方人开始凭借其航海技术，远渡重洋来到大明帝国，中国知识与思想的语境就逐渐进入"万国朝代"了。从 16 世纪中叶开始，中国的国际处境就已经相当尴尬了，在传教士及其象征的西方文明面前，中华文明所设定的"天下"观念逐渐瓦解，受到"世界"的冲击，中国正由笼罩"天下"的"中心"变成"万国"中的"一国"。对外开放，融入世界化体系之中，这是中国走向现代的唯一出路。

当世界进入现代社会之后，政治、经济、文化、军事等各个领域都表现出与古代社会的大不同，而最为明显的就是各个国家都不得不面向世界，封闭肯定落后，落后就得挨打。于是各民族国家之间开始有了政治上的对外交往，经济上的对外贸易，文化上的对外交流，军事上的对外结盟，当然交往与交流常常不完全是对等的。17、18 世纪是中国对欧洲的冲击，促成了欧洲面貌的改观。当时法国的启蒙运动中，百科全书派的领袖人物，如狄德罗、伏尔泰、孟德斯鸠、卢梭等人，都曾在自己的著作里，直接或间接地推崇中国，宣扬孔子，欧洲人尤为热衷在建筑、园艺、陶瓷和装饰等方面运用中国式图案。美国的意象派诗歌受中国古诗的影响颇深，曾在美国的新诗运动中掀起过"中国热"。因此费正清说："直到一个半世纪以前，中国在西方的生活中所起的作用，要比西方在中国的生活中所起的作用大得多"②，但到了19、20 世纪，则是欧美成了中国效仿的对象。

中国自被近代西方的船坚炮利洞开国门以来，百年来一直处于落后挨打的局面，无论在军事、政治、经济、文化等各方面都是在学习西方，甚至把西方与先进与现代化相提并论。当然，中国人对西学的认识并不是短时间就

---

① 葛兆光. 中国思想史：第二卷 [M]. 上海：复旦大学出版社，2001：350.
② 费正清. 美国与中国 [M]. 张理京，译. 北京：世界知识出版社，1999：143.

能完成的，可以逐步地从"楼外有楼"到"山外有山"，再到"海外有海"，但要认同"天外有天"却真有点"天崩地裂""天旋地转"之感。所以中国对世界的认识，只有外界的强力冲击下才会有所动摇。鸦片战争，中国吃了败仗，但心里还是不服，只不过认为西方列强的船坚炮利、科学技术领先而已，"器""技"胜于中国，而对于以道德治国、以礼治国、以伦理治国的中国人来说，西方在这方面依然是野蛮的，这些器物层面的东西只能作为实际的"用"，而不能成为"体"，更不能成为"道"。只有到了中日甲午战争之后，才真正地意识到中国的"体"也不行了，"道"也要变了。所以梁启超在《戊戌政变记》里说"唤起吾国四千年之大梦，实则甲午一役始也"，甲午战争确实给中国的思想界带来了天翻地覆的震动，中国对西学的认识有了极大转变，这也明显地表现在翻译上。

鸦片战争的失败，使中国人认识到西方的声光电化、机器制造等自然科学发达，所以清政府最先翻译的是这些有用之书。1868 年创办的江南制造局翻译馆，是近代中国第一个由政府创办的翻译西书机构。40 多年中，翻译馆先后聘请中外学者 59 人参加译书，共翻译西方政史、商学、教育、兵制兵学、数学、物理、化学、天文、地学、测绘、矿冶、机械工程、工艺制造、船政、农学、医学等各种实学 170 多种，自然科学类译书占 80% 以上。① 从中不难看出翻译馆的主要译书目的一为制造局生产服务，二为晚清政府的军事建设和军队改革服务。梁启超在 1896 年的《西学书目表序例》统计了 20 来年的 300 多种译书，也是这么认为的："已译诸书，中国官局所译者，兵政类为最多。盖昔人之论，以为一切皆胜西人，所不如者兵而已。西人教会所译者，医学为最多，由教士多业医也。制造局首重工艺，而工艺必本格致，故格致诸书，虽非大备，而崖略可风。惟西政各籍，译者寥寥。"② 这说明，在甲午战争之前，西方社会科学书籍的翻译还没有引起清政府的足够重视。

直到甲午战争惨败后，士大夫才明白西方列强还强在学术，即历史、哲学、教育、政治、法律等社会科学；直到严复，才看清楚"气机兵械之伦，

---

① 上海图书馆. 江南制造局译书全编：全 40 册 [M]. 上海：上海科学技术文献出版社，2008.

② 郭延礼. 中国文化碰撞与近代文学 [M]. 济南：山东教育出版社，1999：122-123.

皆其形下之粗迹"，"而非命脉之所在"①，才开始翻译西方近世思想之书。戊戌变法前后，他以古文辞翻译了赫胥黎（T. H. Huxley）的《天演论》、亚丹·斯密（Adam Smith）的《原富》（今译为《国富论》）、斯宾塞（H. Spencer）的《群学肄言》（今译为《社会学原理》）、约翰·穆勒（J. S. Mill）的《群己权界论》（今译为《论自由》）和《穆勒名学》、甄克思（E. Jenks）的《社会通诠》、孟德斯鸠（Baron de Montesquieu）的《法意》（今译为《论法的精神》）、耶芳斯（W. S. Jevons）的《名学浅说》、卫西琴（Alfred Westharp）的《中国教育议》等西欧哲学社会科学名著，及时而有重点地介绍和传播了西方资本主义文化。严复也因此被称为中国近代杰出的翻译家和思想启蒙家，可在文学上他却颇守桐城家法。对于西方的文学作品和作家，那时似乎还没有人理会，中国传统士大夫对中国文学有着强烈的自我优越感，即使是当时出过国、留过学，所谓"第一批睁眼看世界的人"也表现出对西方文学的不屑一顾。曼殊（梁启勋）说："吾祖国之政治法律，虽多不如人，至于文学与理想，吾雅不欲以彼族加吾华胄也。"② 中国历史上首位驻外国使节郭嵩焘曾任驻英公使兼驻法使臣，他到英国不久就说："此间富强之基与其政教精实严密，斐然可观，而文章礼乐不逮中华远甚。"梁启超很早就重视向西方学习，他认为"处今日之天下，则必以译书为强国第一义"，但即使在 1897 年的《论译书》中他所列译的九大类书籍，也没有外国文学一类。③ 被誉为"近代中国走向世界第一人"的中国第一任驻日公使黄遵宪在与日本人的谈话中就说："形而上，孔孟之论至矣，形而下，欧米之学尽矣。"④ 1867 年就漫游西欧十几国、住英国长达两年的王韬也说："英国以天文、地理、电学、火学（热学）、气学、光学、化学、重学（力学）为实学，弗尚诗赋词章。"⑤

直到 19 世纪末，林纾才揭开了翻译西方文学的序幕，这比自然科学和社

---

① 严复. 论世变之亟 [A] //严复集：第一册：诗文上 [M]. 北京：中华书局，1986：2.
② 郭延礼. 中国文化碰撞与近代文学 [M]. 济南：山东教育出版社，1999：12.
③ 郭延礼. 中国文化碰撞与近代文学 [M]. 济南：山东教育出版社，1999：126.
④ 王勤谟. 清朝晚期宁波一个小村庄中王氏族人的中日民间文化友好活动 [J]. 学理论，2010：170-174.
⑤ 王韬. 漫游随录 [M]. 长沙：岳麓书社，1983：122-123.

会科学的翻译来得晚了 30 年。据张俊才著的《林纾传》中统计林译作品共计 246 种，原著者不详的作品共计 65 种（未刊 2 种，已发表或出版的 63 种），原著者清楚的作品共计 181 种（未刊 22 种，已出或发表的 159 种），据此可知林译涉及的国家及作家作品数：国家 11 个，包括英、法、美、俄、希腊、德、日本、比利时、瑞士、挪威、西班牙，作家 107 名。① 由于林纾不懂外文，原本选择权全取决于与他合作的口译者，因此译了不少二三流的作品，但也有译得好的名著。如小仲马的《巴黎茶花女遗事》，史各德（现译司各特）的《撒克逊劫后英雄略》（《艾凡赫》），狄更司（现译狄更斯）的《块肉余生述》《冰雪因传》《贼史》《孝女耐儿传》，西万提司（现译塞万提斯）的《魔侠传》，地孚（现译笛福）的《鲁滨逊漂流记》。林译小说及其这一时期的翻译作品，对中国近代文学乃至现代作家产生的积极作用是不可否认的，但存在的局限和弱点也是有目共睹的：由于不懂外文或不通外语，翻译以意译和译述为主，误译、删节、改译、增添之处时见；为了适应中国人的阅读习惯和审美心理，因袭中国传统小说的程式和老套，使得译本在思想内容、结构体制上都失去了原著的风格，甚至变得面目全非。而且当时的翻译者通常都不注明原著者和译者，更造成翻译文学的混乱。与其说近代文学翻译的局限是由于翻译者的外语水平所致的，倒不如说是由翻译者受传统的文学观念、审美情趣、欣赏习惯和接受程度的制约而导致的，在文学研究会看来，这些翻译作品仍没有摆脱消遣、猎奇的眼光。林纾后来的思想逐渐落后并日趋保守可以为证。到了五四时期，他更是死抱住纲常名教和文言文不放，攻击、谩骂新文化新文学的倡导者。

文学观念的转变不仅有赖于文学作品潜移默化的熏陶，还有赖于文学理论的直接影响。中国古代文论的现代性转型的过程中，一大批筚路蓝缕者，如梁启超、王国维、胡适、周作人等，无不直接接受了西方哲学、美学、文艺学的影响。梁启超受法国启蒙主义思想和日本政治小说理论的影响，提出了"三界革命"，形成了他早期的"文学工具论"；王国维受叔本华的"生命意志"哲学和康德的"非功利性"美学思想影响，把它们运用到具体的批评

---

① 张俊才. 林纾传 [M]. 北京：中华书局，2007.

实践中，形成了"文学自主论"；胡适受美国的意象派诗歌理论和杜威的实证主义哲学的影响，发出了白话文运动的先声——虽然胡适本人在自己的文章论著中绝口不提前者；周作人受日本"白桦派"人道主义文学理论的影响，倡导"人的文学""平民文学"。只不过他们都只是把西方文学理论或零散介绍或有机融合在自己的文章和著作之中，没有把这些理论著作直接翻译过来，真正注意和着手翻译国外文学理论著作要到 20 世纪 20 年代末。

据中国国家图书馆馆藏、上海图书馆馆藏以及中山图书馆馆藏书目统计，1920 年至 1937 年的这一段时间里，杂志上翻译介绍的论文以及出版的文学批评、文学思潮、文学史等著作不计算在内，仅仅翻译过来的文学理论著作，就有 27 种；1937 年至 1947 年约 7 种。① 据 1935 年出版的《中国新文学大系》统计，1917—1927 年出版了大约 25 本外国理论译著，但较为严格意义上的文学理论著作不多。据 1989 出版的《中国新文学大系》统计，1927—1937 年翻译的外国文学理论著作已多达 200 来种。下面把现代文学近 30 年的部分美学、艺术学、文学理论著作的翻译、出版情况做一个粗略统计，也可彰显出中国现代文论发展的轨迹。

### 一、欧美文艺理论著作的翻译

表 3-1　20 世纪 20、30 年代翻译出版的欧美文艺理论著作

| 书名 | 著者 | 国家 | 译者 | 出版社 | 出版年份 | 备注 |
|------|------|------|------|--------|----------|------|
| 诗学 | 亚里士多德 | 希腊 | 傅东华 | 上海商务印书馆 | 1933 | 再版 |
| 美学原理 | 马歇尔 | 英国 | 萧石君 | 上海泰东书局 | 1922 | — |
| 文学批评之原理 | 温彻斯特 Winchester | 美国 | 景昌枉 钱堃新 | 上海商务印书馆 | 1923 | 1922 年连载于东南大学《文哲学报》 |

---

① 傅莹. 外来文论的译介及其对中国文论的影响 [J]. 暨南学报，2001（6）：84.

续表

| 书名 | 著者 | 国家 | 译者 | 出版社 | 出版年份 | 备注 |
|---|---|---|---|---|---|---|
| 白璧德与人文主义 | 白璧德 Irving Babbitt | 美国 | 吴宓 胡先骕 | 新月书店 | 1929 | 梁实秋编白璧德的论文集 |
| 文学研究法 | 哈德逊 Hudson. N. H | 英国 | 宋桂煌 | 上海光华书局 | 1930 | 次年再版，原名 An introduction to the study of literature |
| 拜金主义 | 辛克莱 | 美国 | 陈恩成 | 上海联合书店 | 1930 | 郁达夫也曾译过 |
| 唯物史观文学论 | 伊可维支 | 法国 | 戴望舒 | 上海水沫书店 | 1930 | 同年还有樊仲云的上海新生命书局版 |
| 文学之社会学批评 | 卡尔佛登 Calverton. V | 美国 | 傅东华 | 上海华通书局 | 1930 | 原名 The new spirit：a Sociological critism of literature） |
| 文学的艺术 | 叔本华原著 Saundess. J. B 转译 | 德国 英国 | 陈介白 刘共之 | 北平人文书店 | 1933 | 另有北新书局版 |
| 从社会学的见地来看艺术 | 居友 J. M. Guyau | 法国 | 王任叔 | 上海大江书铺 | 1933 | —— |
| 政治与文学 | 柯尔 Cole | 英国 | 郭祖劼 | 北平40年代的杂志社 | 1934 | —— |

续表

| 书名 | 著者 | 国家 | 译者 | 出版社 | 出版年份 | 备注 |
|---|---|---|---|---|---|---|
| 文学概论 | 汉特 Hunt. W. H | 美国 | 傅东华 | 上海商务印书馆 | 1935 | 1947年再版 |
| 美学原论 | 克罗斯 | 意大利 | 傅东华 | | 1935 | 1947年有朱光潜译本，正中书局出版 |
| 文学的故事 | 干恩 Gunn. S | 美国 | 王焕章 | | 1937 | 原名 The story of literature |
| 现代诗论 | P. 梵乐希等 | 法国 | 曹葆华 | | 1937 | — |
| 艺术的起源 | 格罗塞 Ernst Crosse | 德国 | 蔡慕辉 | | 1937 | — |

应当说，表3-1中所列出的欧美文艺理论著作中有一些在中文版面世前，就已经影响过中国的一些理论家，像叔本华之于王国维、克罗齐之于朱光潜、弗理契之于"左联"，只不过由于原作没能翻译，广大读者只是一知半解，甚至形成误解，以对成仿吾的认识为例。在法国居友（也有作"基友"说）的《社会学艺术论》和德国格罗塞的《艺术的起源》有中文版之前，人们很容易认为作为前期创造社的"自我表现"和"浪漫主义"的理论代表成仿吾，到1928年却突然倡导起"革命文学"来，完全是一种投机，甚至是自己打自己的耳光。当时的"语丝派"成员不都是这么讥笑的吗？其实，如果清楚了基友是一个十分强调文艺的社会功利性的现代哲学家和社会学家，知道了格罗塞在探讨艺术的产生和发展中证明了社会经济组织与精神生产之间的必然联系，而成仿吾对他们是心悦诚服的，也就不难理解成仿吾的转向并不是那么突兀。何况他在日本生活学习了那么久，也曾积极地投身于日本的左翼文学运动，其转向就更顺理成章了。

## 二、日本文艺理论著作的翻译

表 3-2　20 世纪 20、30 年代翻译出版的日本文艺理论著作

| 书名 | 著者 | 译者 | 出版社 | 出版年份 | 备注 |
|---|---|---|---|---|---|
| 苦闷的象征 | 厨川白村 | 丰子恺 | 上海商务印书馆 | 1925 | 1932 年再版 |
| | | 鲁迅 | 上海北新书局 | 1924 | 30 年代不断再版 |
| 文艺思潮论 | | 樊从予 | 上海商务印书馆 | 1932 | — |
| 新文学概论 | 本间久雄 | 汪馥泉 | 上海书店 | 1925 | 1925 年 7 月再版 |
| | | | 上海亚东图书馆 | 1930 | 1931 年 4 月再版 |
| | | 章锡琛 | 商务印书馆 | 1925 | 到 1928 年出四版 |
| 文学概论 | | 章锡琛 | 开明书店 | 1930 | 1930 年 8 月再版 |
| 文学研究法 | | 李自珍 | 北京星云堂书屋 | 1932 | — |
| 文艺谭 | 小泉八云 | 石民 | 上海北新书局 | 1930 | — |
| 文学十讲 | | 杨开渠 | 上海现代书局 | 1931 | — |
| 壁下译丛 | — | 鲁迅 | 上海北新书局 | 1929 | 收 25 篇日本文论 |
| 近代日本文艺论集 | — | 韩侍桁 | 上海北新书局 | 1929 | 内收 7 位日本现代理论家的 19 篇论文 |

续表

| 书名 | 著者 | 译者 | 出版社 | 出版年份 | 备注 |
|---|---|---|---|---|---|
| 文学之社会学研究方法及其适用 | 平林初之辅 | 林骙 | 上海太平洋书店 | 1928 | — |
| 文学之社会学研究 | | 方光焘 | 上海大江书铺 | 1928 | 1929 年再版 |
| 文学与艺术之技术的革命 | | 陈望道 | 上海大江书铺 | 1929 | — |
| 艺术简论 | 青野季吉 | 陈望道 | 上海大江书铺 | 1928 | — |
| 新写实主义论文集 | 藏原惟人 | 吴之本 | 上海现代书局 | 1930 | — |
| 新俄的无产阶级文学 | 升曙梦 | 冯雪峰 | 上海北新书局 | 1927 | — |
| 现代新兴文学诸问题 | 片上伸 | 鲁迅 | 上海大江书铺 | 1929 | — |
| 艺术方法论 | 川口浩 | 森堡 | 上海大江书铺 | 1933 | — |
| 文学的战术论 | 大宅壮一 | — | 上海联合书店 | 1930 | — |
| 文艺新论 | 藤森成吉 | 张资平 | 上海现代书局 | 1928 | — |
| 现代艺术十二讲 | 上田敏 | 丰子恺 | 上海开明书店 | 1930 | — |
| 苏俄文学理论 | 冈泽秀虎 | 陈望道 | 上海大江书铺 | 1932 | — |
| 新兴艺术概论 | — | 冯宪章编译 | 上海现代书局 | 1930 | 收藏原惟人、小林多喜二等12 人的 12 篇文章 |
| 新兴艺术概论 | — | 王集丛编译 | 上海星垦书店 | 1930 | — |
| 中国文学概论 | 儿岛献吉郎 | 胡行之 | 上海北新书局 | 1930 | 1943 年世界书局出版隋树森译本 |
| 文学论 | 夏目漱石 | 张我军 | 上海光华书局 | 1931 | — |

| 书名 | 著者 | 译者 | 出版社 | 出版年份 | 备注 |
|------|------|------|--------|----------|------|
| 西洋文学概论 | 吉江桥松 | 高明 | 上海现代书局 | 1933 | — |
| 社会文艺概论 | — | 胡行之编译 | 上海乐华图书公司 | 1934 | 内收加藤一夫等人的 6 篇论文 |
| 文学论 | 森山启 | 廖苾光 | 上海读者书房 | 1936 | — |
| 文学研究法 | 丸山学 | 郭虚中 | 生活书屋印书馆 | 1937 | — |

从历史来看，明治维新以前，日本的文化主要是学习中国，受中国的影响，日本文化学术实乃中国的延长与支流，而之后，日本文化开始转向欧美。有研究表明，在甲午战争之前的 300 年中，日本翻译中国书有 129 种之多，而中国翻译日本的书却只有 12 种，其中大多数还是日本人翻译的，只有《琉球地理志》（姚文栋译，1883）、《欧美各国政教日记》（林廷玉译，1889）是中国人翻译的。但甲午战争之后的十几年中情况发生了逆转，日本译中国书仅有 16 种，其中大多数还是文学书，而中国译日本书却达到了 958 种，内容包括哲学、法律、历史、地理、文学，也包括地质、生物、化学、物理，几乎涉及所有的近代知识，尽管这个时候的翻译还有相当多是假手东洋介绍西洋新知，但是这种逆转已经说明中国知识、思想与信仰世界的大势，已经无法维持它自己的自我更新和自我完足。①

对日本的文学理论著作的译介受两国之间的政治关系影响很大。1924 年以前，此类译介几乎没有，1937 年抗日战争爆发以后，这类译本也已鲜见。真正对日本文论的翻译呈现繁荣态势的时间为 1928—1936 年，1928 年之前的又差不多都在这个时期再版了，这是日本文学翻译选题上的一个重大变化。据王向远粗略统计，从 19 世纪末到 1949 年，中国共翻译出版外国文学理论的有关论文集、专著等有 110 余种。其中，欧美部分约 35 种，俄国与苏联部分约 32 种，日本部分约 41 种，日本文论占比接近 40%。其中，20 世纪 20—30 年代翻译的又占绝大多数。日本文论是现代中国文论的一个重要的外部资

---

① 葛兆光. 中国思想史：第 2 卷［M］. 上海：复旦大学出版社，2001：542.

源。20 世纪 40 年代，梁盛志就在《中国文学与日本文学》（国立华北编译馆）一书中指出，现代中国对日本文论著作的翻译介绍，"其数量之多，影响之大，要在日本的文学创作以上"①。另有资料表明，20 世纪 20—30 年代翻译的约 270 种日本著作中，文学理论方面的译本约 110 余种，占这一时期全部译作的 1/3 以上，这充分表明当时的日本文论与中国文学的密切关系，反映了在中国文论建设中对日本文论的重视。

在 20 世纪 20 年代后半期的短短的四五年时间里，厨川白村的主要著作几乎全都被译成中文，包括《近代文学十讲》《欧洲文学评论》《文艺思潮论》《近代的恋爱观》《走向十字街头》《小泉八云及其他》《欧洲文艺思想史》。当然较为著名的是《苦闷的象征》，这本在日本并不被重视的著作，却在中国从 1924 年到 1949 年单行译本有 120 种，综合译本 19 本。在 20 世纪 20—30 年代中国所撰著的许多文学理论著作和论文中，厨川白村的理论均被作为一家之言，或被引述，或被评论，或被作为立论的重要依据，他的文艺思想从不同的侧面影响着中国现代文学史上一大批重要的人物，也影响着中国现代文艺理论的建设。还有章锡琛所译的本间久雄的《新文学概论》（1930年 3 月更名《文学概论》），这两本书是 1925 年至 1935 年 10 年间在中国流行的唯一的外国学者的文学概论著作。直到 1935 年，商务印书馆才出版了美国人 T. W. 韩德的《文学概论》，1937 年，上海天马书店和读书生活出版社分别出版了苏联人维诺格拉多夫的《新文学教程》。本间久雄的著作以其流行时间长、印刷数量大、传播广泛，对中国文学理论，特别是文学概论的理论普及和理论建设产生了重要影响。毋庸讳言，中国 20 世纪 20—30 年代新型教材是接受本间氏著作影响的教材，是本间氏《文学概论》在中国的移植和变异。直到文学理论研究取得了长足进展的当代，本间久雄的《文学概论》仍然保持着独特的学术价值，所以一直到了 1976 年，当同类著作汗牛充栋的时候，我国台湾仍然出版了《文学概论》的新译本。② 从 1928 年至 1935 年，中国至少翻译出版了小泉八云的 9 种理论著作（含不同译本），包括有《小泉八

---

① 王向远. 二十世纪中国的日本翻译文学史［M］. 北京：北京师范大学出版社，2001：61.
② 王向远. 二十世纪中国的日本翻译文学史［M］. 北京：北京师范大学出版社，2001：72.

云文学讲义》《西洋文艺论集》《英国文学研究》《文学的畸人》《心》《文学十讲》等，他的印象式、鉴赏式、偏重个人感受的审美批评对朱光潜等人的"京派"理论批评影响较大。小泉八云用书札的形式，用散文家的笔法讲文艺理论，娓娓而谈，深入浅出，亲切平易，这十分契合朱光潜的心理。在留学欧洲之时，朱光潜曾写过《小泉八云》一文，认为小泉八云能充当西方文学者的向导，能激起学者理论学习的兴趣，他的文章本然天成没有刻意推敲，他的书信朴质无华、自然流露。这也直接启发了朱光潜，他用给青年朋友写信的方式来"谈美""谈文学""谈修养"，使深奥的或中国人还较为陌生的理论问题变得通俗易懂，而且还不失理趣与情趣，不失美感与亲近感。

20世纪20年代末，随着革命文学和左翼文学的高涨，对日本左翼文论的译介已占有很大分量。被译介的日本左翼文论家有平林初之辅、青野季吉、藏原惟人、片上伸、森山启、大宅壮一、川口浩、升曙梦等。表3-2中左翼理论家所译平林初之辅的著作，都是主张用科学的方法来对待文学，像研究社会与自然现象一样来研究文学现象，而没有把他最有代表性的《政治底价值与艺术底价值》译成中文。这也使得青野季吉的"目的意识论"与藏原惟人的"新写实主义"在中国失去了前者的平衡，使中国的"革命文学"更强调"革命"而淡化了"文学"，突出了"政治"而忽视了"艺术"，变成政治口号和标语。李初梨曾写过一篇文章题目都与青野季吉基本相同的文章《自然生长性与目的意识性》，此外，郭沫若、成仿吾、沈起予、傅克兴等人的文章都有他的影响痕迹。正如郭沫若所说："中国的新文艺是深受了日本的洗礼的。……一切日本资产阶级文坛的病毒，都尽量的流到中国来了。"① 当然他主要的是以此来评价五四文学受日本文学的负面影响，但著者觉得用此语来形容日本左翼文学理论对"革命文学"和左翼文学产生的负面影响可能更为贴切。福本主义对中国左翼文学运动产生了重大的影响，青野季吉和藏原惟人是创造社和太阳社所尊奉的理论家。

---

① 郭沫若. 桌子的跳舞［A］//郭沫若全集：文学编：第16卷［M］. 北京：人民文学出版社，1989：54.

### 三、俄国与苏联文艺理论著作的翻译

表3-3 二十世纪二三十年代翻译出版的苏俄文艺理论著作

| 书名 | 著者 | 译者 | 出版社 | 出版年份 | 备注 |
|---|---|---|---|---|---|
| 艺术论 | 托尔斯泰 | 耿济之 | 上海商务印书馆 | 1921 | — |
| 苏俄的文艺论战 | — | 任国桢 | 未名书社 | 1926 | — |
| 文学与革命 | 特罗茨基 | 韦素园<br>李霁野 | 北京未名社 | 1928 | — |
| 新艺术论 | 波格达诺夫 | 苏汶 | 上海水沫书店 | 1929 | — |
| 新兴文学论 | 柯根 | 沈端先 | 上海南强书局 | 1929—1930 | 续集又名《伟大的十年间文学》 |
| 艺术之社会的基础 | 卢那察尔斯基 | 雪峰 | 上海水沫书店 | 1929 | 据日文重译 |
| 艺术与社会生活 | 普列汉诺夫 | 雪峰 | 上海生活书店 | 1929 | 据藏原惟人的日译本重译 |
| 艺术论 | 普列汉诺夫 | 鲁迅 | 上海光华书局 | 1930 | 据日本外村史朗译本 |
| 艺术社会学 | 弗里契 | 胡秋原 | 上海神州国光 | 1931 | — |
| 唯物史观艺术论 | 普列汉诺夫 | 胡秋原编 | 上海神州国光 | 1932 | — |
| 高尔基论文选 | 高尔基 | 瞿秋白 | — | 1933 | — |
| 现实主义论 | 吉尔伯丁 | 辛人 | 上海光明书局 | 1936 | — |
| 文学论 | 高尔基 | 林林 | 上海光明书局 | 1936 | — |

| 书名 | 著者 | 译者 | 出版社 | 出版年份 | 备注 |
|---|---|---|---|---|---|
| 世界观与创作方法 | 罗达尔森 | 孟克 | 上海光明书店 | 1937 | — |
| 现实与典型 | 罗达尔森 | 张香山 | 上海质文社 | 1937 | — |
| 文学修养的基础 | 伊佐托夫 | 沈起予 李兰 | 上海生活书店 | 1937 | — |
| 现实主义——苏联文艺百科全书 | 米尔斯基 | 段洛夫 | 上海潮锋出版社 | 1937 | 据日文重译 |
| 新文学教程 | 维诺格拉多夫 | 楼逸夫 | 上海天马出版社 | 1937 | 1946 年以群译重庆联营书店出版 |
| 实证美学的基础 | 卢那卡尔斯基 | 齐明 虞人 | 上海世界书局 | 1939 | — |
| 科学的世界文学观 | 西尔列索 | 任白戈 | 上海质文社 | 1940 | — |

　　五四时期中国的苏俄文学翻译主要以文学作品为主，理论性的译介文章大都散见于报刊，而从 20 世纪 20 年代末开始以单行本形式出现的理论译著逐渐增多，并且很快形成了一种壮观、可与大规模的作品翻译相映成趣的局面，翻译最多的当属苏俄的无产阶级文学理论，与引进日本文论相近。不同的是翻译时间上，日本的多在 20 世纪 30 年代初期，因抗日战争而中断；苏联的多在 20 世纪 30 年代后期，抗日战争之后更为盛行。根据表 3-2 和表 3-3 的比较，可以发现苏俄无产阶级文学理论著作多从日文重译而来，日本左翼文论不少也是介绍苏俄的无产阶级文学理论的，如果再与欧美文学理论著作相比，日本文论的原创性并不太强。事实上，日本文论几乎都全面吸收、借鉴了西方文艺理论，其基本术语、概念、体系和思维模式都是在西方文论的基础上发展的，当然也有少数富有独创性的理论著作。所以说现代日本文论

是西方文论的一个分支，在一定程度上也不为过。

但为什么中国的文艺理论家不直接大规模地翻译西方文论呢？用张之洞的一段话来解释就再明白不过了。张之洞曾在 1898 年就学西方还是学日本这个问题说过，"至游学之国，西洋不如东洋：一是路近省费，可多遣；一是去华近，易考察；一是东文近于中文，易通晓；一是西书甚繁，凡西学不切要者，东人已删节而酌改之。中东情势，风俗相近，易仿行，事半功倍。"① 留学可走此捷径，文论的翻译亦未尝不可。一来中国精通日文的人数较多，精通欧美语言的较少，而有兴趣致力于欧美文论翻译的就更少。二来日本人向来以翻译外国著作迅速著称，而且善于模仿，在模仿中选择、融化、吸收、消化、创造。日本文论就是从庞杂晦涩的欧美文论中经过挑选、整理、综合而产生的，较为通俗、明了，易为中国人所接受。翻译日本文论，对于急于赶上西方、与世界同步的中国理论家来说，无疑是一条"多快好省"的捷径。

单单通过翻译日本文论，就可较多较快地了解西方文论，此话不假。但是否"好"和"省"，以后观之，并非如愿。就拿马克思主义文艺理论来说，马克思主义原产于西欧，东传俄国形成了列宁主义，再东进日本形成了福本主义。表现在文学观念上，马克思主义注重作为意识形态的文学与经济基础之间的复杂关系，列宁主义则开始强调文学为政治服务为阶级斗争服务，福本主义则认为无产阶级文学不能靠"自然生长"而要通过"有目的意识"的文坛斗争才能建立。几经转手传播到中国，似乎失去了原汁原味。蒋光慈曾担忧藏原惟人对苏联左翼文论的翻译和介绍并不太好，会给中国带来负面影响。他说："近来中国有许多书籍都是译自日文的，如果日本人将欧洲人那一国的作品带点错误和删改，从日文译到中国去，试问这作品岂不是要变了一半相貌么？"② 这种担心并非没有道理，可精通俄文的蒋光慈却并没有致力于俄文文论原著的翻译。鲁迅就此说过："我希望中国也有一两个这样诚实的俄文翻译者，陆续译出好书来，不仅自骂一声'混蛋'就算尽了革命文学家的责任。"并曾针对梁实秋讽刺他的"硬译"说："中国曾经大谈达尔文，大谈

① 王向远. 二十世纪中国的日本翻译文学史［M］. 北京：北京师范大学出版社，2001：9.
② 蒋光慈. 东京之旅［J］. 拓荒者 . 1930（1）：259-279

尼采，到欧战时候，才大骂了他们一通，但达尔文的著作的译本，至今只有一种，尼采的则只有半部，学英德文的学者及文豪都不暇顾及，或不屑顾及，拉倒了。所以暂时之间，恐怕还只好任人笑骂，仍从日文来重译，或者取一本原文，比照了日译本来直译罢。我还想这样做，并且希望更多有这样做的人，来填一填彻底的高谈中的空虚，因为我们不能像蒋先生那样的'好笑起来'，也不该如梁先生'等着，等着，等着'了。"①

尽管年轻气盛的"革命文学"论者操持着从日本带回的马克思主义对文坛大加批判，到处树敌，却被"自由人"讥为"非马克思主义者"甚至"反马克思主义者"；尽管鲁迅为了改变革命文学理论的贫乏状况，进行了执着的"硬译"，但究竟有多少人能真正读懂，同样令人怀疑。也许正是意识到了文学理论的翻译的艰难，"左联"成立后，专门建立了马克思主义文艺理论研究会，有计划地由瞿秋白从俄文原文翻译马克思主义经典作家的文艺理论著作，只可惜瞿秋白的这种才能发挥得太晚。"左联"的机关刊物几乎每期都刊有马列文论著作的译介。主要有马克思的《〈政治经济学批判〉导言》摘译、《论文化的各种形态（科学、技术、艺术）的不平衡发展》（译名为《艺术形式之社会的前提条件》）；《评普鲁士最近的书报检查法》和《第六届莱茵省议会的辩论（第一篇论文）》的摘译，译名为《马克思论出版的自由与检阅》；恩格斯的《致斯玛·哈克纳斯的信》（论现实主义与巴尔扎克）、《致敏·考茨基》（论文学·典型创造）、《致爱因斯特的信》（论易卜生）；列宁的《党的组织和党的文学》《列夫·托尔斯泰是俄国的镜子》；等等。也就是说，马列文论的一些主要文艺论著的主要部分都已翻译过来，探讨了文学与经济基础和其他上层建筑、文艺与生活、文艺的本质特征与规律、作家的世界观与创作、文艺批评与鉴赏等文艺理论基本问题。翻译过程中这样或那样的不足总是难免的，但国外马克思主义学者的文艺理论借着 20 世纪 30 年代左翼文学的兴起，开始发生实际的巨大影响，渐次取代 20 世纪 20 年代开始的相对肤浅的西方近现代艺术理论。

---

① 鲁迅."硬译"与"文学的阶级性"［A］//鲁迅全集：第 4 卷［M］. 北京：人民文学出版社，2005：216.

"多看些别国的理论和作品之后，再来估量中国的新文艺，便可以清楚得多了。更好是绍介到中国来；翻译并不比随便的创作容易，然而于新文学的发展却更有功，于大家更有益。"① 事实上，20 世纪 30 年代在中国占主要地位的文学理论流派，基本上都是在外国的影响下产生的，都曾翻译与介绍过国外的相关文学理论，甚至把国外的理论论争都搬到中国来上演了一场。开放的世界眼光，使中国文学理论家能大胆吸取国外理论，站在世界文学的立场，来思考和实践本民族的文学理论的现代性转向。大量外国文学作品和理论著作的翻译，使中国作家在思考"为什么中国没能产生出伟大的作品"时，觉得与苏俄、日本、欧洲相比，我国对文学的不重视，对文学批评和文学理论的更不重视，是落后的根本原因之一。俄国没有别林斯基、车尔尼雪夫斯基等伟大的文学批评家和理论家的出现，就不会有 19、20 世纪俄国文学的繁荣。"中国没有艺术论，所以文学始终没找着个老家，也没有一些兄弟姐妹来陪伴着。……文学这样的失去根据地，自然便容易被拉去作哲学和伦理的奴仆。"②

## 第二节　现代文学理论的自主性

西方文学名著和文学理论著作的译介，不但开阔了中国人的阅读视野，还改变了中国人传统的文学观念。在古代中国，文章是经国大业（曹丕的"文章乃经国之大业，不朽之盛事"指的是"文章"而非文学），诗歌是风雅韵事，词属诗余，曲通倡优，赋乃壮夫不为的雕虫小技，小说是不登大雅之堂的街谈巷语。因此，古代文人作家们尽管写下了大量的文学作品，有很多人对文学创作的态度和追求相当认真执着，但是，将文学和作家当作"正

---

① 鲁迅. 现今的新文学的概观［A］//鲁迅全集：第 4 卷［M］. 北京：人民文学出版社，2005：140.

② 老舍. 文学概论讲义［A］//老舍文集：第 15 卷［M］. 北京：人民文学出版社，1990：39.

业"、职业的人却是很少见的，即使是那些声名卓著，写出不朽之作的诗家文人，也大多把仕途经济、治国平天下当作"正业"与"正道"，而把文学写作当作"副业"或"小道"。即便没有仕途、举业在身，并且因种种缘故或自愿或被迫执笔为文，大多数人也是把有朝一日登"庙堂之高"当作正业、正途而耻于永为文人。在"文人无行""文人无文""一做文人便无足观"等价值观盛行的古代社会，是不会产生职业作家这一社会角色的。只有进入现代社会，才有如此宣言："我们相信文学是一种工作，而且又是于人生很切要的一种工作；治文学的人也当以这事为他终身的事业，正同劳农一样。"① 改变把文学作为"贡媚之物、进身之阶、游戏消遣之品"的传统文学观，建立起现代纯文学观念。提出以文学为职业，建立专门化的、职业化的、著作工会这些名词和事物的本身，就是一种现代性标志。德国著名社会学家马克斯·韦伯曾指出，社会的分工化、职业化、科层化，正是以工业化和资本主义为核心的现代社会的合理性、必然性行为。

中国古代的文学始终没能摆脱附庸的地位，文人也始终没能真正地独立起来，那些专门以文学为批评和研究对象的批评家和理论家，其地位似乎还要低文人一等。《文心雕龙》被称为我国第一部系统阐述文学理论的专著，可谓"体大而虑周"，是当时的集大成的代表作。可是对于其著者刘勰的生卒年月都只是一个大概记载，只能从蛛丝马迹中进行推算。他大约生于宋泰始初年（公元 456 年），卒年歧说甚多，一说卒于梁普通元年（公元 520）和二年（公元 521 年）之间，一说卒于梁大同四年（公元 538）和五年（公元 539年）之间。其书大致成于齐明帝建武三年和四年（公元 496 年、497 年）间，时三十四五岁。由于中国古代的文学还谈不上真正独立，泛文化的文学观念使得中国古代的说文、论文著作涉及的范围都非常广，往往包括一切形诸竹帛的文字。如挚虞的《文章流别集》包括颂、赋、诗、七、箴、铭、诔、哀辞、哀策、对问、图谶、碑等，李充的《翰林论》包括图、赞、表、驳、论、奏、盟、檄、诫、诰等，而刘勰的《文心雕龙》"论文叙笔"，更是囊括了诗

---

① 文学研究会宣言［A］//阿英. 中国新文学大系·史料 索引［M］. 上海：上海良友图书印刷公司，1936：72.

赋、史传、诸子、檄移、封禅等一切书面文字，并推本穷源，认为一切文字都渊源于五经。言大道、言治国必本先王先圣，言文章著作必本五经，这就初步构筑了一个明确的明道、征圣、宗经的理论模式。这一模式渊源于荀子，发端于扬雄，而完成于刘勰。荀子云："学恶乎始，恶乎终？曰：其数则始乎诵经，终乎读《礼》。"① 汉扬雄加以发挥，"书不经，非书也；言不经，非言也；言书不经，多多赘矣"②；"或问：五经有辩乎？曰：惟五经为辩；说天者莫辩乎《易》，说事者莫辩乎《书》，说体者莫辩乎《礼》，说志者莫辩乎《诗》，说理者莫辩乎《春秋》。舍斯，辩亦小矣"③。在汉代，四言古诗被尊为经，而赋则往往被认为是"辩丽可喜"的"雕虫小技"，如果能拉上《诗》这位具有显赫地位的老祖宗，则赋也就身价百倍。于是扬雄就把汉赋与《诗经》挂钩，托体自尊。刘勰在谈各体文学时分述其源，而总论全体，则认为一切文章俱源于五经。《文心雕龙·宗经》云："故论、说、辞、序，则《易》统其首；诏策、章、奏，则《书》发其源；赋、颂、歌、赞，则《诗》立其本；铭、诔、箴、祝，则《礼》总其端；纪、传、盟、檄，则《春秋》为根；并穷高以树表，极远以启疆，所以百家腾跃，终入环内者也。"④ 全书共列文体三十四类，除"杂文""谐隐""诸子""哀吊""议对""封禅""书记"外，其他文体都已列入五经的流衍之下，也即把一切文体者溯源于五经，建立了五经为千古文章之祖的文体发展观。

陈独秀明确指出："中国学术不发达之最大原因，莫如学者自身不知学术独立之神圣。比如文学自有独立之价值也，而文学家自身不承认之，必欲攀附六经，妄称'文以载道'，'代圣贤立言'，以自贬抑。史学亦自有其独立之价值也，而史学家自身不承认之，必欲攀附《春秋》，着眼大义名分，甘以史学为伦理学之附属品。音乐亦自有其独立之价值也，而音乐家自身不承认之，必欲攀附圣功王道，甘以音乐学为政治学附属品。医药拳技亦自有独立之价值也，而医家拳术家自身不承认之，必欲攀附道术，如何养神如何练气，

① 郭绍虞. 中国历代文论选：第一册 [M]. 上海：上海古籍出版社，1979：51.
② 郭绍虞. 中国历代文论选：第一册 [M]. 上海：上海古籍出版社，1979：97.
③ 郭绍虞. 中国历代文论选：第一册 [M]. 上海：上海古籍出版社，1979：98.
④ 刘勰. 文心雕龙 [M]. 徐正英，罗家湘，注译. 郑州：中州古籍出版社，2017：44.

方'与天地鬼神合德',方称'艺而近于道'。学者不自尊其所学,欲其发达,岂可得乎?"① 文学不独立谈不上文学的发达,文学理论不自主也谈不上文学的繁荣。

文学理论没有哪个时期像 20 世纪 30 年代受到如此的重视。文学理论已不再附属于文学创作,不再落后于文学创作,也不再是对过去的文学创作进行总结,反而走在创作的前面,要对创作提出要求,进行指导。"革命文学"的倡导者成仿吾就十分强调文艺理论的研究,他坚决反对只重视革命文艺创作而轻视文艺理论和批判的论调,甚至认为"也正因为这种轻视,我们的文艺运动才在饱受许多无知与反动的言论的病毒。这许是当面的受罚!"② 因此,革命文学应该褒奖文艺理论方面的努力,通过新文学理论上的提倡,作者有了激励而读者能够接受,这样才能实现文艺的方向转换。文学理论不仅影响读者,还影响作家,使得当时很多作家去学习、了解各种理论,特别是所谓的进步、科学的文学理论,鲁迅、茅盾也不例外。如果说五四时期产生职业的文学家,那么这个时期还产生了以理论研究、文学批评为主较为纯粹的理论批评家,如太阳社的林伯修和后期创造社的彭康、朱镜我、李初梨等人,而之前以创作为主的作家,如成仿吾、冯雪峰、钱杏邨,此后也多从事理论批评。五四时期各文学社团所创办的文学期刊主要是发表创作和翻译的诗歌、小说、戏剧、散文等文学作品和相关的批评文章,理论文章并不多,而纯理论的期刊更是少之又少。像文学研究会的《小说月报》《诗》《文学周报》,创造社的《创造日》《创造月刊》《洪水》,语丝社的《语丝》,莽原社的《莽原》,等等,当时的批评与争鸣也多围绕具体的作家作品和文学现象。随着 1928 年"革命文学"的呼之欲出,文学理论和理论家的地位一下子高起来,创造社的改变最为明显。

创造社的《创造月刊》从 1926 年 3 月 1 日创刊号到 1927 年的第七期,基本上都是发表文学作品,而从 1928 年 1 月 1 日的第一卷第八期开始全都是

---

① 陈独秀. 学术独立 [A] //陈独秀文章选编:上 [M]. 北京:生活·读书·新知三联书店,1984:274.
② 成仿吾. 全部的批判之必要 [A] //成仿吾文集 [M]. 济南:山东大学出版社,1985:251-252.

以理论文章开篇，第八期是麦克昂的《英雄树》，第九期是成仿吾的《从文学革命到革命文学》，第十期是成仿吾的《全部的批判之必要——如何才能转换方向的考察》，第十一期是麦克昂的《桌子的跳舞》，第十二期是彭康的《什么是健康与尊严——〈新月的态度〉底批评》。而第二卷的六期中，理论文章明显增多，还有不少是直接翻译的理论文章，创作则相对减少了。创造社还于1928年1月15日创办了后期重要的理论刊物《文化批判》。创刊号的《祝词》引用列宁"没有革命的理论，有革命的运动"的名言，强调理论学习、宣传、斗争的重要性，认为文化批判的任务之一就是为革命"贡献全部的革命的理论"。在总共的5期中，发表的基本上都是以马克思主义理论论述文学的革命性、阶级性的论文。同时创造社在1928年3月15日还出版发行了半月刊《流沙》，多刊载社会科学论文，辟《游击》专栏，以三言两语参与"革命文学"论争。1928年8月15日，创造社后期的综合性刊物《思想月刊》创刊，着重介绍马克思主义和苏联文艺理论，共出5期。1929年11月15日，创造社后期社会科学刊物《新思潮》（第七期终刊号改名《新思想》）创刊，写稿最多的是李一氓、朱镜我和彭康，主要介绍马克思主义理论。

同样倡导"革命文学"的太阳社也不甘示弱，1928年创办的《太阳月刊》也是每期都把蒋光慈、钱杏邨和藏原惟人关于革命文学理论的文章放在头篇。钱氏的《死去了的阿Q时代》犹如一枚重型炸弹，使本不平静的文坛炸开了锅。而新写实主义的引进又把茅盾代表的自然主义作为批判的靶子。《太阳月刊》被查禁停刊后又办《时代文艺》，虽指出无产阶级文学运动中高喊口号的时期过去了，要建设无产阶级文艺，努力创作作品并多发表作品，但它们的理论批评刊物《海风周报》依然把大量的篇幅留给了译介苏俄、日本的左翼文论。1929年3月创刊以发表创作为主的《新流月报》在1930年1月更名《拓荒者》，出满5期后遭禁，主要是大量发表左翼文论。

鲁迅在遭到创造社、太阳社的围攻后，也不再以发表文学作品《语丝》为阵地，而是新辟刊物，目的是使他的理论研究成果和文艺理论思想有了发表之处。1928年6月20日，鲁迅、郁达夫主编的《奔流》月刊在上海创刊，一年半后停刊，以翻译为主，最有影响的是鲁迅译的《苏俄文艺政策》，从创刊号开始连载。1930年1月，鲁迅主编的《萌芽》月刊创刊，主要介绍马克思主义文艺理论和苏联及各弱小民族的进步文学出至第 1 卷第 5 期，即遭当局查禁；2 月 15 日，鲁迅主编的《文艺研究》季刊创刊，专载文艺理论文章，仅出一期即遭禁。

1930 年"左联"成立后更加强调文艺理论的建设，行动总纲领中的一个主要点就是确立马克思主义的艺术理论及批评理论，并成立了"马克思主义文艺理论研究会"，包括中国无产阶级文学作品及理论的发展之检讨、外国马克思主义文艺理论之研究和外国非马克思主义文艺理论之检讨。1931 年在《中国无产阶级革命文学的新任务》中提出要进行理论斗争和批评，"去和那些经常不断的欺骗民众的各种宣传斗争，去和那些把民众麻醉在里面几乎不能找出的封建意识的旧大众文艺斗争，去和大众自己的封建的、资产阶级的、小资产阶级的意识斗争，去和大众的无知斗争"①。1932 年专门创办了"左联"理论指导机关杂志《文学》，尽管只出了一期，发了三篇文章。事实上，"左联"的历史也就是与各派别进行不断的理论斗争的历史。当国民党于1929 年抛出"三民主义文艺"政策，1930 年 6 月挂出"民族主义文艺"的招牌，"左联"以自己的机关刊物《前哨》（第二期起更名《文学导报》）为基本阵地，由瞿秋白、茅盾、鲁迅、冯雪峰等写文章，从理论批判和作品剖析的角度，着重揭露民族主义文学派的反动本质，说明他们杀人很在行，搞文艺却不配。"左联"对"新月派"的批判，主要在《萌芽月刊》上展开。同"自由人""第三种人"的辩论，时间长，涉及面广，影响大，主要发表在《现代》《文化评论》《文学月报》《文艺新闻》等。"左联"成立六年，发动三次关于文艺大众化的讨论，一次比一次广泛、深入。

无产阶级革命文学的口号一提出，立即在社会上引起巨大反响。一时间，革命的、进步的、落后的、反动的文艺刊物都卷进了旋涡，或者积极倡导，或者支持拥护，或者旁敲侧击，或者拼命反对，都以谈革命文学为时髦。就是处在文化交通均属阻塞的大西南的四川，也以《国民日报》《心潮》《血流》《誓矢》《新新文艺》为阵地，在成都、重庆等地展开论争。同时还引起

---

① 中国无产阶级革命文学的新任务：一九三一年十一月中国左翼作家联盟执行委员会的决议［J］. 上海鲁迅研究，1980（1）：101-112.

国民党的恐慌，他们惊呼这是"最近共产党的文艺暴动计划"，叫喊什么"国民党不应该有文艺政策吗？"1928 年 6 月，国民党中央宣传部召开了全国宣传会议，通过了"三民主义文艺"决议案，确定"三民主义文艺"为"本党之文艺政策"。一年半后，报纸上才有了《三民主义文艺的建设》（郭全和，1930 年 11 月 19 日、26 日上海《民国日报》《觉悟》副刊）和《三民主义的文学之理论的基础》（张帆，1930 年 10 月 22 日、29 日，11 月 5 日、19 日上海《民国日报》《觉悟》副刊）等鼓吹"三民主义文艺"的文章。虽有当时国民党宣传部的《中央日报》和上海的《民国日报》等几个文艺副刊作为阵地，虽在政治和经济支持方面都不成问题，但"三民主义文艺"只有口号，且没有领导，没有阵线，没有建立起中心意识，更没有拿得出手的作品。唯一有点文学味的算是 1930 年 7 月上海建国月刊社出版的小说《杜鹃啼倦柳花飞》，曾被南京、上海各报称为"三民主义文艺的第一部创作"，但却在结构上和表现手法上沿袭了普罗文学惯常的套路，甚至连国民党内部文艺人士都心生不满，这无疑是一个巨大的讽刺。这表明"三民主义文艺"既非思潮、流派，也非社团，而仅仅是一种为一定的阶级和政治集团服务的政策。可作为政策，没有站得住的理论，没有具体可行的措施。显然国民党制定文艺政策的初衷，就不在文艺，而完全是为了政治，目的在于通过文学理论宣扬其政治思想，掌握话语权。

相对于"三民主义文艺"，稍后的"民族主义文艺运动"略具文学色彩。1930 年 6 月 1 日在上海发表《民族主义文艺运动宣言》①，其主旨就在：以民族主义为文艺的中心意识，建立这种中心意识，乃文艺的最高意义和伟大的使命。对外，排斥马克思列宁主义，煽动反苏，与日本侵略者联合；对内，以民族这个空洞的名词来模糊阶级意识，反对阶级斗争，消灭共产党领导的革命，"围剿"左翼文艺。"民族主义文艺"亮出了理论，扯出了旗帜，挂出了牌子：有文学社团，如上海的"前锋社"、南京的"中国文艺社"、杭州的"初阳社"等；有期刊书店，如《前锋月刊》《文艺月刊》《文艺周刊》《黄

---

① 原载 1930 年 6 月 29 日和 7 月 6 日《前锋周报》第 2、第 3 期，1930 年 10 月《前锋月刊》创刊号；又载 1930 年 8 月 8 日《开展》月刊创刊号，其他论文都收录在上海光明出版部 1930 年 10 月出版的《民族主义文艺论》中，包括有五六篇理论文章。

钟》等；有作家作品，如李赞华的《变动》《矛盾》、黄震遐的《陇海线上》《黄人之血》等；再加上有政治后盾，有经济保障，有法律依据，似乎还红火了一时，也吸引了不少读者，特别是年轻学生的眼球。但经过"左联"的理论代表——鲁迅、茅盾、瞿秋白、冯雪峰等人——对其理论和作品进行一番反驳后，也就一蹶不振、偃旗息鼓了。当然，国民党绝不会袖手旁观，任共产党领导的"左联"蓬勃发展，任"普罗文艺"红遍全国，他们发布命令，取缔"左联"等组织，通缉左翼成员，查禁书刊，以法西斯的政权力量，用武力扼杀左翼文艺。文的不行来武的，软的不行来硬的，明的不行来暗的，总之一句话，要不惜一切代价把左翼和倾向左翼的文艺压制下去。

从五四白话文运动以来，每一种文学的诞生，总是先有这方面的文学理论，然后才有去检验这理论的创作实践，也就出现了理论先行的情况，难免出现理论与实践脱离的情形。倡导白话文从 1915 年就正式开始了，到 1917 年达到高潮，而白话文创作则要等到 1918 年的《狂人日记》才算是像模像样地登场了。1928 年的无产阶级革命文学也是先有理论家的大肆宣扬，才有无产阶级诗歌、小说等作品问世。事实上现代社会的一个重要特征就是，人类的一切活动都是在计划中进行的，是先制定了一个理想的蓝图，甚至都有了细致的实施步骤，然后再去实践，并在实践中检验、修正、更改或者推翻原来的计划，即使是失败了，也并不意味着下次行动就勿须先计划，只不过下次的计划更为充分、更为成熟。实际上，现代社会与前现代社会的不同之处就在于，它体现了一种面向未来、筹划未来的理想，从未来而不是从过去的传统或历史中寻找自己时代合理性的根据。打个不太恰当的比喻，这就像现在有的产品生产商、房地产开发商，新产品还没生产出来，新房屋还没建起来，还只是图纸，只是模型，还处于实验阶段，就开始铺天盖地地打广告，宣传鼓动甚至是吹嘘其商品如何好、如何新，至于到时货拿不拿得出，质量能不能保证，言符不符实，那还在其次，先把最好的方面向顾客讲了再说，吸引住消费者才是关键。

从这个角度来说，当时的"革命文学"等各种口号倒非常具有现代营销理念，它与传统的"酒香不怕巷子深"观念完全不同，因此初始阶段很多人不太理解。受到"革命文学"论者攻击的自不待言，鲁迅、茅盾都讽刺"革命文学"一派只是挂出了匾却还没有货,只有口号拿不出作品,只有理论没有创作。"新月派"梁实秋也是这样批评无产阶级文学的:"从文艺史上观察,我们就知道一种文艺的产生不是由于几个理论家的摇旗呐喊便可成功,必定要有有力量的文学作品来证明其自身的价值。无产文学的声浪很高,艰涩难懂的理论书也出了不少,但是我们要求给我们几部无产文学的作品读读。我们不要看广告,我们要看货色。我们但愿货色比广告所说的还好些。"① "京派"文人俞平伯的"理论固然要讲,也请拿点作品出来看看",就是针对左翼文学创作实绩贫薄的反唇相讥。甚至连"革命文学"的最早实践者蒋光慈也有过这样的认识:"我以为与其空谈什么空空洞洞的理论,不如为事实的表现,因为革命文学是实际的艺术的创作,而不是几篇不可捉摸的论文所能建设出来的。"② 其实,发展到后来,似乎大家都认识到了理论的重要,又有哪一个文学流派或社团没有自己的理论刊物、理论主张和理论文章?又有哪一个刊物不用一定的版面来抢占具有影响力的理论市场呢?梁实秋不也在利用《新月》宣扬其新人文主义文学理论,但能够反映普遍人性的理想作品又在哪里呢?胡秋原、苏汶在《现代》上反对阶级文学、标语口号文学,但理想的超阶级文学、非标语口号文学他们创作出来了吗?实际上,1928—1936年发生的一系列重大的文学论争,或者说理论话语权的争夺,都少有围绕具体作家作品的文学批评,多为理论与理论之间的论争、斗争,探讨的是"文学的阶级性""文学与政治""文学的创作方法""文学的大众化""文学与科学"等根本性的理论问题。欧美文学史,特别是自文艺复兴以来的历史表明,文学理论与文学批评的变革,往往先于文学创作,至少是并行的。

胡适的一段话似乎很能道出现代社会与古代社会的不同,他认为五四文学革命成功的一个重要的原因便是有意的主张。"这五十年的白话小说史仍旧与一千年来的白话文学有同样的一个大缺点:白话的采用,仍旧是无意的,随便的,并不是有意的。民国六年(1917年)以来的'文学革命'便是一种有意的主张。无意的演进,是很慢的,是不经济的。譬如乾隆以来的各处匪

---

① 梁实秋. 文学是有阶级性的吗 [A] //偏见集 [M]. 南京:正中书局,1934:27.
② 蒋光慈. 关于革命文学 [A] //中国社会科学院文学研究所现代文学研究室. "革命文学"论争资料选编:上册 [M]. 北京:人民文学出版社,1981:138.

乱，多少总带着一点'排满'的意味，但多是无意识的冲动，不能叫作有主张的革命，故容易失败了。太平天国的革命，排满的色彩稍明显一点，但终究算不得是有意识有计划的排满运动，故不能得中上阶级的同情，终归于失败。近二十年来的革命运动，因为是有意识的主张，有计划的革命，故能于短时期之中，收最后的胜利。文学上的改革，也是如此。"① 五四白话文之所以能速战速决于文言文，1928 年的无产阶级革命文学时髦于文坛，20 世纪 30 年代的左翼文学红遍文坛，似乎都是文学理论先行、文学创作垫后的结果。其实，文学理论在整个 20 世纪的中国文学中都占据着特殊、重要的意义。所谓特殊是指中国 20 世纪文学发生和发展的文化语境与西方不同，它不仅是一种文化转型的文学，而且是在各方面都直接受外国（主要是西方）文化思潮的冲击和影响下的文学。所以有学者把这种情况称为"意识的先导性"，也就是说，在文学发展中，常常在并没有相应的文学创作实践作为基础，甚至文化阻力相当大的情况下，作为理论观念的意识首先进入了文学，其次才引起了创作上的变化和反响。所以，中国 20 世纪文学总是先有"主义"的理论（虽然并非是完备和完善的理论）和提法（虽然并非是准确的提法），然后才有这一方面的创作，而且这种情况经常和所谓"真""伪"或者"是否合乎同情"之类争论搅和在一起。理论时而被视为推动文学发展，唤起文学活力的灵丹妙药，时而被认为是扰乱文学思想，冲击文学创作的洪水猛兽。②

　　经过 20 世纪 20—30 年代的一次次论争和论战，文学理论的自主性得到极大的提升，其重要性已逐渐得到了人们的认可。可还是有一班人对于研究文艺理论，似乎还存有一种不应有的轻视。创作者会认为，"我没有你那些文艺理论，还是能创作；你有了那些文艺理论，还是不能创作。"欣赏者会认为，"文艺的美妙和神秘是不能用科学方法分析的，你把它加以科学方法的分析，结果是使'七宝楼台，拆碎不成片段'。"这正是致力于文艺理论和美学研究的朱光潜在回国教学后所面临的窘境。但这些貌似"持之有故，言之成理"的论调并没能打消他研究文艺理论的信心。他认为，"一切事物都有研究

① 胡适. 五十年来中国之文学 ［A］//杨犁. 胡适文萃 ［M］. 北京：作家出版社，1991：62.

② 殷国明. 二十世纪中西文艺理论交流史论 ［M］. 上海：华东师范大学出版社，1999.

的价值，科学并不把世间事物划分为'应研究'和'不应研究'两种。除非自甘愚昧，除非是强旁人跟着他自甘愚昧，文艺创作者和欣赏者没有理由菲薄旁人对于文艺作科学的活动，这就是说，根据创作和欣赏的事实，寻求关于文艺的原理。"① 朱光潜始终相信文艺理论的研究对于文艺创作和文艺欣赏并非没有作用和价值。经过几年的潜心研究，他终于出版了《悲剧心理学》《文艺心理学》《谈美》《诗论》等几部在当时国内首屈一指的学术论著，也为中国的美学、文艺学等学科建设奠定了基础，促进了中国文学理论从古代向现代的转型和与世界的接轨。

# 第三节　现代文学理论的学科化

国外文学理论著作的大量翻译，表明中国古代文论无论在内容还是形式上都需要有一个现代的转型；国内文学派别不断的理论论争，表明文学理论无论在文学还是在社会领域的作用愈来愈大，但这些文学理论和文学观念不应只局限于文学家、文学理论家的认识上，应当成为整个社会的共识。而通过何种途径、采用何种方式才能使各种文学观念、文学思想深入人心呢？一百多年前，梁启超在《饮冰室·自由书》中，将"报章""学堂""演说"列为"传播文明三利器"。下面主要就现代大学制度与现代文学理论之间的关系，来谈谈 20 世纪 20—30 年代文学理论的学科化。

## 一、20 世纪初文学理论课程进入现代大学教育

中国古代文学理论少有"体大虑周"的《文心雕龙》式的理论专著。主要散见于：①先秦诸子著书中的某些章节、片段的文论。②笔记体的诗话、词话。③文人之间来往的书信和各种文集的序跋。④小说（含戏剧）评点。

---

① 朱光潜. 朱光潜全集：第一卷［M］. 合肥：安徽教育出版社，1987：198.

⑤诗、词、笔记、小说、戏曲、经传训诂、艺人谚语中有关文学的言论。① 其中所包含的一些基本概念、范畴、思想以及表现形式，经过两千年的传承都能绵延不绝。中国如此悠久的文学理论是如何传授的呢？当然不是通过现代教育制度，也没有现代传媒，是通过社会教育的方式而非学校教育的方式进行的。也就是说主要是文人们在阅读经史子集等著作的过程中，顺便接触到了前人散见于其中的有关文学的言论，或者完全是通过师徒或师生之间的口授，才得以传递下来。而且如前节所述，中国古代的正统文说一直是把文学要么附属于经学，要么斥为雕虫小技，文学没有地位，没有独立，而把文学作为研究对象的文学理论也就不可能自主。因此也就不难理解上千年的各类公学与私学教育中都没有文学理论教育这个内容，没有开设类似的课程，没有编撰相应的教材。中国的文学理论教育，正是在废除科举，古代文学理论遭受冷落之后；"西学"盛行，西方文学理论在中国传播之后；兴办学堂，文学理论从经史附庸独立成科之后，才得以出现的。但直到 20 世纪 20—30 年代，文学理论教育才真正做到科学化，科学化的表现是把文学理论当成独立的理论学科，同时按照学科要求编写出不同类型的文学理论教材。

鸦片战争之后，天朝帝国万世长存的迷信受到了致命的打击，闭关自守的、与文明世界隔绝的状态被打破，中国被迫走向世界。封建王朝的军事、政治、经济、文化教育乃至日常生活都受到了极大的冲击，封建传统教育的落后、空疏和愚昧日益显现出来，其培养目标、教学内容、课程设置等方面都与社会要求有着尖锐的对立和深刻的分歧。封建教育制度的改革势在必行，但从洋务派所举办的专门人才学堂，一直到1904年颁布的第一个在全国范围内付诸实施的学制——"癸卯学制"，清末的教育指导思想是"中学为体、西学为用"，办学宗旨为"无论何等学堂，均以忠孝为本，以中国经史之学为基，俾学生心术壹归于纯正，而后以西学瀹其知识，练其艺能，务期他日成才，各适实用"②，四书五经、忠君尊孔、纲常礼教依然是教育的核心内容，不可能对封建教育产生实质性的伤筋动骨。

---

① 蒋凡，郁沅. 中国古代文论教程［M］. 北京：中国书籍出版社，1994：8.
② 霍益萍. 近代中国高等教育［M］. 上海：华东师范大学出版社，1999：68.

1912 年，中国进入民国时期，文化教育的改革又被提到日程上来了。在著名教育家、时任教育总长蔡元培的主持下，教育部通过颁布一系列法令和规程，重新修订了学制，建立起新的学校系统。首要的是剔除清末教育的封建内容：废止小学读经课和大学的经学科，大学的文学门（后改系）之国文学类有文学研究法、中国文学史、美学概论等学科；废除 1906 年学部颁布的清末教育宗旨——"忠君、尊孔、尚公、尚武、尚实"，因为"忠君与共和政体不和，尊孔与信仰自由相违"；公布新的教育宗旨——"注重道德教育，以实利教育、军国民教育辅之，更以美感教育完成其道德"。① 不难看出，这次教育改革已渗透出蔡先生的"以美育代宗教"的教育理念，也预示着日后文学和文学理论在北大教育中地位的提升。

1917 年，蔡元培在改革北京大学的通科课程中，首列新增课程——文学概论。虽因各种缘故，没有专任教师，不列为必修课程，有时还有名无实，直到 1930 年，严锴在北京大学专门开设文学概论。但从当时北大的文科教师队伍（当时新文化运动的干将和五四白话文学的缔造者，如陈独秀、胡适、鲁迅、刘半农、钱玄同、沈尹默、周作人都被请来做教员，北大俨然成为文学革命的策源地和指挥部），从文学社团和文学期刊的涌现，从文学创作和文学评论的盛行，就可感受到文学在北大的地位，现代文学理论已深入人心。事实上，具有现代意义的文学理论已渐次取代传统文论。1914 年姚文朴在北大讲授"文学研究法"，后印刷出版，但其"文学"并非现代意义的"文学"，而是古代的"文章学"；"研究"一词，本为京师大学堂中国文学门所使用；"研究法"也并非当今方法论意义上的"法"，而是研究准则之意。为什么不沿用最初的"国文学"？为什么旧学用新名？正是他感觉到了西方现代文学理论所形成的巨大压力。北大后来开设了属于现代文学理论方面的课程，如徐元庆的现代文艺思潮、郁达夫的文艺批评论和小说论等。最早开设文学概论课程的是被视为保守派，并且与新文学派对立的学衡派的梅光迪。1921年，他在东南大学开设此课程，直接采用的是温彻斯特的《文学评论之原理》，此书中的某些章节和观点也曾被本间久雄的《文学概论》所吸收。只不

---

① 霍益萍. 近代中国高等教育 ［M］. 上海：华东师范大学出版社，1999：99.

过由于 1923 年被翻译成中文出版时采用的是文言文，而且又随意改动不忠实
于原著，所以反而没有本间久雄的译著那样影响深远。

## 二、20 世纪 30 年代文学理论著作出版概况

正是在国外文学理论著作的影响下，从 1928 至 1936 年，现代文学理论
著作出版的数量空前之多，多数是以文学概论课程教材出现的，也有不少是
以社会普及本面世的，还有一些是重在文学论争和文学批评的论文集。①

表 3-4　20 世纪 20 年代出版的文学理论著作

| 著作 | 著者 | 出版社 | 初版年 | 备注 |
|---|---|---|---|---|
| 文学论 | 刘永济 | 上海太平洋印刷公司 | 1924 | 1934 年由上海商务印书馆列入"百科小丛书出版" |
| 文学概论 | 马宗霍 | 上海商务印书馆 | 1925 | 1932 年又印"国难后第一版" |
| 文学概论 | 潘梓年 | 上海北新书局 | 1926 | 1933 年 9 月出横排 8 版，8 年间平均每年一版 |
| 文学概论 | 沈天葆 | 上海梁溪图书馆 | 1926 | — |
| 文学常识 | 傅东华 | 上海商务印书馆 | 1927 | "百科小丛书"第 123 种 |
| 文学概论 | 田汉 | 上海中华书局 | 1927 | 列入"常识丛书"，1932 年出至 4 版 |
| 文学概说 | 郁达夫 | 上海商务印书馆 | 1927 | 列入由王云五主编的"百科小丛书"第 137 种，1932 年 3 月出"国难后第一版" |
| 文学论 | 夏丏尊 | ABC 丛书社 | 1928 | 1930 年以《文艺论 ABC》书名收入世界书局"ABC 丛书" |
| 文学概论讲述 | 姜亮夫 | 上海北新书局 | 1929 | — |

① 阿英. 中国新文学大系（1927—1937）：史料 索引：二 ［M］. 上海：上海文艺出版社，
1989.

| 著作 | 著者 | 出版社 | 初版年 | 备注 |
|------|------|--------|--------|------|
| 文学原理 | 余鸣銮 | 上海民智书局 | 1929 | 1924年作为广东第一中学校讲义印行 |

以上文学理论著作已逐步实现中国古代文论的现代转型，不过前三种带有较明显的由古代文章学理论转向现代文学理论的痕迹，后几种作为新型教材，无论是在文学观念还是在文论体例、语言表述上都更接近西方现代文论。至少在文学的分类上没有同文章学理论混淆，这正是现代文艺理论现代性的重要标志。上述著作还在以后作为文学常识的社会普及读物多次再版，从表3-4中可知，当时几家大的出版社，如商务印书馆、世界书局、中华书局都致力于这类丛书的出版。商务印书馆的"百科小丛书"多达100多种，世界书局出的"ABC丛书"包括近代文学、神话学、农民文学、文化评价、小说研究、文艺论歌剧、独幕剧、诗歌原理等方面。

20世纪20—30年代除了上述综合性较强的文学原理方面的著作外，还有大量的文学理论各门类的分科著作。它们分开是独立的著作，缩小则是文学原理的一章一编。如诗论、小说论、戏剧论是文学原理中文学体裁的扩展，文学鉴赏、批评论是文学原理中文学鉴赏和批评的专门章节，文学著作则是文学原理中创作论独立成书，文学思潮论著作亦不过是文学原理关于文学发展过程的详细叙述。诗论著作有汪静之著的《诗歌原理》（1927年上海商务书馆）、俞念远著的《诗歌概论》（1932年上海汉文正楷印书局）、蒋梅生编著的《诗苑》（1932年上海世界书局版）、何达安著的《诗学概要》（1932年长沙商务印书馆印行）、梁宗岱著的《诗与真》（1934年上海商务印书馆）等；小说论著作有高明译的《小说研究六十讲》（1930年上海北新书局印行）、解弢著的《小说话》（1932年中华书局版）、赵景深著的《小说原理》（1932年上海商务印书馆）、贺玉波著的《小说的研究》（1933年上海光华书局印行）、陈穆如著的《小说原理》（1935年上海中华书局印行）、汤澄波译的《小说的研究》（1935年上海商务印书馆）等；戏剧论著作有熊佛西的《佛西论剧》（1928年北平朴社）、马彦祥著的《戏剧概论》（1929年上海光化

**表3-5　20世纪30年代出版的文学理论著作**

| 书名 | 著者 | 出版社 | 出版时间 |
|---|---|---|---|
| 文学概论 | 马仲殊 | 现代书局 |  |
| 文学新论 | 王森然 | 光华书局 |  |
| 文艺理论 | 陈穆如 | 启智书局 |  |
| 文艺通论 | 钱歌川 | 中华书局 |  |
| 文学概论 | 李幼泉 洪北平 | 民智书局 | 1930 |
| 文学入门 | 章克标 方光焘 | 开明书店 |  |
| 新兴文学概论 | 顾凤城 | 光华书局 |  |
| 文学通论 | 张崇玖 | 上海乐华图书公司 |  |
| 何谓文学 | 卢冀野 | 大东书局 |  |
| 文学概论 | 曹百川 | 商务印书馆 |  |
| 文学原理简论 | 戴叔清 | 文艺书局 | 1931 |
| 文学入门 | 赵景深 | 世界书局 |  |
| 新文学概论 | 陈北鸥 | 北平立达书局 |  |
| 文学概论 | 陈介白 | 北平协和印书局 | 1932 |
| 新兴文学概论 | 谭正璧 | 北平文化学社 |  |
| 文学概论 | 赵景深 | 上海世界书局 |  |

| 书名 | 著者 | 出版社 | 出版年份 |
|---|---|---|---|
| 文学概论 | 孙俍工 | 广益书局 | 1933 |
| 文学概论 | 胡行之 | 上海乐华图书公司 |  |
| 文学概论 | 张希之 | 文化学社 |  |
| 文艺通论 | 夏丏尊 | 开明书店 |  |
| 文学概论 | 薛祥绥 | 启智书局 |  |
| 文学通论 | 隋育楠 | 上海文新书局 | 1934 |
| 文学概论 | 崔载之 | 北平立达书局 |  |
| 文学论 | 汪祖华 | 南京提拔书局 |  |
| 文学常识 | 贺玉波 | 上海乐华图书公司 |  |
| 文学概论讲话 | 谭正璧 | 上海光明书局 |  |
| 新文学概论讲话 | 陈君冶 | 上海合众书局 | 1935 |
| 文学的基础智识 | 廖英鸣 | 国立中山大学出版部 |  |
| 文学概论 | 许钦文 | 北新书局 | 1936 |
| 文学的理论与实践 | 龚君健 | 拾得轩 |  |

华书局）、谷剑尘著的《民众戏剧概论》（1931 年）、向培良著的《剧本论》
（1936 年商务印书馆）等。① 我们还不应忽略这个时期各种论战中的主角们的
理论批评著作，如梁实秋的《浪漫的与古典的》（1927 年上海新月书店）、
《文学的纪律》（1928 年上海商务印书馆）、《偏见集》（1934 年南京正中书
局）等。

应当说，20 世纪 20—30 年代走进课堂、走入市场的文学理论著作远不止
这些，它还应包括前面所列出的那些直接翻译国外的著作，即使是上述文学
理论教材和社会普及物也难以穷尽，不用说当时已经出版的，更不用说当时
还没能发表的。老舍先生的《文学概论讲义》就是他 1930—1934 年在齐鲁大
学文学院教“文学概论”时写的讲义，没有公开发行过，由齐鲁大学铅印，
只是在 1982 年 9 月张瑞麟先生在查阅老舍资料时发现了。实际上，1930—1936
年，老舍先后在齐鲁大学和山东大学还讲授过小说作法、世界名著研究、欧
洲文艺思潮、近代文艺批评和外国文学史等课程，编写过不少讲义，只是后
面都散佚了。至于那个时候到底还有多少著作、讲义，是后人应该需要收集
和整理的，已不是本书的论题。著者只想探讨为什么在 20 世纪 20—30 年代
会有如此众多的文学理论著作，要知当时正是国民党实行“一党专政”“党化
教育”的时期。

### 三、现代大学制度下的文学理论生产

从生产与消费之间的关系中可知，生产是为了满足消费，消费又反过来
影响生产，现代知识亦是如此。当社会需要某种知识时，就会有人生产这种
知识，当某种知识已经过时，也就没人去关注它，去生产它。五四新文学之
所以能在短时间产生如火如荼的效应，就在于它以迥异于中国古典文学的白
话文学和外国文学，给读者以新鲜感、以实用性，无形中刺激起了读者的需
求，这又反过来激发了白话文学的创作。文言文和文言文学一下子被当作过
时的、守旧的、复古的东西失去了文学市场。中国古代文论所故有的一系列

---

① 毛庆耆，董学文，杨福生. 中国文艺理论百年教程 [M]. 广州：广东高等教育出版社，
2004.

概念、范畴、话语和表达方式，面对新起的现代文学，已陷入了严重的"失语"境地，这就需要一种新型的现代文学理论来对五四以后新诗、小说、戏剧的认识和评述提供理论依据。文学理论学科和现代文学理论著作也就应运而生。

潘梓年的《文学概论》是此类中较早的教材，它是怎么写作出来的呢？是他1925年应保定育德中学文学研究会之邀演讲而整理刊印的，1928年出版后，1929年又再版，之后不断再版达六次之多。为什么要讲文学概论呢？作为中学老师的作者是这样说的："'新文学'的声浪传入我们的耳鼓中，已有数年了！但'文学是什么？''文学的对象是什么？'尚在中学的我们，一点也不明白。所以组织一个会，请愿意指导我们的先生来指导我们。现在这一册简单的文学概论，就是指导者的一点陈述。我们所以要把它付印，是因为除了前几年翻译过来的几本关于文学原理的讨论，或文学史的研究，和最近译成中文的几本讨论文学原理书籍之外，我国的文坛上，散见于各杂志和报章上的，只有短篇的文学论著，而成系统的讲究，我们觉得很少见。这个演讲的材料，简明精确，如看上一遍两遍之后，我们以为至少对于文学能得个正确的和历史的概念。"[①] 这段话可看作那个时代青年学生对文学理论著作共同期待的内心表白。余鸣銮也对他写《文学原理》这本书和上文学概论这门课做过清楚的说明，主要是针对当时青年学生沉迷于盗诲淫之小说而不以为毒的现象，其主要目的在于"灌输文学原理于民众，使其对于文学有明确之观念、鉴赏之能力"，以改变"现代中国文坛弛沦"状况。傅东华做《文学常识》这本小册子的目的动机与余相同。他说："中国号称文物之邦，而近代文学转不如西洋各国之盛；此其故，原在文学之天才不世出，而读者社会之缺乏文学的趣味与常识，也是一大原因。夫锢蔽在科举制度之下已千百年之久，读者社会对于传统的文学观念一时不能摆脱，诚也难怪。方今新文学渐入建设的时代，自当以改变社会的文学观念为要图，故年来也曾把西洋讨论文学原理的著作介绍一二，但觉与我们一般社会的程度相差尚远，未必都能

---

① 潘梓年. 弁言［A］//文学概论［M］. 上海：北新书局，1929：1-3.

受用。这才感到文学常识的灌输方是首务。"① 而且当时有许多以"……讲座""……入门"为标题的著作，其目的显然是向社会普及新文学理论知识。

由此看来，无论是教师还是学生，无论是作者还是读者，都意识到了文学理论的重要性：推翻旧文学，不只是扫除旧文学作品之流毒，更要批判旧文学观念之害人；输入外国文学，不只是局限于外国作品的翻译，还要把外国文学理论介绍过来；巩固新文学的成果，不仅要靠优良的创作，还要有配套的文学理论和批评。如果说文学作品在形象，以情动人，那么文学理论在抽象，以理服人，情与理都不可偏废。青年学子乃至整个社会都对现代文学理论有一种求之若渴的急切，大学、中学相应增设文学概论课程或讲座，教师自编教材或翻译教材，各个出版社也为了能分到一杯羹而竞相推出文学理论著作，共同推动文学理论著作繁荣热闹局面的出现。当然这还与前面所提到的各派各别对文学理论话语权的争夺有关，也与国民党政府对待现代大学的态度有关。

1928 年，国民党建立政权后，为了尽早实现"一党专政"，将政治、经济、文化、教育统统控制起来。他们把教育严格纳入"一个党""一个主义"之下，视其为实施政治统治的有力工具，实行"党化教育"（后改为"三民主义教育"）。明确指出，"我们有了确定的教育方针，便要把学校的课程重新改组，使与党义不违背及与教育学和科学相符合，并能发扬党义和实施党的政策。我们应赶促审查和编著教科用的图书，使与党义及教育宗旨适合。"② 显然这种"党化教育"与北大、清华、东南、复旦、南开等著名大学的办学理念是冲突的。1917 年蔡元培入主北大后，主张"循思想自由的原则，取兼容并包主义"，他始终把大学看作研究高深学问的地方，认为政治和学术应有区别，学术上各派的共同生存，若相反实相成；学术没有国界，各民族间只有相互师法才能进步和发展。他反对学术研究中的封己守残，排除用行政方式干预学术思想和不同思想倾向之间的互为排斥。正是这种民主、科学、自由、平等的办学思想使北京大学成了名副其实的现代高等学府，其成功直

① 傅东华. 序 [A] //文学常识 [M]. 上海：商务印书馆，1927：1.
② 霍益萍. 近代中国高等教育 [M]. 上海：华东师范大学出版社，1999：194.

接对中国的文化教育界产生了深远影响。为了防止重蹈北洋军阀时期军阀支配教育、教育部门官僚化的覆辙，让学者在处理教育事务上有更多的权力，使教育保持相对的独立，蔡元培还在1927年创立大学院，并多次强调"教育事业当完全交与教育家，保有独立的资格，毫不受各派政党或各派教会的影响"①。1929年大学院制虽然被废止了，但在教育界，在知识分子中，教育独立于政治、超然于党派的思想却有相当广泛的市场。这也使得国民党在大学推行"党化教育"时不得不有所顾忌。

在前面已说过，国民党文艺界面对左翼文学理论咄咄逼人的气势，也采取了一系列的方法来对付，但实绩不佳。而且还在1934年希望通过政府行为把王平陵所著的《文艺家的新生活》作为教材，向学校和社会宣传"新生活运动"。这本小册子篇幅不大，可论述的问题却不小，其目录如下：一、绪论；二、文艺的意义和作用；三、新生活与文艺运动；四、过去的举制文艺给予国民生活的毒害；五、礼拜六派文艺给予国民生活的毒害；六、礼拜五派文艺给予国民生活的毒害；七、普罗文艺给予国民生活的毒害；八、今后中国文艺往何处去？九、今后中国文艺家应该怎样？十、结论。② 重点是对文艺家应有的风度、修养、卫生、生活趣味、爱情生活等进行要求。十分清楚，对这些问题的解答都蕴含着某种特殊使命，都努力把读者和作者引向"新生活运动"。这样的文学理论当然遭到了"左联"的批判，也不为大学所接纳。由于国民党在这一时期所面临的政治、军事、外交等方面的内忧外患，也无心无力去对学校进行严厉管治。直到1938年陈立夫当了教育部部长，国民党政府才真正加强了对高校的管理、控制。蒋介石当时声称："今天我们再不能附和过去误解了许久的教育独立口号。……应该使教育和军事、政治、社会、经济一切事业相贯通"，反对"各逞其见，各行其是"。③ 比较而言，20世纪30年代是我国近现代高等教育发展相对稳定、较为迅速的十年。因此有人说在梅贻琦校长任职的1931—1937年是清华大学的黄金时代，他敢用"思不出

---

① 蔡元培. 教育独立 [A] //高平叔. 蔡元培全集：第4卷 [M]. 上海：中华书局，1984：177.

② 王平陵. 文艺家的新生活 [M]. 上海：正中书局，1934.

③ 霍益萍. 近代中国高等教育 [M]. 上海：华东师范大学出版社，1999：243.

其位"的辩白来针对蒋介石于战前发布的那个"整顿学风令"，由此亦可见其思想的独立性。全面抗战爆发之后，国民党在高校不仅加强对教师和学生的控制，还加强对课程和教材的统一管理。1940年，教育部编了统一的全国《大学科目表》，"文学概论"不再是中文系的必修科目；教材也不再像抗战之前那样由各高校自行决定，不但需要各个环节的严格审查，还指定均由商务、正中、中华书局等负责出版，文学理论著作的数量大不如前。20世纪30年代虽未见政府统一制定的课程安排和指定教材，但不影响各高校文科甚至某些中学开设文学概论或文艺理论的课程或讲座，也不妨碍书坊之文学概论之类刻印颇有销路，更有利于理论研究者发前人之未有思，不依傍他人而有所新意。这也是具有现代意义的大学所应该做的：给师生提供发表歧见的平台，营造百家争鸣、各抒己见的学术氛围，鼓励独立自主的创新精神。只有这样的大学才能产生大师、大家、大学者，而事实上一些著名学者最终能托庇于现代大学，潜心进行学术研究，成为大师。

现代大学不仅是知识分子的聚集地，也是知识的主要生产地和消费场所。而知识往往是与权力紧密联系的，谁在某方面掌握的知识越多，也就意味着谁在这方面越有话语权，他就越有可能成为这方面的专家、权威。在现代社会，知识能不能成为知识，能不能转化为权力，还得看它能否得到大学的认可，在大学能否有立足之地。因为现代大学作为现代知识生产的主体，也把握了大学体制外的知识或被接纳或被拒斥的权力。当1917年文学概论赫然出现在北京大学的课程表时，当20世纪20年代文学理论成为清华学生的必修课时，当20世纪30年代文学概论类教材争相出版时，也就说明现代文学理论已全然不同于中国古代文论了，它可以脱离古代的经学，挣脱传统的文章学，摆脱落后文学创作的尴尬，具有了自主独立生产和发展的能力。文学理论学科的建制，使现代文学理论获得了合法的权力，也使新文学观念得到了传播，新文学成果得到了巩固。

# 第四章

# 祛魅时代的文艺大众化理论

在某种意义上，现代性的进程就是大众化的进程，大众化的方向也就体现了现代性的方向，文艺的现代化就是一个逐步摆脱特权而大众化、世俗化的祛魅过程。尽管人类早期的文艺发端于劳动人民的日常生活，但随着生产力的提高和文明的进步，广大人民群众却被剥夺了创作和欣赏文艺的权利，文艺成了贵族士大夫的特权。文艺要真正的大众化，首先就要摆脱以君王一人为中心的封建正统文学观念，树立以民众为中心的文学观念，从为"君"到为"民"体现了现代性思想精髓——民主。在晚清梁启超、王国维的文学理论中已初露端倪，经历了五四文学革命的洗礼以后，中国的文学观念发生了重大变化，帝王将相、贵族王孙、才子佳人等传统形象让位于下层的广大农民、平民劳动者、现代知识分子等人物；文学语言获得了解放，现代白话代替了传统文言；文体形式经历了全面革新，现代小说戏剧取代了传统诗文成为主流。但对于 20 世纪 30 年代的左翼文学理论家而言，五四文学革命的大众化并不彻底，郑伯奇认为，"文学——就连一切艺术——应该是属于大众的，应该属于从事生产的大多数的民众，因为生活条件所限没有和文学接近的机会。文学从来只是供资产阶级的享乐，不然便是消费的小资产阶级的排遣自慰的工具。大多数的民众所享受的是些文艺圈外所遗弃的残滓，而且这些残滓又都满藏着支配阶级所偷放安排着的毒剂。"① 客观说，这种站在无产阶级立场来评价所谓的"五四资产阶级文学"有失公允，因为文艺的大众化

---

① 郑伯奇. 关于文艺大众化的问题［A］//郑伯奇文集［M］. 西安：陕西人民出版社，1988：121.

绝不是一蹴而就的，它受到主客观的各种条件的制约。但这段话明确指出了文艺大众化是 20 世纪文学发展的必然趋势，随着报刊等现代媒体的涌现，文艺的批量生产得到了技术保障；随着现代学校教育制度的确立，越来越多的文化人对文艺的需求不断增多；随着现代政党的出现，文艺常被用作向大众进行政治宣传的工具。文艺如何才能大众化？这也就成了贯穿整个 20 世纪的重大理论命题。20 世纪 30 年代文艺理论界对此问题的讨论可说非常自觉、广泛和深刻，涉及语言表达、文体形式和思想内容等方面。

## 第一节　大众与大众文艺

"大众"一词，古已有之，《汉语大辞典》是这样解释的：①古代对夫役、军卒人等的总称。《吕氏春秋·季夏》："仲吕之月，无聚大众，巡勤农事。"高秀注："大众，谓军旅，工役也。"②泛指民众、群众。③犹言众人或大伙儿。汉王符《潜夫论·浮移》："夫既其终用，重且万斤，非大众不能举，非大车不能輓。"④佛教对信众的称呼。《大般涅槃经》卷十一："我今背痛，汝等当为大众说法。"①五四白话文运动时期，"大众"一词出现频率不高，与"文学"连用的常有"国民""平民""民众"等词。1917 年，陈独秀在《文学革命论》中提出了"国民文学"，与"贵族文学"相对，但表述不严密且划分得有点勉强。倒是郑伯奇于 1923 年写了一篇长文《国民文学论》，其中"国民文学"是"National Literature"的翻译，指的是"作家以国民的意识描写国民生活或抒发国民感情的文学"②，"国民"实为"国家"与"民族"。1919 年，周作人发表《平民文学》一文，其"平民"也非一般意义上的平民老百姓，更不是后来的"工农兵"，而是指"平等的公民或国民"，实际上是

---

① 中国汉语大词典编辑委员会. 汉语大词典 [M]. 北京：汉语大词典出版社，1988：1337.

② 郑伯奇. 国民文学论 [A] //黄候兴. 创造社丛：文学理论卷 [M]. 北京：学苑出版社，1992：126.

一个全体的概念，在他看来中国成了民国，大家也就成了公民。"平民的文学正与贵族的文学相反。但这两样名词，也不可十分拘泥，我们说贵族的平民的，并非说这种文学是专做给贵族，或平民看，专讲贵族或平民的生活，或是贵族或平民自己做的。不过说文学的精神的区别，指它普遍与否，真挚与否的区别。"贵族文学是偏于"部分的，修饰的，享乐的，或游戏的"，平民文学应"以普通的文体，记普遍的思想与事实"，"以真挚的文体，记真挚的思想与事实"。①

国内把"文艺"与"大众"较早联系起来的当属郁达夫。1928 年 9 月，他使用当时日本正在流行的"大众小说"，创办了《大众文艺》。那么，日本的"大众"指的是什么呢？首先指佛教之僧侣团，后被借用来指一般民众，继而有"无产者大众"之说，1928 年有人对"大众"做了全新的解释，说它指的是"相对于政治上的'领导者'而言，政治上没有自觉性的阶层"②，明显已带上了阶级意识。郁达夫借用"大众"一词既没有说明上述变化，也没明确他的"大众"内涵。他只是说："我们只觉得文艺是大众的，文艺是为大众的，文艺也须是关于大众的。西洋人所说的'By the people, for the people, of the people'这句话，我们到现在也承认是真的。"③ 从中可见，"大众"应该是一个全体的概念，而且郁达夫也明确反对把文艺局限隶属于一个阶级或一个团体。郁的说法遭到了彭康的反驳，彭认为"社会是由阶级构成的，阶级的斗争促进社会的发展，这是自然的必然的本质上的真相，所以我们在社会里看到的只是阶级，People 这个抽象的东西只是一个空洞的名字"，"从社会的构造及政治的立场上看来，大众文艺在理论上根本不能成立，在实际上就是欺骗青年"。④ 确实，当时说得更多的只有革命与反革命文艺、无产阶级文艺、小资产阶级文艺、资产阶级文艺、三民主义文艺等"阶级文艺"，却很

---

① 周作人. 平民文学［A］//中国新文学大系：建设理论卷［M］. 影印本. 上海：上海文学出版社，1980：211-212.

② 尾崎秀树. 大众文学［M］. 徐萍飞，朱芳洲，译. 北京：中国社会出版社，1994：115.

③ 郁达夫.《大众文艺》释名［A］//中国社会科学院文学研究所现代文学研究室. 革命文学论争资料选编：下［M］. 北京：人民文学出版社，1981：657-658.

④ 彭康. 革命文艺与大众文艺［A］//黄候兴. 创造社丛：文学理论卷［M］. 北京：学苑出版社，1992：297-305.

少有人说"大众文艺"。

"左联"成立后，在陶晶孙主编的《大众文艺》上连续进行了两次"文艺大众化的诸问题"的讨论，讨论者对"大众"有了新的看法。郭沫若认为"大众是无产大众，是全中国的工农大众，是全世界的工农大众"。陶晶孙指出"大众乃无产阶级内的大多数人"，"是被支配阶级和被榨取者的一大群"。冯乃超所指的"大众或群众"除了被压迫阶级外，还包括"从有意识的工人以至小市民"。在郑伯奇看来，大众指"从事生产的大多数的民众"。王独清明确地警示："这儿所谓的'大众'，并不是'全民'！所谓'大众'，应该是我们底大众，——新兴阶级的大众。"① 而后来有人更为详细地指出，"这里所谓大众，固然不妨广泛地说是国民的全体，可是主要的分子还是占全民百分之八十以上的农民，以及手工业者，新式产业工人，店员，小商人，小贩，等等。"② 不论措辞多么不同，他们对"大众"的理解有如下共识：第一，大众已不是全体概念；第二，大众是无产阶级的大众。不难看出，20 世纪 30 年代的"大众"主要指的是"农工群众"，还不包括抗日战争时期的"兵"，也不同于 20 世纪五六十年代的"人民群众"，更不同于 20 世纪 90 年代以来工业化、都市化过程中产生的"平均人"。

"大众文艺"，从字面上来讲，至少可以理解出三种不同的意思，即大众的文艺、关于大众的文艺和为大众的文艺。套用艾布拉姆斯的"镜与灯"之说，"大众的文艺"主要是从"作者"角度而言，指"大众自己创作的文艺"。"关于大众的文艺"主要是从"世界"方面来说，指以大众生活为材料的文艺。"为大众的文艺"主要是从"读者"方面来讲，指提供能够让大众理解和接受的文艺。综合三者，理想的"大众文艺"应该是由大众自己创造，用大众喜闻乐见的形式反映他们自己的生活状况、思想观念、立场价值等，使大众能从中获得美的享受和精神的愉悦。当 20 世纪 20—30 年代的"大众"特指"无产阶级大众"时，那"大众的文艺"也就成了"无产阶级大众的文艺"，是由无产阶级作家创作的文艺，但实际上真正来自这一阶级的作家是少

---

① 文振庭. 文艺大众化问题讨论资料 [M]. 上海：上海文艺出版社，1987.
② 陈子展. 文言白话大众语 [A] //文振庭. 文艺大众化问题讨论资料 [M]. 上海：上海文艺出版社，1987：209.

之又少的，他们的生计都成问题，又何谈文化教育，更无法奢谈文艺创作。即使有，也主要以口头文艺、说唱艺术、俚曲歌谣等形式存在，还被打上统治阶级的烙印。既然无产阶级作家那么少，那"关于无产阶级大众的文艺"就只能由非无产阶级的作家来代言，当然代劳的也不会很多，即使有，又由于这些作家缺乏无产阶级的生活经历，不具有无产阶级的思想感情，所创作的作品难以真实地反映大众的疾苦，表达他们的心声，有隔靴搔痒之弊。说到"为无产阶级大众的文艺"，那自然要大大超过前两种，不管是不是无产阶级作家都可以"为"，不管写不写无产阶级题材也可以"为"，不管无产阶级大众是受益匪浅还是深受其害那还是在"为"。

在党派冲突日益激烈的20世纪30年代，在革命、战争中充当主力军的农工大众当然不会再被漠视，自然成了各党派争取的对象，为大众提供文艺服务的同时也把党化教育、政治宣传给了大众，又何乐而不为？为此，共产党领导的"左联"开展了"大众文艺运动"，国民党中央宣传委员会推进"通俗文艺运动"，无政府主义和国家主义派提出了"无阶级的民众文学"。在商业竞争越发激烈的上海滩，众多的文学期刊、书店、出版社要生存发展，并不富裕的无产阶级大众也成了它们算计的对象，为大众提供消费品的时候也顺便把他们口袋中的钱掏出来，不是一种双赢吗？"鸳鸯蝴蝶派"创作的武侠、侦探、言情等"消闲小说"，"论语派"创作的"以自我为中心，以闲适为格调"的"幽默小品"，确实在一定程度上满足了都市小市民的文学需求。这些派别都主动地把文学面向自己所认可的"大众"，实质上却是另有所图。后两者所走的商业化道路，对文学总体上采取的游戏态度，在风沙扑面、党争白热化的20世纪30年代自然不见容于前三者，而在梁实秋等人的眼里，根本就无所谓"大众文艺"，因为"大多数是没有文学的，文学就没有大多数"，"好的作品永远是少数人的专利品，大多数永远是蠢的永远是与文学无缘的"。① 当然这种对大众的偏见和蔑视是很难站得住脚的，由于主要针对"无产阶级文学"而提出的，遭到了左翼作家的强烈反对。

在左翼作家看来，阶级社会里笼统的"大众文艺"是不存在的，在之前

---

① 梁实秋. 偏见集［M］. 南京：正中书局，1934：24.

还得加上限定词以示区别，如"无产阶级的大众文艺""封建意识的大众文艺""资产阶级的大众文艺"，而只有前者才称得上是"革命的大众文艺"，其他的都是"反动的大众文艺"。那么无产阶级的大众文艺到底由谁来创作呢？"大众文学的作家，当然是由大众中间出身的。……不过大众在现在这样生活条件下，他们中间想出代表他们自己的作家，实在是不容易的事情。而且在文化落后的国度里，这更其是困难到不可能的程度。所以智识阶级出身的作家，也不是应该排斥的。尤其是在文化落后的国度里，我们更应该欢迎这样倾向的智识阶级出身的作家。因为文艺毕竟是艺术，是需要一种特别技能的，而智识阶级的环境和修养很容易地获得这种技术。"① 但从实际情况看来，这些小资产阶级知识分子所创作的"无产阶级革命文学"并没有被普罗大众所喜爱，是"非大众的普罗文艺"，而普罗大众依然沉浸在各种旧式的封建文艺或新式的"鸳鸯蝴蝶派"以及民族主义文学派所制作的"通俗文艺"中。要创造出真正的中国无产阶级革命文学，争取到普罗大众对革命的了解、支持和参加，"左联"就须双管齐下。一方面，通过"组织工农兵贫民通信员运动，壁报运动，组织工农兵大众的文艺研究会读书班，等等，使广大工农劳苦群众成为无产阶级革命文学的主要读者和拥护者，并且从中产生无产阶级革命的作家和指导者"；另一方面，强调"今后的文学必须以'属于大众，为大众所理解，所爱好'（列宁）为原则；同时必须达到现在这些非无产阶级出身的文学者生活的大众化和无产阶级化"。②

"左联"成立后的几年一直把"文艺大众化"作为头等大事来对待，通过了几次决议和持续的讨论来强化这一任务的重要性。除《大众文艺》所组织的讨论外，1931 年在"左联"的机关刊物《文学》上发表了瞿秋白、冯雪峰等人的带有指导性的文章，1932 年又在《北斗》杂志和《文学月报》上进行了该问题的深入讨论。如果说这一两年所进行的讨论还局限于"左联"内部的话，那么，1934 年掀起全国性的大众语文学运动则把文艺大众化的讨论

---

① 郑伯奇. 关于文艺大众化的问题 [A] //郑伯奇文集 [M]. 西安：陕西人民出版社，1988：122.

② 冯雪峰. 中国无产阶级文学的新任务 [A] //冯雪峰文集 [M]. 北京：人民文学出版社，1983：328.

推向了高潮。当时全国有影响的报刊悉数登场，各派各别都有名人撰文。可以毫不夸张地说，对文艺大众化的讨论是 20 世纪 30 年代持续时间最长、规模最大、范围最广的一次文艺争鸣，主要涉及文学语言、体裁和作家思想如何大众化等问题，对以后的大众文学研究都有启发。

## 第二节 语言变革：从"白话"到"大众语"

恩斯特·卡西尔曾不无感慨地说"人类智慧的起点是语言"，而中国现代文艺的起点也恰恰是对语言的革命——五四白话文运动。事实上，凡是文学上的重大变革，几乎都是从文字开始，但丁的《神曲》之用意大利语，湖畔派三诗人的民谣体诗之用英语，拉伯雷的《巨人传》之用法语。对中国言文问题的思考最早始于近现代转型期的大诗人黄遵宪。在著作《日本国志·学术志》中，黄遵宪主张语言与文字合，并对口语（言）与书面语（文）间的关系做了如下论述："文字者，语言之所从出也。虽然，语言有随地而异者焉，有随时而异者焉；而文字不能因时而增益，画地而施行。言有万变而文止一种，则语言与文字离矣。"① 自始，晚清改革之士比照他国语言文字状况，对中国语言文字不统一的现象多有指摘，并认为此特点有碍教化，是造成中国文化停滞不前、民众愚昧的要因。1889 年维新派人物裘廷梁在《苏报》上发表《论白话为维新之本》，把语言和文字的关系上升到与政治改革相连的高度，将言文问题转化为与智国智民相关的民族问题，为国人敲响了警世钟。他认为，"是愚天下之具，莫文言若；智天下之具，莫白话若……文言兴而后实学废，白话行而后实学兴；实学不兴，是谓无民。"② 王照也充分认识到普及教育对于富国强民的重要性，他立志要造出一种统一中国语言文字

---

① 黄遵宪. 日本国志学术志二文学［A］//郭绍虞. 中国历代文论选：第四册［M］. 上海：上海古籍出版社，1980：117.
② 裘廷梁. 论白话为维新之本［A］//郭绍虞. 中国历代文论选：第四册［M］. 上海：上海古籍出版社，1980：172.

的官话字母，并于 1900 年形成晚清切音字方案中推行规模最大的《官话合声字母》方案初稿。而梁启超在 1902 年写的《新民说·论进步》，更偏重于从文字进化与世界文明的角度来观照语言文字问题。他认为中国停滞不前的重要原因就是"言文分而人智局"，言文分无法适应现代社会的发展，对"当事应用之新事物、新学理，多所隔阂，此性灵之浚发所以不锐，而思想之传播所以独迟也"①。梁启超还创立了一种"时务文体"，相对于古文严谨的义法格式，新文体不拘一格，在语辞、句法、章法上形成自己显著的文体特征，行文舒展，汪洋恣肆，尤其在语言上吸收俚语以及日文中的汉字新语，尽量避免艰涩古僻之文字，引入新名词，形成了一种自由的文体观念，拓展了中国语言文字丰富的表现力。

据现今所能找到的材料，晚清以迄民初的数十年间，出现过约 140 份白话报和杂志。早在 1876 年，上海申报馆就曾刊发过"专为民间所设，故字句俱如常谈话"的《民报》，并未形成风气。到了变法维新之际，自 1897 年陈子褒创办《俗话报》，1898 年"白话学会"会员裘廷梁、汪康年、裘毓芬等人创办《无锡白话报》，各地白话报相继涌现，如《杭州白话报》《苏州白话报》《绍兴白话报》《扬子江白话报》《安徽俗话报》《新中国白话报》《白话北京日报》《江西新白话报》等。五四文艺革命两大倡导者，陈独秀和胡适都在清末民初主编过白话报。陈独秀于 1904 年在芜湖创办《安徽俗话报》，旨在开风气、倡革命，让天下更多的平民、知识分子了解天下形势，关注时事。胡适则早在 1906 年就曾与同学创办过以振兴教育、提倡民气为主旨的《竞业旬报》，在上面用白话写过半部章回小说和一些论文。其他五四白话文运动的倡导者，如蔡元培、钱玄同、李莘白、高语罕、马裕藻等皆在晚清时代主持过白话报，这是晚清白话文运动与五四白话文运动一脉相承具体而微的最好证明。晚清的白话文运动顺应现实及社会的发展需求，配合了政治改革社会改革，产生了重大的影响。但晚清对旧有言文关系的变革，仍囿于传统文艺内部结构的调整变通，止于言文合一，而未形成以新思想涤荡旧观念的突击之力。纵使上述白话文运动的先驱者，在著文时也依然是借助文言表述其提

---

① 李华兴，吴嘉勋. 梁启超选集［M］. 上海：上海人民出版社，1981：237.

倡白话的观念，不少白话文都是对古文的"演"或"译"，而非原创性的白话文。而真正当历史风云际会，一场更大的自觉的白话文艺运动的展开，则要到此后波澜壮阔的五四时代。

周作人在评述晚清白话文时说："不过和现在的白话文不同，那不是白话文学，只是因为想要变法，要使一般国民都认些文字，看看报纸，对国家政治都可明了一点，所以认为用白话写文章可得到较大的效力。""第一，现在白话文，是'话怎么说便怎么写'。那时候却是由八股翻白话"；"第二，是态度的不同——现在我们作文的态度是一元的，就是：无论对什么人，做什么事，无论是著书或随便地写一张字条儿，一律都用白话。而以前的态度则是二元的：不是凡文字都用白话写。只是为一般没有学识的平民和工人才写白话的。因为那时候的目的是改造政治，如一切东西都用在古文，则一般人对报纸仍看不懂，对政府的命令也仍将不知是怎么一回事，所以只好用白话。但如写正经文章或著书时，当然还是作古文的，因此我们可以说，在那时候，古文是为'老爷'写，白话是为'听差'用的"。① 胡适也指出晚清白话文不成功的原因之一是"士大夫始终迷恋着古文字的残骸，'以为宇宙古今之至美，无可以易吾文者'。但他们又哀怜老百姓无知无训，资质太笨，不配学那'宇宙古今之至美'的古文，所以他们想用一种'便民文字'来教育小孩子，来'开通'老百姓。他们把整个社会分成两个阶级了：上等人认汉字，念八股，做古文；下等人认字母，读拼音文字的书报"②。当然白话文代替文言文，决不单是语言、文字的问题。八股取士的科举制度未能取消，清王朝还未推翻，西学的科学与民主尚未引进，都使文言文的正统地位难以动摇。

白话文取代文言文成为主要的书面表达方式，是五四白话文运动的结果。1917 年 1 月，胡适在《新青年》发表了《文学改良刍议》，指出了文言文所写的"死文学"中存在的弊端，并提出用白话文写的"活文学"须从"八事"入手，这也成了整个白话文运动的滥觞。同年 2 月，陈独秀在《新青年》

---

① 周作人. 文学革命运动［A］//阿英. 中国新文艺大系·史料 索引［M］. 上海：上海书店影印出版，1988：5-6.

② 胡适.《中国新文学大系·建设理论集》导言［A］//杨犁. 胡适文萃［M］. 北京：作家出版社，1991：141.

上发表《文学革命论》与之呼应，提出的"三大主义"，高张"文学革命军"大旗，言辞更为激进、态度更为坚决。随后，胡适又著《历史的文学观念论》，以"一时代有一时代之文学"的进化论来说明白话文的大势所趋，并以实证方法追根溯源中国白话文运动已有几百年历史。在《建设的文学革命论》中同时还提出了"国语的文学，文学的国语""作诗如作文"等建设性的理论主张，其间，李大钊、鲁迅、周作人、刘半农、钱玄同等都纷纷撰文阐明自己对"文学革命"的支持。虽也遭到了林纾等复古派的强烈反对，白话文运动形成的声势似乎已势不可挡。1919—1920 年，全国出现了 400 余种白话文刊物。1920 年春天，教育部通令采用新式标点符号文，又正式通令全国，从当年秋季开始，国民小学中一、二年级的教材，必须用白话文，并且废除了原用的文言文老教材。小学三年级的老教材限用到 1921 年，四年级老教材用至 1922 年。从语言学的角度来探讨"何为白话""何为国语"的人，首推胡适。他解释说："（一）白话的'白'，是戏台上的'说白'的白，是俗语'土白'的白。故白话即是俗话。（二）白话的'白'，是'清白'的白，是'明白'的白。白话但须要'明白如话'，不妨夹几个文言字眼。（三）白话的'白'，是'黑白'的白。白话便是干干净净没有堆砌涂饰的话，也不妨夹入几个明白易晓的文言字眼。"① 但中国的白话、土话、俗话、方言实在是太多了，到底以哪个地方的为主呢？为此，胡适在《建设的文学革命论》中又指出要建立一个国家共同使用的语言——"国语"。当然当时并没有正式的"国语"，只有候补的"国语"，一切方言都有可能成为"国语"，最有资格的就是："第一，这一种方言，在各种方言之中，通行最广。第二，这一种方言，在各种方言之中，产生的文学最多。"② 其他如钱玄同、刘半农、傅斯年都参照欧洲或日本的文字和文学的发展，主张音译大量的外来语汇，翻译许多的外国名著，借鉴西语的文法，用拼音代替方块字，甚至要废除汉字。

五四前两年，胡适、周作人等新文化知识分子以"重新估定一切价值"

---

① 胡适. 论小说及白话韵文：答钱玄同书 [A] //杨犁. 胡适文萃 [M]. 北京：作家出版社，1991：25.

② 胡适. 国语与国语文法 [A] //中国新文艺大系·建设理论集 [M]. 影印本. 上海：上海文艺出版社，1980：228.

的批判精神对文言文进行了一次摧枯拉朽的"白话文运动"，并分析了晚清白话文不彻底而失败的原因。可是几年之后，他们自己又成了被"革命"的对象，一些年轻的五四新文化运动的叛逆者以更为激进的姿态对五四白话文进行了全盘的否定，并几乎以同样的口气和逻辑来分析其失败的原因。

五四高潮过后，由于国民革命新形势，工农群众的力量得到了重视，许多新文学的追随者已开始把目光投向大众，并纷纷离开文学投身于革命洪流之中，他们也进一步看到了大众所蕴含的力量。在革命战争年代，如鲁迅所言："一首诗吓不走孙传芳，一炮就把孙传芳轰走了"[①]，文学要让位于革命，而革命的主力当然是农工大众。在革命年代，文学或文学家能起的作用就是向大众宣传革命道理、鼓动革命情绪。要切实发挥其功能，还得从语言上为大众考虑，既不能是洋八股，更不能是古八股，而是接近大众的用语。创造社的理论代表成仿吾很早就对五四白话表示强烈不满，提出要进一步完成五四文学革命，实现从文学革命到革命文学的伟大转变，他认为，"我们远落在时代的后面。我们在以一个将被'奥伏赫变'的阶级为主体，以它的'意德沃罗基'为内容，创造一种非驴非马的'中间体'语体，发挥小资产阶级的恶劣的根性。我们如果还挑起革命的'印贴利更追亚'的责任起来，我们还得再把自己否定一遍（否定的否定），我们要努力获得阶级意识，我们要使我们的媒质接近农工大众的用语，我们要以农工大众为我们的对象"[②]。他一再强调："普罗列塔里亚文学的作品必须得民众理解与欢爱。为这个原故，用语的通俗化是绝对必要的"；"作者的意德沃罗基的修养及用语的接近大众，这些实是普罗列塔里亚文学目前最要的急务"。[③] 可成仿吾本人所倡导的"普罗文学"中就带有浓重的欧化痕迹，生硬的外国农工大众语言，如"印贴利更追亚""意德沃罗基""布尔乔亚""奥伏赫变"等，必然会让中国普罗大众产生隔膜。这个问题茅盾看得比较清楚。他在《从牯岭到东京》一文中指出

① 鲁迅. 革命时代的文学 ［A］//鲁迅全集：第 3 卷 ［M］. 北京：人民文学出版社，2005：442.

② 成仿吾. 从文学革命到革命文学 ［A］//成仿吾文集 ［M］. 济南：山东大学出版社，1985：246.

③ 成仿吾. 革命文学的展望 ［A］//成仿吾文集 ［M］. 济南：山东大学出版社，1985：268.

一些为"为劳苦民众所作"的作品，劳苦群众并不能读，甚至读给他们听也不了解，原因是使用的白话太欧化和文言化了，"如果先要使他们听得懂，惟有用方言来写小说，编戏曲，但不幸'方言文学'是极难做的工作，目下尚未有人尝试"①。只不过当时争论的焦点还是"要不要革命文学"，至于革命文学的语言问题还没有引起多少人的关注。

文学语言的大众化问题在"左联"成立之后得到了重视，在《大众文艺》所发起的座谈会和征文活动中，已有人开始思考大众文艺的语言问题。穆木天痛感"现在我们所写的语言，与大众相去太远，我们的言语的写实的力量太少，不能把大众捉住，不能感动人，总嫌现在的作品或译品，因为语言的写实力量不够，只能注入读者一种概念，不能感动大众以一种力量。以后要用大众嘴说的言语，固然要把大家的言语一方面提高的，要丢掉智识阶级的言语这个皮囊。"② 郑伯奇也指出，"国语问题，音符问题，现在资产阶级的文艺家已经置之脑后了，可是普罗文艺应该将这些问题重新提起，寻出一个解决。"③ 但大众文艺到底要用什么话来写，似乎谁也没认真研究过，只是停留在口头说说而已。正因为这个基本问题没能解决，一两年来真正的大众文艺作品少得可怜，这也使"左联"自己都感到不满。九一八事变后，"左联"于年底通过了《中国无产阶级文艺的新任务》的决议，明确提出"首先第一个重大问题，就是文艺的大众化"，并特别强调"在形式方面，作品的文字组织，必须简明易解，必须用工人农民所听得懂以及他们接近的语言文字；在必要时容许使用方言。因此，作家必须竭力排除知识分子式的句法，而去研究工农大众言语的表现法"。④

"左联"形成的决议案只决定了文艺大众化的基本原则和大致方向，一切

---

① 茅盾. 从牯岭到东京［A］//茅盾全集：第19卷［M］. 北京：人民文学出版社，1991：189.

② 穆木天. 我希望于大众文艺的［A］//文振庭. 文艺大众化问题讨论资料［M］. 上海：上海文艺出版社，1987.

③ 郑伯奇. 关于文艺大众化的问题［A］//郑伯奇文集［M］. 西安：陕西人民出版社，1988：121.

④ 冯雪峰. 中国无产阶级文艺的新任务［A］//冯雪峰文集［M］. 北京：人民文学出版社，1983：328，330.

具体问题还有待深入而广泛的讨论和研究。在文艺大众化问题上，倾注精力最多者，撰写文章最多者，首推瞿秋白。相比其他左翼作家，他的论述也更有条理，更为深刻，更富有创造性，在语言的大众化方面更是倾尽全力。1931年，瞿秋白重返文艺战线后，在"左联"决议还没出台时，他就指出"革命的文艺，必须向着大众去"，而言语是非常重要的。在他的推动下，1932年夏，"左联"开展了文艺大众化问题的讨论，他分别署名"史铁儿"和"宋阳"，发表了《普罗大众文艺的现实问题》和《大众文艺的问题》。在"用什么话写？"的论题上，他认为，五四的白话文文艺革命是由资产阶级领导的，没有完成它的任务，产生的是一种"非驴非马的新式白话"，"五四的新文言，是中国文言文法、欧洲文法、日本文法和现代白话以及古代白话杂立凑起来的一种文字，根本是口头上读不出来的文字"。① 因此，要来一次新的文字革命，即由无产阶级领导的"俗话文艺革命运动"。普罗大众文艺不用古代的文言，不用五四式的白话，也不用旧章回体小说的白话来写，而是用"现代的中国普通话"（这是由身在"五方杂处"的大城市和工厂的无产阶级天天创造、正在形成而尚未完成的普通话，不是官僚的所谓"国语"），是一种读出来可以听得懂的"现代话"，有必要的话还可以使用某些地方的土话来定。② 对此，茅盾写了《问题中的大众文艺》提出异议，他反对瞿秋白全盘否定五四白话，并用调查得来的数据质疑"现代中国普通话"来写大众文艺的可行性，提出最好是用各地的土话来写大众文艺。可他也意识到许多土话没有相应的文字符号，如果用注音字母或罗马字母，困难依然重重。鉴于此还不如退而求其次，先将就着对五四白话进行适当的改进，而不必另起炉灶。瞿秋白又立刻写了《再论大众文艺答止敬》，强调文字、言语在大众文艺方面的重要性和提出自己的具体方法。事实上，瞿秋白还写了《欧化文艺》《"我们"是谁》，表示了对五四白话文艺存在脱离群众、蔑视群众的贵族倾向的不满。而从收录在《瞿秋白文集》第三卷中的相关论文和书信，包括"论文艺

---

① 瞿秋白. 大众文艺的问题［A］//瞿秋白文集：第3卷［M］. 北京：人民文学出版社，1989：16.

② 瞿秋白. 普罗大众文艺的现实问题［A］//瞿秋白文集：第3卷［M］. 北京：人民文学出版社，1989.

革命及语言文字问题"论文 9 篇、关于语言文字的通信 8 则、1929 年在苏联写的《中国拉丁化的字母》等尝试用汉语拼音来写的文章 6 篇以及 1932 年写的《新中国文草案》等，可以看出他在 1929 年至 1934 年在汉字改革和语言大众化方面所做的不懈努力，力求进行"第三次文学革命"，建设胡适他们未能完成的"国语"，建立起现代中国普通话和创造新中国文。只是由于他的这些文章多为手稿或书信，没公开发表，没能引起广泛的关注。

1934 年，包括文艺界、语言界、教育界在内的不少知名人士都参与的"大众语"讨论，涌现了 400 多篇文章，反映出近代以来的汉语的现代化或与世界的接轨已越来越迫切，也越来越成熟。对什么是大众语，陈子展认为，"所谓大众语，包括大众说得出，听得懂，看得明白的语言文字"。陈望道则补充了要写得顺手。胡愈之认为大众语应该解释作"代表大众意识的语言"。在众多的解释中，任白戈的较为详尽，他说："文言是贵族阶级的语言，白话是市民社会的语言，……现在的所谓'大众语'，自然是市民社会以下的成千累万的大众的语言了。这种语言，必然是为大众所有，为大众所需，为大众所用。……大众语就是一种拿来传达大众的思想与情感而且很适宜于传达大众的情感的语言。更具体地说，就是一种使大众写得出，看得懂，读得出，听得懂的语言。"①

大众语文艺运动是由反对"文言复兴"而发动的。后者是为了配合国民党的"新生活运动"而由教育部提出的，要提倡"四维"（礼义廉耻）、"八德"（忠孝仁爱信义和平），就需"尊孔读经"，要读懂经书，当然得大力进行文言教育，同时得反对已成气候的白话文。但用"凡自然科学之各种符号与公式，皆可作文言观，若一一以语文描述之，则学术又安得进步"，用"草写'如之何'三字，时间一秒半，草写'怎么样'三字需七秒半，时间相差六秒"来说明文言之省便②，足见复古者的黔驴技穷。"其实文言白话的论战早已分过胜负了，并不是林琴南章行严诸先生的文言文做得不好，他们赶不

---

① 任白戈. "大众语"的建设问题［A］//文振庭. 文艺大众化问题讨论资料［M］. 上海：上海文艺出版社，1987：232.
② 汪懋祖. 禁习文言与强令读经［A］//文振庭. 文艺大众化问题讨论资料［M］. 上海：上海文艺出版社，1987：177.

上古人；只因中国社会已经走到某种程度变革的路上，基础一动，旧文化全般动摇，文艺革命只是其中的一种。"① 因为语言，不是静态的，而是随着社会的进展，时刻变动着的。"跟着社会层的没落，凡是代表这社会层的一切文化——哲学，道德，教育，法律，恋爱观，文艺，艺术——也都在没落的过程中，代表这社会层的意识的语文，自然也没有例外。"② 文言文只能作为"沉滓的泛起""灯油将尽的回光返照"而无复兴的可能了。

　　论者们把更多的精力投入如何对待五四白话和以什么为标准来建设大众语，文章虽多，但所涉及的论题和解决的方法从根本上并没有越出两年前瞿秋白和茅盾的所思、所争。对五四白话持全盘否定者多如瞿秋白，主要用阶级分析法，强调五四文艺革命是由资产阶级领导的，五四白话具有浓重的资产阶级意识形态，与大众是隔膜的，对大众是有毒害的，其过于欧化与口语不接近令人难以卒读，是一种"新文言"。对五四白话持改良态度者，如茅盾，更看重两者在反封建上的一致，白话是可以通过批判、扬弃为大众语所应用的。"所以改良目前的白话文，一是应该先做一番'清洗'功夫。要剔除'滥调'，避免不必要的欧化句法，和文言字眼。……第二是要设法'充实'现在的白话文。既要从文言里借用字眼，也要尽量采用方言。"③ 在标准问题上也有两种不同观点，有的认同瞿秋白的"现代的中国普通话"，但这种全国统一的国语远未形成；有的赞成茅盾的"方言土话"，但许多土话都没有相应的文字记录。因此在当时大众文化程度不高，还有 80% 以上的文盲的中国，用什么话倒在其次，最迫切的是解决文字的问题，象形的方块字太难学、太费时了，所以不论持何种态度的论者都同意使用拉丁化（罗马字）"拼音文字"，瞿与茅也不例外。当《太白》社发起签名活动时，就得到了 1680 人的赞成。较为复杂的文学问题反而变成了纯粹的文字问题。

　　事实上，从晚清使用白话进行维新宣传，到五四使用国语进行启蒙宣传，

① 陈子展. 文言—白话—大众语［A］//文振庭. 文艺大众化问题讨论资料［M］. 上海：上海文艺出版社，1987：208.
② 胡愈之. 关于大众语文［A］//文振庭. 文艺大众化问题讨论资料［M］. 上海：上海文艺出版社，1987：214.
③ 茅盾. 白话文的清洗和充实［A］//茅盾全集：第 20 卷［M］. 北京：人民文学出版社，1990：181-182.

再到20世纪30年代使用俗语、大众语进行革命宣传，目的都在用大众化的语言向大众灌输某种思想理念，使大众成为某种文艺的主要读者和拥护者，但由于没能真正地进入大众，更多的是维新人士、启蒙知识分子、革命知识分子的理想思考，他们所倡导的用语或创作的文艺作品很难为大众所接受。

## 第三节　文体改造：从旧形式到新体裁

"左联"成立之前的五六年，陆陆续续有"革命文学""第四阶级文学""普罗文学""无产阶级文学"等口号的提出，左翼社团创办了许多文学刊物，发表了不少文章来鼓吹马克思主义文学理论，也翻译介绍了不少世界无产阶级文学作品，并且也产生了以蒋光慈为代表的"普罗小说"和以殷夫为代表的"红色诗歌"。特别是蒋光慈的小说更是在1928—1930年成为上海滩上最流行、最畅销的读物，他的小说刚刚出版就会迅速再版，像他的《冲出云围的月亮》出版当年就重印了6次，甚至他的书还会被改头换面不断地盗版。但早期的无产阶级文学不但招致其他各派的攻击，甚至在"左联"成立后的左翼人士内部都没有得到普遍认可，反而遭到了批评和冷遇。

1932年，阳翰笙在重版《地泉》时，邀请了当时左翼5位有影响力的理论家进行了批评，而他们也借机对早期的无产阶级文学进行了全面评估。茅盾认为"一九二八到一九三〇年这一时期所产生的作品，现在差不多公认是失败"，并以蒋光慈的作品为例，说明当时的大多数（或者不妨说是全体）此类作品的失败原因在于"缺乏了对于社会现象全部的非片面的认识而只是'脸谱主义'地去描写人物，而只是'方程式'地去布置故事"，"缺乏感情地去影响读者的艺术手腕"。[①] 郑伯奇指出，"在普洛革命文学第一期的作品，一般认为有两个倾向：一个是革命遗事的平面描写，一个是革命理论的拟人

---

① 茅盾.《地泉》读后感［A］//茅盾全集：第19卷［M］. 北京：人民文学出版社，1990：332.

描写。前一种倾向以太阳社为代表，后一种倾向在创造社特别的浓厚。……你的作品，题材多少是有根据的，人物多少是有模特儿存在着，然而题材的剪取，人物的活动完全是概念——这绝对不是观念——在支配着。最后的《复兴》一篇，简直是用小说体来演绎政治纲领。"① 从中不难看出，人们更多地把早期普罗文学的失败归于其文学内容和表现手法上的公式化、概念化、脸谱化、模式化；不是从生活出发，而是从概念入手；不是采取写实主义方法和唯物辩证法，而是充满了革命的浪漫蒂克。

如果从纯文学的角度、从艺术价值方面来衡量这些作品还说得过去，但问题是革命文学或普罗文学从诞生起，就不是把艺术价值作为追求的最高目标，更注重的是政治功能和社会价值，也就是说要宣传、鼓动群众，揭露现实黑暗和罪恶，指示出社会的新出路，并以此来重新组织生活、改造生活。普罗文学有自己的文学观，那就是"革命文学是以无产阶级的意识，去观察现代社会上的种种事物，用文艺的手腕表现出来；他所负的使命是巩固自己的阶级扩大自己的战线，向一切反动的势力进攻，以完成无产阶级的使命"②。普罗文学有自己的文艺批评标准，那就是首先分析这个作品反映何种意识，再进一步去检讨作品在那个时代所以能发生的社会根据；其次再看作品在社会中所演的角色和担当的任务；最后再检查作品的技巧和结构是否成功。批评的出发点就是"艺术是阶级对立的强有力的武器"，作品的最终价值是由普罗解放运动来决定的。③ 普罗文学有自己的作家观，那就是"我们的文学家，应该同时是一个革命家。他不是仅在观照地'表现社会生活'，而且实践地在变革'社会生活'"，"我们的作家，是'为革命而文学'，不是'为文学而革命'，我们的作品是'由艺术的武器到武器的艺术'"。④"文艺的创造者应该认清自己的使命，应确定自己的目的，应把自己的文艺的工作，

---

① 华汉.《地泉》序 [A] //郑伯奇文集 [M]. 西安：陕西人民出版社，1988：146.

② 成仿吾. 革命文学与自然主义 [A] //中国社会科学院文学研究所现代文学研究室. 革命文学论争资料选编：上册 [M]. 北京：人民文学出版社，1981：488.

③ 李初梨. 普罗列塔里亚文艺批评底标准 [A] //中国社会科学院文学研究所现代文学研究室. 革命文学论争资料选编：上册 [M]. 北京：人民文学出版社，1981：521.

④ 李初梨. 怎样地建设革命文学 [A] //黄候兴. 创造社丛：文学理论卷 [M]. 北京：学苑出版社，1992：238.

当做创造时代的工作的一部分。……所谓实际的革命党人与文艺者，不过名
称有点不同罢了。"① 因此人们用上述观点去评述他们的作品显然有错位之
感，就如同要把睡梦中的人叫醒，不是看叫的声音美不美，而主要看叫的声
音大不大。革命文学的声音够大了，可问题是被叫醒的这些无产阶级大众醒
来后，却听不懂叫醒他们的人在说些什么话，或者不习惯他们的话语方式，
更不知道醒了之后做些什么。这就有点像鲁迅的《药》中夏瑜为华老栓这类
受苦人革命而牺牲，其心脏却反而被华老栓买来做药引子。在"左联"看来，
早期普罗文学还不是真正的无产阶级革命文学，而是"非大众的普罗文学"。
主要是因为在语言上有着相当严重的欧化倾向，大众无法听得懂和看得懂；
在体裁上也是大众不熟悉和难以接受的；结果是普罗文学虽是为无产阶级而
写的，却不过是在知识分子和青年学生范围之内的思想斗争上帮助着无产阶
级，并没和工农大众发生直接的关系。"一般的工农大众享受着一些什么样的
东西呢？文化水平较高一点的，他们读着张恨水、徐卓呆之流的半新不旧的
东西，低一点的看看连环图画，哼哼时事小唱，听听大鼓说书，看看文明新
剧，这些就是他们日常所享受的大众文艺。"② 也就是说，普罗文学要大众化
才能完成其反帝反封建反资产阶级的任务。语言的大众化已在上面论述了，
下面就文体的大众化来谈左翼作家的理论主张。

　　普罗文学要大众化先得摒弃严重的欧化形式。早期的普罗文学与五四白
话文学尽管在内容上有很大的不同，革命代替了启蒙，集体代替了个人，但
在欧化方面却有过之而无不及。在瞿秋白看来，欧化文艺是资本主义时代的
产物，是一种"文艺上的贵族主义"：完全不顾群众的，完全脱离群众的，甚
至于是故意反对大众的。"欧化文艺，尤其是没落期的资产阶级，在文艺形式
上所玩的那些说不清数不完的鬼把戏，是一般工农大众所不能理解不能接近
的"，"过去新兴文学运动中所产生出来的作品，不仅在文字上用着五四式的
假白话，在体裁上也远离开大众的需要拼命向欧化的死路上跑。论结构，穿

---

① 华希理. 论新旧作家与革命文学 [A] //蒋光慈文集：第4卷 [M]. 上海：上海文艺出
　　版社，1988：176.
② 寒生. 文艺大众化与大众文艺 [A] //文振庭. 文艺大众化问题讨论资料 [M]. 上海：
　　上海文艺出版社，1987：88.

插颠倒，神出鬼没，令人不可捉摸；写人物，没头没尾，奇奇怪怪，叫人看起来莫名其妙；描写风景用的是象征主义；用词造句，玩的是倒装文法，不是自命中国的屠格涅夫，就自觉是高尔基辛克莱之流的高足，欧化的程度确实化得还可以，抱歉的就是我们工农大众没有缘分来消受那样的大作"。① 当然站在大众的立场，不用说欧美的现代派，如象征主义、表现主义、印象主义等文艺是晦涩难懂，就是自然主义、现实主义的作品对一般读者来说都是挑战。所以瞿秋白推崇的是鲁迅的后期杂文，而不是《呐喊》《彷徨》《野草》，尽管后者更有文学价值，但前者是短小精悍的匕首、投枪，具有强大的社会批判功能，此外，鲁迅嬉笑怒骂的杂文更能发泄大众对社会的不满情绪。

欧化文艺会令大众望而生畏，大众更欢迎的是旧式体裁的文艺，因此，普罗文学大众化最务实的做法是借鉴大众熟悉和喜欢的旧形式。旧式的大众文艺，形式还是多样的，如时调、山歌、弹词、宣唱、平书、鼓词、连环图画、京戏、昆曲、滩簧等，它们有两个优点：一是它和口头文学的联系，二是它是用的浅近的叙述方法。"所以普洛大众文艺所要写的东西，应当是旧式体裁的故事小说歌曲小调歌剧和对话剧等，因为识字人数的极端稀少，还应当运用连环图画的形式，还应当竭力使一切作品能够成为口头朗诵，宣唱，讲演的底稿。"② 但人们也清楚地认识到这些大众文艺毕竟都是封建时代的产物，带有浓重的封建思想，是封建社会的学士文人施与大众的残渣，是支配阶级麻醉大众的毒药。只有将装毒药的酒杯夺过来，放些使大众强壮、兴奋的良药，才会产生奇效，也就是通常所说"旧瓶装新酒"。"为了在大众中和反动的思想斗争，为了最容易送进革命的政治口号于大众以组织他们的斗争，我们可以而且应该利用这种大众文艺的旧形式，创造革命的大众文艺，即内容是革命的小调，唱本，连环图画，说书，等等。"③ 这样做并不意味着要一味长久地运用旧的形式，也并不表现为投降主义，只是在教育不够普及、大

① 寒生. 文艺大众化与大众文艺［A］//文振庭. 文艺大众化问题讨论资料［M］. 上海：上海文艺出版社，1987：87-88.

② 瞿秋白. 普罗大众文艺的现实问题［A］//文振庭. 文艺大众化问题讨论资料［M］. 上海：上海文艺出版社，1987：43.

③ 洛扬. 论文艺的大众化［A］//文振庭. 文艺大众化问题讨论资料［M］. 上海：上海文艺出版社，1987：68.

众文化水平低而文艺上的领导权、话语权争夺白热化的情势下的一种权宜之计。

"左联"成员对大众文艺的这样一种认识，也同样被国民党的文化官员看到了，而且他们敏锐地意识到共产党提倡大众文艺是"想把一般知识程度尚在水平低下的民众，引诱到他的阶级斗争的路上去"，于是国民党在1932年8月制定了《通俗文艺运动计划书》。该计划书认为通俗文艺是指"中国历来流行民间之传奇、演义、歌谣、曲调之类"，"此种文艺因其内容切近现实生活，题材通俗，趣味浓厚，随为一般民众所爱好，而视为日常精神生活上必需之品，故于无形中对于民众心理发生一种极大影响，而一般民众对于人生及社会的观念和认识，即由此种影响联系而来。唯中国流行的通俗文艺，其内容所表现的，大都关于神怪、迷信、封建思想，狭义的英雄崇拜主义，俚俗的个人享乐主义等。此种思想迄今还是深根蒂固的盘踞于一般民众心里，所以他们对于人生社会始终没有正确的观念"。① 国民党认识到旧文艺形式对民众的生活和思想有着极大影响，同时又觉得旧形式有必要用本党的"民族主义"意识形态去改造，并把民众训练成为现代的国民。但从执行的情况看，则是说得多、做得少，没有多少建设性的成果。

相比而言，"左联"这方面的成就要大得多。它试图通过无产阶级革命意识和阶级内容的不断渗入来逐渐改造旧形式，创造出新形式，使大众从旧的大众文艺里脱离出来，提高其文学修养，也把大众组织成革命的力量。那么无产阶级的大众文艺的新形式是什么呢？那就是国际无产阶级革命文艺的新的大众形式，如报告文学，墙头小说，大众朗诵诗等。"这些形式，都是真的从劳动大众中产生，从萌芽而成长为普洛艺术的新的形式的。……因为它最直接地反映劳动大众的生活和斗争，一方面它又作为纯然的艺术形式，供给那些从智识阶级转变过来的革命作家去采用和发展，给他们的艺术以新的力量。"② 为了扫清大众不识字的障碍，还得大力发展口头文学形式，如大众朗诵诗、大众合唱剧、大众唱得顺口的革命歌词以及街头说书等。通过各种各

① 倪伟."民族"想象与国家统制［M］.上海：上海教育出版社，2003：200-201.
② 洛扬.论文艺的大众化［A］//文振庭.文艺大众化问题讨论资料［M］.上海：上海文艺出版社，1987：69.

样的大众文艺活动，成千上万的工农大众能有机会参与到自己的文艺革命中，而不是充当看客和旁观者角色，而真正工农出身的作家也可由此得到培养和锻炼。

除此之外，20世纪30年代，一些左翼作家敏锐地发现了报刊等现代传媒对文学产生的深刻影响，开始对当时国外产生的一种新兴文体——报告文学进行了及时的译介。主要有冯宪章译川口浩的《德国的新兴文学》（1930年）、沈端先译川口浩的《报告文学论》（1932年）、徐懋庸译梅林的《报告文学论》（1936年）和沈起予译马尔克斯的《报告文学的必要》（1936年）等，周立波还翻译了捷克著名记者基希反映中国现实的报告文学《秘密的中国》。一些研究报告文学的专论也见诸报章，如袁殊的《报告文学论》（1931年）、《如何写报告文学》（1932年），阿英的《从上海事变说到报告文学》（1932年），胡风的《关于速写及其他》（1935年），周立波《谈谈报告》，等等，他们在对国外的报告文学理论进行阐释和评论的同时，也提出了不少真知灼见。

## 第四节　思想革命：从"化大众"到"大众化"

从文言到白话，从白话到大众语，每一次变迁都不是一个简单的语言文字问题。从文言诗词古文到欧化小说戏剧，从欧化文艺到大众文艺，每一次演进也绝不是一个普通的形式体裁问题。两者都包含着深刻的思想观念问题。当白话文渐渐流行的时候，就有人担心，以为文学革命不唯在形式上须改革，精神上尤应改革。不然，白话文虽流行，难保没有人不拿他来作恶，因为以前的许多淫书也都是用白话写的。周作人在强调文字革命的同时，更重视思想革命，否则虽用了白话"思想仍然荒谬，仍然有害。好比君师主义的人，穿上洋服，挂上维新的招牌，难道就能说实行民主政治？这单变文字不变思想的改革，也怎能算是文学革命的完全胜利呢？""所以如白话通行，而荒谬思想不去，仍然未可乐观。"他认为，"中国人如不真是'洗心革面'的改悔，将旧有的荒谬思想弃去，无论用古文或白话文，都说不出好东西来"，甚至改成的白话之后情况更糟，"因为从前的荒谬思想，尚是寄寓在晦涩的古文中间，看了中毒的人还是少数，若变成白话，便通行更广，流毒无穷了"，所以真正的文学革命，"文字改革是第一步，思想改革是第二步，却比第一步更为重要"。① 周作人所担心的也正是提倡用俗语代替五四白话的瞿秋白所担心的，"单会应用俗话并不就是普洛文学，因为用俗话一样可以写封建的，资产阶级意识的东西"②。"鸳鸯蝴蝶派""礼拜六派"自诞生之日起就屡受责难，却以其顽强的生命力印证了革命者的担心。

在五四白话大行其道之际，不像林纾、章士钊等文言的卫道士那样从一而终，即使博得倒行逆施的骂名也要用螳臂当车之势来攻击白话文；也不像吴宓、胡先骕等"学衡派"那样与白话势不两立，终生只写文言诗词文章；抱着游戏人生、消遣闲适心态的"鸳鸯蝴蝶派"虽遭责骂却从不正面接招、当面争辩，而是虚晃一枪，我行我素，你写你的白话，我写我的文言。实在文言难以维持生计，就改写白话，甚至比欧化严重的白话文还白还土，依然能笑傲文学市场，赢得读者青睐。以致快到 1923 年成仿吾还得面对这样的事实："《礼拜六》自去年复炽以来，几个月的工夫，就把它的一些干儿干女、干爹干妈之类的东西，差不多布满了新中国的全天地，到了现在，我们的出版物之中，一天天增加的，几乎尽是这些卑鄙寄生虫拿来骗钱的龌龊的杂志"③。据统计，自 1917 年至 1926 年创办的此派刊物即有 60 种，小报 40 种。在甚嚣尘上的"革命文学"提出要用旧形式进行大众化的时候，"鸳鸯蝴蝶派"更是如鱼得水、驾轻就熟。"上中下三等的礼拜六派倒会很巧妙的运用着旧式大众文艺体裁，慢慢地渐渐地'特别改良'一下，在这种形式里面灌进唯心的封建道德，资产阶级民族主义的……内容，写成《火烧红莲寺》等的

---

① 周作人. 思想革命［A］//胡适. 中国新文学大系：建设理论卷［M］. 上海：上海良友图书印刷公司印行，1986：201-202.

② 瞿秋白. 普罗大众文艺的现实问题［A］//文振庭. 文艺大众化问题讨论资料［M］. 上海：上海文艺出版社，1987：38.

③ 成仿吾. 歧路［A］//成仿吾文集［M］. 济南：山东大学出版社，1985：21.

'大众文艺'。"① 1935 年，郑振铎在编《中国新文学大系·文学论争集》时，还在感叹："《礼拜六》《游戏杂志》一类的刊物，便也因读者们的逐渐减少而停刊了。然而在各日报的副刊上，它们的势力还相当的大。它们的精灵也还复活在所谓'海派'者的躯壳里，直到于今而未全灭。"② 几十年来的"礼拜六派"，它不为任何派别所容纳，新文学派对它大加攻击，旧古文派也不对它深表同情；左翼无产阶级文学对它无情批判，右翼民族主义文学也不对它伸出援手；"京派"作家斥它为异端，"海派"作家也不引它为同道，甚至"第三种人"都似乎不屑于与之为伍。就算他们写白话为大众也不会被原谅，在其他各派的眼里，他们骨子里的封建腐朽思想已根深蒂固了，思想意识成了检验文学进步的重要甚至唯一标准。文坛风云变幻无数，而"鸳鸯派"自有其生存之道——以市场为导向、把读者当上帝。从某种意义上说，他们才是最懂得遵循商品经济规律的经济人，他们才是最能与传统文人区别开来的现代职业作家。他们同样是中国社会现代化和文学现代化追求的产物，是一种全新的现代性表征，只不过他们的现代性长期处于被压抑的状态，一直被当作封建旧文学的余孽痛加批判和全盘否定。

五四前后几年的白话文运动提出了"国民文学""平民文学""民众文学"等口号，不过大部分作者是属于小资产阶级知识分子，主要的作者和读者对象都以青年学生为主，并没能平民化，走向民众。这不仅与白话文学形式太欧化语言脱离大众相关，还与当时提倡者的思想意识有关，他们更多地看到了大众的愚昧，因而要进行国民性的批判和民族灵魂的重铸，其文学是"化大众"的启蒙文学。周作人就说："因为平民文学不是专做给平民看的，乃是研究平民生活——人的生活——的文学。他的目的，并非要想将人类的思想趣味，竭力按下，同平民一样，乃是想将平民的生活提高，得到适当的一个地位。凡是先知或引路的人的话，本非全数的人尽能懂得，所以平民的

① 瞿秋白. 普罗大众文艺的现实问题［A］//文振庭. 文艺大众化问题讨论资料［M］. 上海：上海文艺出版社，1987：43.
② 郑振铎.《中国新文学大系·文学论争集》导言［A］//郑振铎文集［M］. 北京：人民文学出版社，1985：427.

文学，现在也不必个个'田夫野老'都可领会。"① 之后他又特意为此写了《贵族的与平民的》，强调文学不能片面追求平民化，"从文艺上说，最好的事是平民的贵族化"。看看鲁迅《呐喊》中对农民所抱有的"哀其不幸，怒其不争"的态度，看看鲁迅早期的文明批评类杂文，就可以清楚地了解他的启蒙立场。

五四先驱者们的启蒙思想也直接影响到了新文学的追随者们。不管是"为人生"派还是"为艺术"派的作家都特别重视文学的启蒙作用，强调文学的独立性和艺术性。不仅民众的思想需要启蒙，他们的文学趣味、欣赏习惯也都需启蒙。茅盾在谈到五四时的"反情节"小说时，指出："中国一般人看小说的目的，一向是在看点'情节'，到现在也还是如此；'情调'和'风格'一向被群众忽视，现在仍被大多数人忽视。这是极不好的现象。我觉得若非把这个现象改革，中国一般读者鉴赏小说的程度，终难提高。"② 这是一种旨在提高读者鉴赏能力的写作态度，可以用一句话概括，就是"我写，让读者学着去读"。成仿吾认为"不仅艺术运动，凡一切民众运动当以使民众升到水平线以上来为目的"，这样才合于进化的原理；"若一切民众运动只在把一切阶级的建筑推翻，一同降到最低的阶级，这是很悲观的事情，而艺术的降低尤不啻是艺术的自灭"。之所以艺术不能低就民众，是因为"我们现在的大众的鉴赏力太幼稚"，"我们的民众的艺术还在原始状态"，如果低就他们，"直是抑制艺术不使发挥它的效果"，"是与强使艺术复归原始的状态相等"，而且"征诸以往的历史，艺术愈进化，便愈和民众无关；然而这是民众教育上的缺陷，不能把责任推到艺术上的进化上来"。③

这种"化大众"的启蒙思想甚至还体现在初期"无产阶级革命文学"的理论倡导和创作实践中。以往人们总认为，"革命文学""普罗文学"提出之后，现代文学的启蒙色彩就开始减弱了。事实并非如此，不但没减弱反而增

---

① 周作人. 平民文学［A］//胡适. 中国新文学大系·建设理论卷［M］. 上海：上海文学出版社，1980：211-212.

② 茅盾. 评《小说汇刊》创作集·二［A］//茅盾全集：第18卷［M］. 北京：人民文学出版社，1990：244.

③ 成仿吾. 民众艺术［A］//成仿吾文集［M］. 济南：山东大学出版社，1985：170-173.

强了，只不过"无产阶级革命文学"启蒙的方式和侧重点有所不同。五四新文学强调的是用"民主"和"科学"来对抗封建"专制"与"迷信"，重视文学的潜移默化的熏陶作用，强调文学的"情"，以情动人，因此，文学家多为教育工作者。而"无产阶级革命文学"强调的是用"革命"和"斗争"来消灭统治阶级的"剥削"与"压迫"，强调的是把无产阶级意识灌输给群众，强调文学的"力"，以力服人，因而文学家多为革命工作者。后者更是把作家提高到了大众的领导者、教导者地位，把无产阶级文学艺术当作"是阶级解放的一种武器，又是新人生观新宇宙观的具体的立法者及司法官"①。郭沫若认为"新式的'子曰诗云'是不济事的，新式的'咬文嚼字'是不济事的，你要去教导大众，老实不客气的是教导大众，教导他怎样去履行未来社会的主人的使命。这个也就是你大众文艺的使命，你不是大众的文艺，你也不是为大众的文艺，你是教导大众的文艺！你是先生，你是导师，这个责任你要认清"②，俨然一幅高高在大众之上的训导师面孔。凭什么呢？因为他们从国外引进了最先进的理论——马克思主义，因为他们掌握了最科学的方法——唯物辩证法，因为他们已经经过了"奥伏赫变"具有了无产阶级大众所不具有的思想——无产阶级意识，因为他们亲历了国外的无产阶级文学运动或国内的国民革命、北伐战争，因为他们曾追随五四新文学而看清其真面目，反戈一击其力无比。理所当然有资格充当无产阶级文学的使者、导师，在大众面前发号施令。有权利向五四新文学挑战、开火，在鲁迅等人面前冷嘲热讽。虽然他们也提出了"克服自己的小资产阶级的根性，把你的背对向那将被'奥伏赫变'的阶级，开步走，向那'醒瞌'的农工大众！"③ 特别是林伯修在"无产阶级革命文学"论战正酣时就指出普洛文学必须大众化才能战胜资产阶级文学夺取大众，他们的反对派也指出了其理论和创作存在着与现实与大众脱节的毛病。可对于这些年轻好胜、争强好斗的"革命文学"权威和拥

---

① 冯乃超. 怎样地克服艺术的危机［A］//黄候兴. 创造社丛：文学理论卷［M］. 北京：学苑出版社，1992：206.

② 郭沫若. 新兴大众文学的认识［A］//文振庭. 文学大众化问题讨论资料［M］. 上海：上海文艺出版社，1987：10.

③ 成仿吾. 从文学革命到革命文学［A］//成仿吾文集［M］. 济南：山东大学出版社，1985：247.

冠来说，已很难听得进善意的建议，毋庸说尖锐的批评了。凌驾于大众之上的颐指气使，也使无产阶级革命文学给人以雷声大雨点小的感觉，让大众敬而远之。"左联"成立后，要做的就是整合各种文学力量，切实改变左翼作家中存在的"化大众"思想，实现无产阶级文学的"大众化"。

五四以来的启蒙思想在"大众化"声浪中遭到了不同程度的批判，首当其冲的是把过去作家与大众之间的启蒙与被启蒙的关系调转过来。寒生（即阳翰生）认为，"不能容许我们有一个作家站在大众之外，更不能容许有一个作家立在大众之上。我们的作家，都必须生活在大众之中，自身就是大众里的一部分，而且是大众的文艺上的前锋的一部分，应该同着大众一块儿生活，一块儿斗争，一块儿去提高艺术水平，应该坚决的反对那些不参加大众斗争，只立在大众之上的自命'导师'，坚决反对那些不参加大众斗争，只站在大众之外的自觉清高的旁观者！"① 这已指出了作家与大众是平起平坐的。而史铁儿（即瞿秋白）似乎对此还不满意，他指出，"革命的作家要向群众去学习"，"在工作的过程之中去学习，即使不能够自己去做工人农兵……至少要去做'工农所豢养的文丐'。不是群众应该给文学家服务，而是文学家应当给群众服务。不要只想群众来捧角，来请普洛文学导师指导，而要去向群众唱一曲'莲花落'讨几个铜板来生活，受受群众的教训"。②

作家与大众的身份位移，也直接导致以文艺创作见长的作家们在大众面前相形见绌。为了迎合大众，作家先得摸清大众在看什么、看得懂看得惯什么、需要什么文艺。张天翼认为，"无论什么了不起的所谓天才作家也者，亦不过是架造货的机器，要什么货出什么货"，因而"用什么形式都可以，只要是迁就大众的"，"小说不妨放一点低级的趣味进去，譬如卖卖关子之类"，"诗歌可以采用民谣，山歌，大鼓词等的形式，叫大家唱得上嘴，而且懂"。③为了能创作出大众文艺，作家还得向大众学会大众语和大众文艺形式，要深

---

① 寒生. 文学大众化与大众文艺 [A] //文振庭. 文艺大众化问题讨论资料 [M]. 上海：上海文艺出版社，1987：97.
② 史铁儿. 普罗大众文艺的现实问题 [A] //文振庭. 文艺大众化问题讨论资料 [M]. 上海：上海文艺出版社，1987：36，51-52.
③ 张天翼. 文艺大众化问题 [A] //张天翼文集：文艺评论卷 [M]. 上海：上海文艺出版社，1991：10.

入那些说书的、唱小调的、卖胡琴笛子的、摆书摊的地方，如茶馆里、空场上、工厂里、弄堂口、十字街头等，但这可能还不足够作家创作出让人喜闻乐见的大众文艺。所以华蒂（即叶以群）认为，"要实现文学大众化，并不单单在于形式的问题上，更基本的还是内容的大众化。若是作家不理解大众的要求，大众的意识，大众的心理以及大众的生活环境，那末所写出的作品即使以大众的生活为题材，也必定不能达到大众化的境地——因为作家所见到所理解的，与大众自身所理解的是两回事。"① 因此，作家们还得在大众生活中经过一次灵魂的洗礼，一次精神的涅槃。如果不顾目前中国劳苦大众的一般文化水准的低下，而一味地高谈应当提高大众的程度来鉴赏真正的、伟大的艺术，那实际上就是拒绝对于大众的服务，就是一种取消主义！如果有人说"只有提高大众的文化水平来接近革命文艺，不能降低了革命文艺的艺术性去取媚大众"，那就是隐藏在革命文艺旗帜下的艺术至上主义！如果还有人说"写一些艺术价值不高的通俗文艺给文化水平较低的工农大众看，再写一些艺术价值较高的高雅文艺给水平较高的文艺爱好者看，以适应不同人的口味"，那就是公开在革命文艺旗帜下的半艺术至上主义！总之，如果对大众化提出异议，就会有大帽子扣上，大棍子打来。

20世纪30年代的这一场旷日持久的文艺大众化运动，把五四新文学运动过程中所形成的中国现代作家的批判精神、独立意识、科学态度和开放眼光进行了一次全面的清算，无形中规定了以后几十年文学大众化的基本方向和内容。在此后的漫长岁月里，中国现代作家一步步被引导着和强制着去向大众学习，去迎合大众的思想感情和审美趣味，放弃个人的艺术个性、埋没自己的艺术才华以博得大众的喜闻乐见。他们再也不敢以先知先觉的启蒙者自居，再也不敢居高临下地面对大众，批判大众的弊俗陋习，改造国民的劣根性。而是虚心地向大众学习，接受他们的教育和改造，并不断"忏悔式""赎罪式"地反省自己、批判自己、改造自己，走上了一条"脱胎换骨重新做人"的漫长荆棘路。

---

① 华蒂. 文学大众化问题征文 [A] //文振庭. 文艺大众化问题讨论资料 [M]. 上海：上海文艺出版社，1987：149-150.

文艺大众化问题不只是 20 世纪 30 年代的问题，实际上，它是贯穿整个 20 世纪的一个重要理论命题，大众文学、大众文艺、大众文化至今都不绝于耳；文艺大众化问题也不只是中国的问题，事实上它是整个世界共同面临的现代性问题。从中国几十年的文学实践不难看出，左翼文学尽管花了不少精力进行理论研究、作品创作，但真正让大众喜欢的并不多，所以给人"雷声大、雨点小"的感觉。原因是什么？也许鲁迅当时的一席话值得人们思索。鲁迅对文艺的大众化问题关注得并不多，但他却能在篇幅短小的文章中发表其深邃和迥异的思想观点。一方面，他认为文艺应该要大众化，因为"文艺本应该并非只有少数的优秀者才能够鉴赏，而是只有少数的先天的低能者所不能鉴赏的东西"。另一方面，他也意识到读者的问题，"若文艺设法俯就，就很容易流为迎合大众，媚悦大众。迎合和媚悦，是不会于大众有益的"，"多作或一程度的大众化的文艺，固然是现今的急务。若是大规模的设施，就必须政治之力的帮助，一条腿是走不成路的，许多动听的话，不过文人的聊以自慰罢了"。① 这不是鲁迅的风凉话和泼冷水，而是他冷静和不盲目乐观的表现，事实也证明了他的先见之明。

有论者指出，"可以说，20 世纪前几十年里，大众文化是一些文化精英启蒙民众的不懈追求的目标。无论是梁启超的小说'新民'，鲁迅的改造国民性，20 世纪 30 年代的几次文艺大众化讨论，抗战时期如何以文艺唤起民众抗日，还是新中国成立后的文艺为工农兵服务路线的提出，都是基于这一点：文艺既能启蒙大众又要让大众喜闻乐见。但这些追求似乎一直都没有真正实现，只是在 20 世纪末的十几年里，随着中国改革开放的深入，由于市场经济日渐全球化，西方的大众文化通过高科技手段作为商品开始向我国倾销，加上当时港台文化的影响，我国大众文艺才急剧发展起来，'文艺大众化'这个喊了半个世纪的口号在当前随着大众文化的崛起似乎一下子变成了现实。"② 真正的大众文学在中国是在 20 世纪八九十年代才出现的，它却以迅猛之势，

---

① 鲁迅. 文艺的大众化 ［A］//文振庭. 文艺大众化问题讨论资料 ［M］. 上海：上海文艺出版社，1987：17-18.

② 蒋述卓，李自红. 二十一世纪文艺学发展与中国现代人格建设 ［J］. 文学理论研究，2001（1）：43.

用不长的时间就能与主流文学和精英文学分庭抗礼，并由文坛的边缘趋向中心。这不是有意为之，而是时代使然：广泛、发达的电子技术给大众文学提供了先进的生产工具和传播媒介，宽松、自由的文艺政策给大众文学营造了良好的文学环境，市场经济浪潮中的大众需要休闲、娱乐的大众文学。① 再加上经济条件的改善、教育水平的提高，这一切都使文学的大众化成为可能而且必须。这也从侧面证实了之前几十年的文艺大众化不成功的原因，不在主观的不努力，而在客观条件的不成熟。有道是"有心栽花花不开，无心插柳柳成荫"，瓜熟蒂落，水到渠成，如果勉强为之，只不过一厢情愿，强扭的瓜终究不甜！

---

① 刘雄平. 技术、政治、人的现代化的必然产物［J］. 当代文坛，2004（2）.

第五章

# 现代传媒中的文学理论传播

美国的韦尔伯·施拉姆（W. Schramm）曾说："当一个社会开始现代化时，发展的第一批迹象之一即是传播渠道的延伸。"[1] 现代传媒对于现代文学的生产、传播和消费所产生的影响已经得到了许多研究者的重视。曾在20世纪30年代做过上海良友图书公司编辑、主持《中国新文学大系》（1917—1927）编撰工作的赵家璧先生1985年3月所讲的一段话就很有道理："现代文学史就是通过现代文学期刊，展现了它最原始、最真实、最生动的面貌的。文学理论的斗争场面，文艺流派的形成过程，作家由默默无闻而名扬四海，作品由最初在期刊上初露头角逐渐成为传世名作"[2]，都是和文学期刊分不开的。但不同时期，不仅传媒的形式不同，传媒表现出来的特点也是不同的。20世纪30年代现代传媒的政治化、商业化和多元化色彩，与五四时期、40年代乃至50、60年代相比，都显得突出得多。不仅直接影响着当时的文学理论的传播，同时还隐约地规定了其理论内容和表达形式，决定着它对读者影响的深度和广度。

---

[1] 韦尔伯·施拉姆. 大众传播媒介与社会发展 [M]. 金燕宁，等，译. 北京：华夏出版社，1990：83.

[2] 应国靖. 赵家璧《序》[A] //现代文学期刊漫话 [M]. 广州：花城出版社，1986：2.

## 第一节　现代文学理论与现代传媒的逐步联姻

有研究表明，中国唐代就有了报纸的雏形，但这种"邸报"只不过是朝廷发布事务的官报，民间是被禁止私自办报的。宋朝有了私下出售的"小报"，但被严令禁止。明朝有了介于两者之间的"京报"，但内容与官报差不多，只是可由民间发行出售。因此，在漫长的封建社会，报纸一直是被朝廷掌握的，且内容单一，多为上面传达的谕旨和下面递呈的奏折以及各地搜集的情报等。读者面当然极其有限，主要供各级官吏阅读。同时，客观的技术原因也在一定程度上限制了其传播速度和发行数量。① 这些容量很小的报纸是不可能登载文学作品的。

真正意义上的中国现代报纸约始于 1815 年，一直到甲午战争，中国报纸大多由外国传教士或外商创办，这种现代传媒与中国古代报纸有着很大的不同。表现在形式上，有的在排版形式上，不是书本式的而是单页式的，在版面上出现了分栏、横排，出现了标题和图片；有的为了加强新闻时效性，有了专电稿，出现了报刊政论、通讯等；还有的报纸在新闻后加编者按语，有的刊登广告。表现在内容上，传教士所办的以宣传宗教教义为主，但为了吸引读者不得不世俗化，适当涉及科学、地理、天文、医学、政治和文学等方面；外商所办的多与商贸信息相关，涉及交通、市场行情、经济活动以及广告。偶尔还登随感、杂谈、诗词短文、野语稗史之类的类似后来副刊的文字。

经过"先是外国人在中国办外文报刊给外国人看，然后是外国人创办中文报刊给中国人看，最后是中国人自己办中文报刊给中国人看"的发展历程②，1861 年，中国人自己办了第一份报纸，甲午战争之后，全国出版的中文报刊才绝大多数由国人自办。但不论是维新派所办的《万国公报》《强学

---

① 戈公振. 中国报学史［M］. 北京：生活·读书·新知三联书店，1955.
② 袁进. 中国文学观念的近代变革［M］. 上海：上海社会科学院出版社，1996：51.

报》《时务报》《国闻报》《湘报》等，还是革命派所办的《中国日报》《苏报》《警钟日报》《民报》《大江报》等，几乎都为政治报刊，所刊载的文章多为政论，或抨击时弊或倡导民权或介绍国外政治，目的是拯救民族于内忧外患。梁启超正是看到了报纸的宣传和启蒙作用，借助《时务报》《清议报》《新民丛报》把他的"现代世界意识""现代国家意识""现代国民意识""诗界革命""文界革命""小说界革命"播撒了出去，并在当时产生广泛反响，开创了中国式的政治现代性追求。就在梁氏的新文学工具论风靡全国之际，王国维在 1905 年发表的《论近年之学术界》中，批评了当时把文学视为政治教育之手段而不重视文学自身之价值的风气。王国维在他主办的《教育世界》《国粹学报》《国学丛刊》等杂志上发表了他的《〈红楼梦〉评论》《论哲学家与美术家之天职》《人间词话》等著作，把他的"悲剧说""古雅说""境界说""审美自主论"阐发了出去，开创了西方式的艺术现代性追求。两者都对中国传统的文学理论进行了批判，意欲对之进行革命（当然王国维从未使用"革命"一词，但其颠覆性却并不比梁氏弱）。但在读者群中梁比王更能得到认同，除了亡国灭种的国势使然，还不应忽略两者利用的现代传媒形式的差异，梁所利用的报纸比王的纯学术杂志在发行量、读者群上都要大得多，其内容更能吸引民众的眼球。

进入 20 世纪，中国报纸逐渐走向现代化与本土化，报刊文由以政论为主向新闻时代演变、过渡，新闻、通讯、时事短评乃至报告文学成为报纸的主要内容，更贴近社会日常生活，关注国内外重大事件。到 1906 年，仅最大的通商口岸上海出版的报刊就达到 66 种之多，此时全国出版的报刊总数达到 239 种。① 涉及教育、科学、哲学、文学等学术性、专业性较强的内容都由报纸逐渐转向了在时间性要求不那么快、周期性相对较长、读者相对专业化的期刊。文学副刊和文学期刊就是这样应运而生的。最早在 1872 年，《申报》一创刊就开设副刊，鼓励文士投稿，欢迎记述时事的文学作品。但直到中华民国成立后，报纸副刊才得到迅速发展，当时最有影响的是《申报》的《自

---

① 费正清. 剑桥中华民国史：第 1 部 ［M］. 章建刚，等，译. 上海：上海人民出版社，1991：484.

由谈》、《太平洋报》的《文艺》、《新闻报》的《快活林》等。副刊又直接导致纯文学刊物的出现，现代意义上最早的文艺杂志是 1872 年申报馆附设的月刊杂志《瀛寰琐记》，可直到 19 世纪末，中国只有五六种文艺杂志。自1902 年《新小说》问世后，情况就大大不同了。据统计，1902 年至 1916 年共创文艺期刊 57 种，单是以小说命名的文学杂志就近 30 种，至 1919 年又多了 11 种，1919—1924 年共创刊 79 种。① 据《中国通俗小说总目提要》的统计：1840—1900 年 60 年间，中国一共出版小说 133 部；1901—1911 年间，却产生了通俗小说 529 部。② 小说地位的提高，也使小说理论得到了极大的重视。"据统计，1921 年到 1923 年，全国出现大小文学社团 40 余个，出版文艺刊物 50 多种。而到 1925 年，文学社团和相应刊物激增到 100 多个。"③ 据阿英在《中国新文学大系（1917—1927）第十集·史料 索引》所统计的 1915—1927 年文艺杂志目录达 284 种。不过这一时期的文艺杂志多以创作或译作为主，也杂以文学批评，纯粹的或侧重于文学理论的杂志是少之又少。

这种情况在 1928 年之后有所变化，文学杂志虽然还是以文学创作为主，但理论文章已逐渐占有很大的比重或起着至关重要的作用，有的几乎全是理论文章。1929 年更被称为"社会科学年"，当时仅翻译出版的马克思主义书籍就有近 150 种之多。为此，国民党立即对新闻出版实行严格的检查制度，严禁一切进步和革命书刊的出版。可从 1932 年起，又涌起一个波澜，几年间期刊持续增长，办刊热潮从文学刊物扩展到社会科学和自然科学领域。1933—1934 年曾被称作"杂志年"。仅 1933 年的上海而言，就出版了至少200 种杂志，而 1934 年，仅"文艺定期期刊几乎平均每月有两种新的出世"④。1934 年"自正月起，定期刊物愈出愈多。专售定期刊物的书店中国杂志公司也应运而生，有人估计，目前全中国有各种性质的定期刊 300 余种，

---

① 鲁深. 晚清以来文学期刊简编［A］//张静庐. 中国现代出版史料丁编［M］. 上海：中华书局，1959：510.

② 欧阳捷. 晚清小说史［M］. 杭州：浙江古籍出版社，1997：2.

③ 钱理群，温儒敏，吴福辉. 中国现代文学三十年［M］. 北京：北京大学出版社，1998：16.

④ 茅盾. 一年的回顾［A］//茅盾全集：第 20 卷［M］. 北京：人民文学出版社，1990：293.

内中倒有 80% 出版在上海"①。据《申报年鉴》统计，1935 年 6 月底，全国期刊达 1500 种，除上海拥有 398 种，南京、北平、江苏、河北都拥有 130 种以上，又据《中国现代出版史料》记载，1936 年全国三日刊以上的杂志达 1793 种。

现代传媒的发展，不单单提高了文学的地位，改变了文学的传播方式，也从根本上改变了文论的存在方式。在远古，面对面的口口相传是主要的传播方式，那么流传在民众中的故事与歌谣就是最古老的文学，但很容易受到时间、空间的限制而变形和湮灭，"诗言志，歌永言，声依永，律和声"，这些反映中国上古文论的只言片语都是在后来才被文字记录了下来。随着文字的出现，书籍成了古代文学的主要传播媒介，但要把文字刻在骨、金、石或竹、木上，其艰难、沉重程度可想而知。"自蒙恬造笔，乃多书缣；蔡伦造纸，乃有书卷。然仅知抄录，缮写费时；抽阅卷舒，甚为不便。故非兰台石室，或王侯之家，不能藏书。"在纸张十分珍贵、手抄非常困难的情况下，文论著作出版的机会非常少，这也使得杜预的《善文》、李充的《翰林》、挚虞的《文章流别集》、刘义庆的《集林》等古代诗文总集都已亡佚，其实人们现在只知书目或篇目而不见其书其文的可以说不计其数。到唐代，雕版印刷发明了，"然一书之板，动至千百；一书之成，动逾数载。雕刻印刷，手续繁而费用多，虽有可传之书，人犹惮于印行"②。直到北宋，毕昇发明了活字印刷术，书籍的出版和保存才变得容易起来，但元杂剧、明清小说等难登大雅之堂的文学作品还主要靠手抄，难被官方出版，偶在民间流传还会被朝廷查禁。只是到了 19 世纪末，由于机械造纸、铅字排版和机器印刷的技术现代化，现代报纸、杂志才成了主要传播方式，文学作品的大批量生产和出版成为可能，研究文学的理论性批评文章也见诸报章。纵观 20 世纪，绝大多数的文学作品或理论文章都是先在报纸、杂志等公共传媒上发表，然后才结集出版的。像刘勰那样埋头苦干几年写成《文心雕龙》，再有朝一日得到名人的赏

---

① 茅盾. 所谓杂志年［A］//茅盾全集：第 20 卷［M］. 北京：人民文学出版社，1990：132.

② 戈公振. 中国报学史［M］. 北京：生活・读书・新知三联书店，1955：233.

识而声名大振的情况，只会发生在传媒不发达的古代，现代社会似乎很少见了。

## 第二节　现代文学理论家对现代传媒的依赖

在大众传媒发达的年代，人们相信这样一个信条："如果你果真是个人物，你就会是大众注意的焦点；如果你是大众注意的焦点，那你肯定应当真是个人物。"① 同理，"如果你果真是个作家，你就会公开发表很多作品；如果你公开发表了很多作品，那你肯定应当是个作家。"文学家、理论家、批评家又有谁能离得开现代传媒呢？早前创造社和文学研究会之所以结下梁子，除了误会也与办刊有关。1921 年初，郁达夫把他的处女作《银灰色之死》寄给李石岑，要他在《学灯》上发表，可寄去三个月却杳无音讯，直到半年后才发表，这对于自视甚高却遭此冷遇的郁达夫而言，当然心有不满，不自然地发出"我国新文艺为一二偶像所垄断"的牢骚语和争议声。再看看文学研究会 1921 年初一成立，就有《小说月报》《时事新报 文学》作为其会刊，还有实力雄厚的老牌商务印书馆做后盾，可谓一帆风顺，而创造社早在 1918 年就开始酝酿，只是苦于找不到出版单位才拖到 1921 年 6 月才正式官宣，真可谓起了个大早赶了个晚集。这也说明在传媒时代，一步落后导致步步落后，一个没有报纸、期刊、出版社的团体或个人是难有话语权的。

以沈从文为例，尽管他后来十分反感商业气息浓厚的"海派"风格，并以"乡下人"自居来讥讽现代都市的堕落。可是他之所以能成为名作家，就是因为在 1928—1929 年仅仅一年多的时间里，几乎上海所有的杂志和书店就遍布他的文学作品。现代、新月、光华、北新、人间、春潮、中华、华光、神州、国光等书店分别出版了他十多个作品集。上海几乎所有的书店都慷慨

---

① 韦尔伯·施拉姆. 大众传播媒介与社会发展［M］. 金燕宁，等，译. 北京：华夏出版社，1990 年：154.

地把"天才""名家"等称号奉赠给他，他很快成了"多产作家"。在1928—1931年，沈从文的的确确是依托于上海繁荣发达的刊物书局、依托于现代的"海派"式的文学生产体制，才使自己成为职业性的多产作家，解决了基本的生存问题并为自己赢得了名声和地位。其实沈从文当时还亲自办过红黑出版社、《红黑月刊》和《人间月刊》。

但比沈从文出道更早的徐志摩就没那么幸运，他1922年回国后，与文学研究会、创造社、语丝社、现代评论派的主要成员都有不同程度的交往，还在这些社团的刊物上发表不少作品，可他非但没得到"天才"的称号，还与不少人产生了矛盾，作品也没地方发了。他早就萌生了自己创办报纸、杂志和会社的想法，只是苦于想办的《理想月刊》、《新月》周刊或月刊都没办成。因此在1925年，朋友半激将半玩笑地撮合他去接任语丝社孙伏园所主编的现成的《晨报副刊》，他虽嘴上推辞但还是欣然接受了。而且他一接过这个活，就亮明自己的办刊原则。一方面，他表明"迎合群众心理，我是不来的，谀附言论界的权威者我是不来的，取媚社会的愚暗与偏浅我是不来的；我来只认识我自己，只知对我自己负责任，我不愿意说的话你逼我求我我都不说的，我要说的话你逼我求我我都不能不说的：我来就是个全权的记者"[①]；另一方面，他更不希望别人来指手画脚，他觉得办报也好办刊也好，"办法可得完全由我，我爱登什么就登什么"，并且满怀雄心地通过自己所办的副刊"逼死别家的副刊"。总之，他希望通过办刊就可以公开宣传自己的文学主张、政治立场，多发表自己喜欢的作品。1927年，徐志摩又投入了巨大的热情筹办新月书店，目的之一就是能多出版自己的作品。1928年，他又创办《新月》月刊，对包括革命文学在内的"功利派""主义派""标语派""偏激派"等十三个文学派别进行了否定，认为它们有损文学的"尊严"与"健康"，不遵守文学的"纪律"与"标准"，把它们当作文学市场上的"毒药"和"鸦片"。1929年，他还筹办了《诗刊》，以期实现自己的文学志向。闻一多的"新格律诗"理论和梁实秋的新人文主义文学理论，都通过这些期刊得以发

---

① 徐志摩. 我为什么来办我想怎么办［A］//韩石山. 徐志摩全集：第4卷［M］. 天津：天津人民出版社，2005：136.

表，而后者更是引起了广泛而持久的争议。

社会学家认为，知识分子的身份要获得承认，必须"经常与自己的听众进行交流、和自己的同事维持交往"：他们对听众宣讲自己的思想，以获得心理上的和经济上的满足；他们与自己的同行进行交流，以形成并检验自己的思想。① 在互联网时代之前，交流的渠道有酒馆、茶馆或咖啡馆、沙龙或学术论坛、学会或协会、报纸和期刊、书市和出版界、现代大学等，而影响最大、速度最快的当属期刊等现代传媒。事实上，现代作家再也难以离开报纸副刊、期刊等现代传媒，在某种程度上说，它们已成为创作生命本身，成为作家唯一的生存空间。因而 20 世纪 30 年代的许多作家，不仅集作家、批评家、理论家于一身，还往往身兼杂志编辑或校对、书店老板或股东。蒋光慈与钱杏邨他们为什么不与创造社联合起来，而是坚定地自己办刊物、开书店？是因为"他们认为倘若将刊物交给人家书店出版和发行，要受到种种约束和牵制，还不如自己开爿书店，自己出版和经营"②。但像现代评论社接受官方津贴来办报刊，对于当时的许多文人来说是不可接受的，"用自己的钱，说自己的话"才能体现文人的骨气与价值。从周作人、鲁迅两兄弟在 1928 年前后的沉寂再到 30 年代的活跃可更为详细地了解现代传媒是怎样地影响着作家的。

当上海弥漫于热闹的"革命文学"论争之时，留在北平的周作人却提出了"闭门读书论"，并在与友人的书信中一再提到"这个年头，不是写字的年头"，"文章简直不曾做，不过偷读一些闲书"，"1929 年几乎全不把笔"，是明哲保身的缄口，还是无话可说的"失语"，也许兼而有之，但他真的没写吗？不，他写了，他写了书信，他写了日记，他写了读书笔记，只是当时都没发表。因为他已经没地方发表，他以往笔耕不辍的园地已不复存在，《京报副刊》停刊，《语丝》南迁上海，《晨报副刊》歇业。尽管《语丝》在上海复刊，一来通信不便，二来《语丝》已变成"沪版语丝"。直到 1930 年，周作人主持的散文周刊《骆驼草》问世，他又活跃起来了，不过他先声明的是"不谈国事""立志做秀才"，他要避开"十字街头"住进"象牙之塔"，他要

---

① 吕若涵. "论语派"论 [M]. 上海：上海三联书店，2002：2.
② 陈梦熊. 太阳社与春野书店 [A] // 宋原放. 中国出版史料现代部分：第 1 卷：下册 [M]. 济南：山东教育出版社，2001：158.

由"浮躁凌厉"的"语丝体"转向"平和冲淡"的小品文。留守的周作人和北上的胡适，仿佛又共同擎起北方文坛的大旗，并以盟主的身份在其周边形成了一个颇具特色的"京派"。他们组织沙龙、读诗会，创办《学文》《水星》《文艺杂志》，接替了吴宓已编辑六年之久的《大公报·文学副刊》。周作人的小品文理论、朱光潜的美学理论、李健吾的印象批评理论、梁宗岱的纯诗理论，正是凭借着这些现代传媒得以传播开来的。

处于"革命文学"策源地的鲁迅，没能有幸成为《创造周报》的复活者，反而成了《文化批判》用来祭旗的血。遭到了创造社、太阳社、新月社这些当时居于主导地位的派别的攻击，甚至包括那些不标榜文派的作家和教授。文坛对他前所未有的大"围剿"，也预示着文坛对他的发言权、发表权的剥夺。鲁迅在编《三闲集》时就有明显感受，他说："我先编集一九二八至二九的文字，篇数少得很，但除了五六回在北平上海的讲演，原就没有记录外，别的也仿佛并无散失。我记得起来了，这两年正是我极少写稿，没处投稿的时期。"① 但鲁迅并不因他的论敌操持着马克思主义学说就摒弃它，反而投入极大的精力去探个究竟。他买了大量的有关马列主义文艺理论和社会科学书籍来阅读，翻译了《苏俄的文艺政策》、普列汉诺夫的《艺术论》、卢那察尔斯基的《文艺与批评》等著作，还编辑出版了《文艺理论小丛书》《科学的艺术论》来介绍马克思主义，并较为熟练地运用唯物辩证法来与他的论敌论战，从而完成了其知识的转型和思想的转向。1930 年，鲁迅主编了《萌芽月刊》和《文艺研究》季刊，着重介绍马列主义文艺理论。到"左联"成立之时，他已被推上了盟主的地位，在以后的一系列政治和文艺斗争中更是大显身手。

再回过头来看钱杏邨与李初梨的论战，就不难看出尽管两人争来争去，却都明显体会到现代传媒给文学以至文学研究所带来的变革。作品要见刊见报才成其为作品，研究成果也要以报刊发表为准，李初梨说郭沫若是发出"革命文学"呼声的第一人，钱杏邨说蒋光慈是"革命文学"的倡导者，其依据都是报刊，到底谁最早，以当时所能查阅到的期刊为准，一比就清楚了，

---

① 鲁迅.《三闲集》序言［A］//鲁迅全集：第4卷［M］.北京：人民文学出版社，2005：4.

那些存在于私人信件、日记或小圈子里的言谈都不足为凭。把五四新文化运动中的文学革命的标志性事件定为 1917 年 1 月胡适在《新青年》上发表的《文学改良刍议》，而不会把它提前至 1915 年，尽管当时他的白话文主张就已提出，而且与朋友任鸿隽、梅光迪等进行了通信和激烈的讨论，那只是几个人私下的讨论，并未公开发表，故对社会没有什么影响，另外，之后的回忆录或整理出版的日记、书信，也会存在着真伪难辨的情况。从钱杏邨的一句话——"假使将来要做整个中国的革命文学的发展的追迹，这些材料多少或许有点关系"——可以看出钱杏邨是较为注重现代传媒与文学的关系的，事实上他是较早涉足这一领域的研究者。在革命文学论战中操持着三板斧而名声大噪的钱杏邨，似乎并没有继续他的文学理论研究，其兴趣已转向了史料的钩稽索引，成了近现代文学史材料的发掘、搜罗、整理、研究方面的专家。

　　1936 年阿英（即钱杏邨）所编的《中国新文学大系·史料 索引》就对那十年的杂志做了较为详尽的编目，并特意说明："因为这些支配着当时运动的典籍，现在已不大容易找到。即从已辑集的单本或索引里可以看见标题，对于这文字所以写作的动机，和在发表时间上的重要，还是不免有些茫然的。有了这样的一个编目，再加有出版期的注明，则一路看来，使从题目上也可见当时文运是在如何的向前发展，好像是在读一部有系统的文学史书。若是在论战期内，更可连同对方杂志编目互看，看双方如何的在刀枪相敌，各文来路极明。"[①] 1958 年他又出版了《晚清文艺报刊述略》，体现了他具有现代眼光的治学思路。他的这种研究文学的方法后来被王瑶先生和陈平原先生及其弟子所继承和发扬，产生了一大批研究现代报刊与现代文学之间关系的著作。确实，随着现代传媒的发展，当时许多作家所写的批评和理论文章，往往都是针对报刊上的一些文章、言论、批评等而写的，是有感而发的，如果研究者仅就文论文，孤立地来评论，常常会不得要领。也许正是认识到了史料的重要性，20 世纪 20—30 年代的每一次论争结束之际，马上有人来收集、整理、编选那些发表在各种报刊上的文章，以备往后的研究。比如，1927 年

---

① 阿英. 导言［A］//中国新文学大系·史料 索引［M］. 上海：上海良友图书印刷公司，1936：5.

丁丁的《革命文学论》（17 篇）、1929 年李何林的《中国文艺论战》（47 篇）、1933 年苏汶的《文艺自由论辨集》（20 篇）、1934 年 9 月和 1935 年 1 月宣浩平编了两册《大众语文论战》（近 90 篇），1936 年林淙的《现阶段的文学论战》（55 篇）、1937 年 1 月杨晋豪的《现阶段的中国文艺》等。有时，人们仅看后来编辑出版的作家文集或全集，会难以了解其中的一些真相的，因为在编入集子时，会鉴于各种原因，作者本人或编者常常会做一些修改，甚至是在关键措辞上，所以翻阅最初发表的文字较有说服力。

总之，在以报刊为主导的大众传媒的现代社会，衡量一位文学理论家，不只是看他说了什么，还要看他是在什么公共场合说的；不只是看他写过多少，更主要看他发表过多少和出版过多少著作。

## 第三节　现代报刊的政治化对文学理论的影响

20 世纪初，报纸已开始侧重新闻报道，文学副刊也逐渐脱离报纸发展成专业的文学期刊，尽管之后还有一些非常有影响的副刊存在。但到 20 世纪 30 年代，文学杂志已成了发表文学作品、文学批评和文学理论文章的主要阵地。各个阶段的文学期刊，由于创办的目的不同，表现出来的性质也是有所不同。这近 40 年大致可分为 3 个阶段：清末民初的 10 多年（1902—1916 年）、五四前后的近 10 年（1917—1927 年）和"红色 30 年代"（1928—1936 年）。

清末民初，涌现了一批文学史上最早的依靠报刊、读者市场和稿酬谋生的职业作家，这是现代传媒兴起和现代教育发展的必然结果。新兴的报刊需要大批以笔为业的文人，而 1904 年科举制的废除又迫使许多仕途被阻的旧式文人以卖文为生。文学观念的现代性转型也已悄然发生。一是经世致用的文学工具论，以梁启超的政治小说为代表；二是审美自律的文学自主论，以王国维的学术著作为代表；三是消闲娱乐的文学趣味论，以"鸳鸯蝴蝶-礼拜六派"为代表。这三种文学观也表现在当时的三种杂志的价值取向上：前者关注的是政治，面向政党；次者倾心的是学术，面向学者；后者依赖的是市场，面向市民。以往论者总认为政治小说也是"文以载道"，只不过所载之道有所区别，其实两者的本质差异是明显的，封建文学所强调的"载道"完全是以"主流""正宗"自居，是以"宗经卫道"的姿态来维持封建专制，弘扬封建思想。而政治小说的"载道"，是以"暗流""另类"存在，是以"离经叛道"的民间立场来颠覆封建政权，表达民众的心声。次者受西方哲学和美学的影响，把文学看作一种独立自主的审美活动，它是超功利和无功利的，显然这是全新的现代文学观念。后者顺应了现代都市、市民阶层、商品经济的出现，能从读者的文学心理需求来生产大众化的通俗作品，但长期以来，这类作品基本上是被否定和批判的。实际上，它们本身就是中国社会现代化和文学现代化追求的产物，本身就是现代性事物。这时的作家不再是传统的御用文人，他们不只是迎合读者的口味，他们也在制造审美情趣，并以作品潜移默化的影响读者。这三种与传统截然不同的文学观念以及不同流派和不同期刊，在以后几十年的发展过程中其命运却大相径庭。

五四时期占主导地位的那些期刊多是同人性质的，从它们的宣言、发刊词或简章中可以看出。尽管也有"新青年派""复古派""学衡派""甲寅派"，基本上是以杂志为核心的团体、学会。与清末的维新派、革命派这些具有政党色彩的不同，更不用说20世纪30年代的党化杂志，同时也不同于那些商业性的杂志。他们大多属于自由知识分子，都有着共同的文学观念，那就是文学的独立性、自主性，他们无不注重文学与个性、心灵、情感、灵感等概念的联系。《新青年宣言》中就强调："我们的主张是民众运动社会改造，和过去及现在各派政党，绝对断绝关系。……至于政党，我们也承认是运用政治应有的方法；但对于一切拥护少数人私利和一阶级利益，眼中没有全社会幸福的政党，永远不忍加入。"① 文学研究会是一个散漫的文学集团，只是都相信"将文艺当作高兴时的游戏或失意时的消遣的时候，现在已经过去了"，相信"文学是一种工作，而且又是于人生很切要的一种工作；治文学的

---

① 新青年宣言［A］//阿英. 中国新文学大系·史料 索引［M］. 上海：上海良友图书印刷公司，1936：55.

人也当以这事为他终身的事业，正同劳农一样"。① 如果说清末的那些落魄文人走上从文之路还有种逼良为娼、羞羞答答的无奈之感，那么五四时期的许多作家都是出于对文学的爱好、兴趣，并有一种为之献身而义无反顾的态度，有的人甚至放弃了原来的职业或专业。在官方意识形态无所作为，更无力控制大学、期刊、出版等传媒机构的情况下，它们为公众创造了一个"公共"的舆论空间，开创了中国历史上少有的"百家争鸣"时期。"为人生的文学""为艺术的文学"的文学主张，写实主义、象征主义、自然主义、浪漫主义、唯美主义等西方各种文学流派的文学理论都通过众多的同人杂志得以广泛宣扬。

可惜这种新文学繁荣的景象好景不长，"科学""民主"这样的灵丹妙药似乎对于内忧外患的中国已产生不了多大的效力，知识分子的"启蒙""呐喊"也无法叫醒沉睡在"铁屋子"的人们，新文化运动开始退潮，新文学阵营开始分化。1925 年的"五卅惨案"使知识分子看清了西方"老师"的真实面目，1926 年的"三一八"惨案也使知识分子认清了北洋政府的血腥，1927年的"清党"政变更是使许多知识分子感到震惊、恐惧和绝望。国民党南京政府似乎也从北伐战争的胜利中感受到了现代传媒的厉害。确实，传媒是现代社会的无冕之王，是社会的感应神经，是政治的晴雨表。谁控制了传媒，谁就拥有了话语权，甚至谁就拥有了真理。德国的奥斯瓦尔德·斯宾格勒（Oswald Spenglar）曾说："报纸的指挥者唤来真理、改变真理、更迭真理。报纸做三个星期的工作，真理就会被每一个人所承认"，相反，"单凭不向世界通报，报纸就能宣判任何'真理'的死刑"。② 此话可能有言过其实之嫌，但"大众传播媒介正是政治宣传的御用工具"应是不争的事实。由于受控制的传播媒介能成为培养政治信念的有力工具，代表不同利益的集团和政党自然会利用这种工具来推行自己的政治文化。

国民政府成立后，旋即于 1928 年 5 月颁布了《国民政府著作权法》，特

---

① 文学研究会宣言［A］//阿英. 中国新文学大系·史料 索引［M］. 上海：上海良友图书印刷公司印行，1936：72.

② 奥斯瓦尔德·斯宾格勒. 西方的没落［M］. 齐世荣，等，译. 上海：商务印书馆，1963：719，720.

别强调了"一、显违党义者；二、其他经法律规定禁止发行者"拒绝注册。1929年1月10日，又颁布了《国民党中宣部宣传品审查条例》，其中第五条规定，"凡含有下列性质之宣传品为反动宣传品：一、宣传共产主义及阶级斗争者；二、宣传国家主义、无政府主义及其他主义，而攻击本党主义、政纲、政策及议案者；三、反对或违背本党主义、政纲、政策及议案者；四、挑拨离间分化本党者；五、妄造谣言以淆乱视听者"，应予"查禁、查封或究办之"①。这是中国历史上第一次利用法律来推行一个政党的主张及理论，并把斗争目标明确地指向另一个政党的法规。也许由于国民党忙于在军事上巩固其政权，直到1930年底，这个条例并没有严格的执行，其间倾向马克思主义、社会主义的左翼文学社团举起了"无产阶级革命文学"的旗号，与"语丝派""国家主义派""无政府主义派""新月派"展开了激烈的论战，各派别都创办了大量的文艺报刊，而且左翼作家还在1930年3月成立了"左联"。可就在这场热闹非凡的争夺文学话语权的"杂志战"中，国民党人竟无从置喙，提不出什么独到的见解和主张，更无力来引导和控制论战的走向。共产党意识形态在文学领域的迅速渗透和扩张，反衬出国民党的文艺政策的软弱无能，致使一些国民党内的文人都深感忧虑。尽管国民党后来仓促间大力扶植"三民主义文艺"，利用国民党所把持一些报纸副刊宣扬"三民主义文艺理论"，发表了一些作品，但贫乏的理论、粗糙的作品都无法与普罗文学对抗，只能在谩骂中草草收场。

既然无法利用文学为其服务，那就利用强权强化报刊检查，钳制舆论，打压其他各派的文艺人士、文学团体和文艺作品。国民党在1930年底颁布了《国民政府出版法》，第四章规定，"出版品不得为下列各款之记载：一、意图破坏中国国民党或三民主义者；二、意图颠覆国民政府或损害'中华民国'利益者；三、意图破坏公共秩序者；四、妨害善良风俗者"②。凡违反这四项禁载者，刊物被扣押禁售，发行人、编辑人、著作人及印刷人均要受到判刑、

---

① 宋原放. 中国出版史料：现代部分：第一卷下册 [M]. 济南：山东教育出版社，2001：578.

② 宋原放. 中国出版史料：现代部分：第一卷下册 [M]. 济南：山东教育出版社，2001：573.

拘役或罚金等处分。此法出台之前，"左联"出版的文艺刊物《拓荒者》《萌芽》，以及小型政论刊物《巴尔底山》还能公开发行，之后便不能了。以此为基本法规，到抗日战争全面爆发前夕的几年里，国民党政府又不断制定新的辅助法规，以限制、扼杀言论、出版等自由。据统计，10年间，被国民党查禁的社会科学书刊达到1028种、进步文艺书刊458种。同时，还豢养一批特务、流氓，捣毁进步报刊社，暗杀进步的新闻工作者，秘密检查邮件，查封书店、出版社，扣留进步书刊，秘密逮捕、杀害"左联"作家。① 同时，一批国民党文人在"左联"成立不久的1930年6月于上海成立了具有官方背景的"前锋社"，并发表了《民族主义文艺运动宣言》，正式提倡"民族主义文艺"，创办了《前锋周报》《前锋月刊》《现代文学评论》等杂志。南京也成立了能获得官方津贴的"中国文艺社"，出版了《文艺周刊》《文艺月刊》，"开展文学社"，主要出版了《开展》《长风》《流露》等期刊。发表了李赞华、黄震遐、万国安等人的作品和一些宣扬"民族主义文艺理论"的文章，但都受到了左翼作家茅盾、瞿秋白、鲁迅以及"自由人"胡秋原的有力批驳。他们还以优厚的稿酬吸引中间作家和拉拢左翼作家从而分化"左联"队伍，周全平、叶灵凤和周毓英就因变节而被"左联"开除。

国共两党在意识形态上的争夺，直接表现在文学理论（意识形态）的针锋相对上：无产阶级革命文学刚有声势，三民主义文学就接踵而来；左翼作家联盟一诞生，右翼前锋社马上成立；马列主义文艺理论一传播开来，民族主义文艺理论就立即出台；文艺大众化的讨论才开展，《通俗文艺运动计划书》就制定了；两个口号争得不可开交，民族文艺又被重提。总之，为了争夺话语权，把各自的思想宣传出去，灌输给大众，可以说双方你来我往，明争暗斗。但总的说来，每次都是左翼文学走在前面，国民党才匆匆忙忙地进行应对。这也使得在国民党败退台湾之后，有相当一部分国民党人特别是那些在文艺领域效力多年的文化官员，认为国民党的失败，在很大程度上要归因于意识形态斗争不力；对文艺重视不够，没有能有效地抵挡共产党在文艺

---

① 许焕隆. 中国现代新闻史简编 [M]. 郑州：河南人民出版社，1988：479.

战线上发动的进攻，致使国民党失去了对于文艺的领导权和控制权。① 完全这样来解释国民党在大陆的惨败显然肤浅，但国民党的一些文艺政策在当时肯定是不得人心的，对其统治或多或少都有负面影响。

国民党搞文艺不行，就实行对左翼的文化"围剿"，而左翼作家也费尽心思利用上海租界的特殊环境来"钻文网"，不断以办新杂志、改装封面、更换姓名、更改地名、采用曲笔等"游击战""迂回战"方式与之周旋，进行坚韧的战斗。创造社在 1930 年被解散之前，先后出版了《创造月刊》《文化批判》《流沙》《思想月刊》《新思潮》等刊物，介绍马克思主义理论。太阳社在一年半的活动时间里创办了《太阳月刊》，出了 5 期就被查禁，又改名为《时代文艺》出了 1 期，又改名为《新流月报》出了 4 期，还出了《海风周报》等刊物，鼓吹无产阶级革命文学。在 20 世纪 30 年代国民党查禁的图书目录中，属于太阳社作家的著译就有 54 种之多。"左联"成立后，思想传播更为艰难，但还是克服政治上、物质上的种种困难，先后办了一些机关杂志，如《萌芽月刊》《拓荒者》《巴尔底山》《世界文化》《前哨》《十字街头》《文学月报》等，传播马克思主义文艺理论，发表创作，译介作品，开展论争，培养作家。它们活动的周期都不长，最长的也不过一年多，有的只出一期就被禁了，有的人甚至因此而坐牢或牺牲，但仍能顽强地存在、发展起来，真可谓"野火烧不尽，春风吹又生"。同时还吸引了不少的同情者，一些外围刊物如《文艺新闻》《大众文艺》《引擎月刊》《文艺讲座》等，也为马克思主义文艺理论的传播提供了帮助。

与此相反，左翼革命文学虽然遭到了国民党当局的严厉查禁，但由于广大读者对左翼革命文学作品的偏爱，国民党的查禁令的效力往往因此而消解，所以左翼文学刊物是屡禁而不止，诚如茅盾所说："国民党反动派对左翼文艺的大举'围剿'，其结果与他们的愿望正相反，革命文艺更加深入人心了！"②深究其原因，人们不应忽略当时读者的逆反心理，主要是指人们普遍存在着对国民党统治当局的不满情绪，这就使他们在面对国民党统治当局施行的一

---

① 中国国民党与文化教育 ［M］. 台北：正中书局，1984：56.

② 茅盾. 我走过的道路：中 ［M］. 北京：人民文学出版社，1984.

切方针、政策和政府行为时采取一种抵触、对立和违逆的态度，当局以为是的，他们往往以为非，而当局以为非的，他们倒往往反而以为是。这体现在文学杂志的阅读上，便是国民党当局支持的"民族主义文学"类杂志，人们偏偏不读，而国民党严令查禁的左翼革命文学类的杂志，人们反倒偏要找来看一看。施蛰存就曾指出，一切文学刊物，"越是被禁止的，青年人就越要千方百计找来看"①。越是被禁止的就越是有利可图，出版社就越是想方设法来出版。20世纪30年代国民党当局对进步书刊的查禁，在某种意义上可以说是促成了许多读者好奇心的产生，同时也在无形中为这类书刊做了广告。正是由于普遍的逆反心理，造成了公众对被禁左翼革命文学杂志的旺盛的阅读需求，国民党当局的任何严厉的查禁在这种阅读需求面前都只能是显得软弱无力，这是连国民党当局也不得不承认的客观事实。国民党中央宣传委员会1934年召开了全国文艺宣传会议，在《文艺宣传会议录》中，他们不得不承认，查禁书刊的结果是"愈禁愈多"，"而本会之禁令，反成为反动文艺书刊最有力量的广告，言之殊为痛心"。任何时代，特别是在现代传媒越发达的时代，采取这种禁止的做法只会适得其反，防得了一时，防不了一世。正如美国的刘易斯·科塞所言："审查制度造成了始料不及的后果，它启动了自由事业与智力活动的现代联盟。"② 当前不是还有作家希望自己的作品被禁吗？禁了之后，名声反而上来了，销售量不但不会少，有可能比之前还要多。可以说，没有现代传媒的发展，左翼文学理论则无法传播开来。

面对国民党对文艺舆论界的高压控制甚至血腥暗杀，除了国民党的御用文人之外，其他文艺界人士当然也不会都像左翼人士那样迎面而上，旗帜鲜明地提出无产阶级革命文学，宣扬马克思主义文艺理论，反对国民党摧残文化和压迫革命文学运动的行径。有的人，如王国维，选择自杀以求解脱；也有的人如陈寅恪和吴宓，他们相约不入党（国民党）。吴宓曾说："肆力于学，谢绝人事，专心致志若干年。不以应酬及杂务扰其心，乱其思，费其时，则进益必多而功效殊大云。"③ 以后观之，吴宓没能做到但陈寅恪践其言。然而

---

① 施蛰存. 戴望舒译诗集［M］. 长沙：湖南人民出版社，1983.
② 吕若涵."论语派"论［M］. 上海：上海三联书店，2002：12.
③ 沈威. 回眸"学衡派"［M］. 北京：人民文学出版社，1999：283.

这样的专注学术以独善其身的知识分子实在是少而又少，况且治学术可如此，当作家不一定就可行。

在政治斗争趋于激烈的 20 世纪 30 年代，不带任何政治倾向的文学杂志几乎难以生存，没有一点政治倾向的文学理论无法立足。徐志摩希望创办一份《新月》月刊来实现其文学理想。"我们这几个朋友，没有什么组织除了这月刊本身，没有什么结合除了在文艺和学术上的努力，没有什么一致除了几个共同的理想。"① 可他的《新月的态度》，既遭到了"左联"的批驳，也得罪了国民党当局，甚至与"新月派"内部的胡适、梁实秋都产生了矛盾。结果是新月书店被抄，《新月》杂志被扣，"新月派"成员也分崩离析了。"京派"成员虽声明"不谈国事""不为无益之事"，坚守"文学者的态度"，不事喧哗地从事寂寞的学术研究和严肃的文学创作，但是依然卷入了各种纷争之中，招致左翼、中间派（论语派、第三种人）、右派的不满。其实要办独立的文学杂志也是很难存活的。比如《文学时代》，1935 年 11 月创刊之始，根本不愿发表表明其立场、态度之类的办刊宣言，只是强调"我们都尊重思想上的自由。我们容许每一个在本刊上写稿的人，有他自己在文艺上的立场与见解，除了对文艺的本身忠实的这一点之外，我们没有更大的苛求"，但仅出六期就不得不向读者告辞，编者储安平在《告别辞》中慨叹："这年头，一个纯粹的文学刊物真是没办法维持的。我们虽只出了六期，可是所经的苦乐，简直出乎意料。"② 正如詹姆逊所言："在第三世界的情况下，知识分子永远是政治知识分子。"③ 确实，在一个阶级对立、政党斗争激烈的社会，在一个缺少民主思想、自由精神传统的国度，自由知识分子尤为难得。实际情况是，大多数文化知识分子不是倾向于"左"就是倒向了"右"，特立独行者弥足珍贵，且注定要忍受孤独、寂寞甚至边缘化。

---

① 徐志摩.《新月》的态度［A］//徐志摩全集：第 4 卷［M］. 南宁：广西民族出版社，1991：581.

② 姜德明. 储安平编《文学时代》［J］. 新文学史料，1989（3）：205-207.

③ 弗雷德里克·詹姆逊. 处于跨国资本主义时代中的第三世界文学［A］//张京媛. 新历史主义与文学批评［M］. 北京：北京大学出版社，1993：240.

## 第四节　现代报刊的商品化对文学理论的推动

与五四时期的文学团体和文学杂志多是同人性质的相比，20世纪30年代的文学杂志除了带有鲜明的政治色彩，还带有浓厚的商业色彩，尤其是上海的杂志带有明显的商业目的。当时当地的报刊出版机构，已不可能为政治派别所垄断，相当一部分是由大大小小的书店、书铺、书局等私营出版机构所创办。从政者办刊出书，更多的是一种政治行为，利用文学进行政治宣传，追求的是政治效益和社会效益，经济效益倒在其次，有时赔钱亏本也得干，正所谓"花钱买吆喝"；从商者办刊出书，主要是一种商业行为，通过文学获取利润积累资本，追求的是经济效益，社会效益和政治效益放在其次，只要有利可图，或冒点政治风险或屈服于政治压力都无妨。

这从《语丝》的蜕变中可以看出。1924年底《语丝》在北京创刊时是典型的同人刊物，作者主要是大学教授，不但不支付稿费，而且最初还要负担印费，年轻作家则自跑印刷局，自去校对，自叠报纸，自己兜售，维持刊物的目的不是赚钱而是宣传思想。语丝社发刊词是："我们并没有什么主义要宣传，对于政治经济问题也没有什么兴趣，我们所想要做的只是想冲破一点中国的生活和思想界的昏浊停滞的空气。我们个人的思想尽是不同，但对于一切专断与卑劣之反抗则没有差异。我们这个周刊的主张是提倡自由思想，独立判断，和美的生活。"① 并以其"不伦不类""要说什么都是随意""自由言论""闲闲出之"等风格形成独具一格的"语丝体"。但因北新书局被北洋军阀以"有伤风化"查封，1927年底《语丝》只好与北新书局一起南迁上海，同人杂志的性质变了，进进出出的社员也十分芜杂；为了生存还不得不收敛以往的锐气，对于社会现象的批评的文章几乎没有；在十里洋场浸泡后，

---

① 语丝发刊词［A］//阿英. 中国新文学大系·史料 索引［M］. 上海：上海良友图书印刷公司，1936：112.

杂志的商业色彩越来越浓，广告杂乱，甚至出现了医生的诊例和袜厂的广告。

1932年时代书店出版的《论语》则完全实行商业运作，它声称既不宣传什么主义，也不持什么主张，也没有什么立场，更不拿谁的钱，当然也就不说他人的话，似乎保留了《语丝》的文风格调，但它只是非常聪明地利用《语丝》所蕴含的文化资源来吸引作者与读者。一方面，它提供了一些自由知识分子发泄的渠道，"人们谁高兴做'文字狱'中的主角呢，但倘不死绝，肚子里总还有半口闷气，要借着笑的幌子，哈哈地吐它出来。笑笑既不至于得罪别人，现在的法律上也尚无国民必须哭丧着脸的规定，并非'非法'，盖可断言的"①。另一方面，它又满足了市民的多层次的阅读兴趣和审美趣味，并从读者那里得到了他们办刊所需的资本，真是"羊毛出在羊身上"。同时也抓住了当局的心理，"政府认为这种幽默，也可以说是讥评和讽刺，还不伤大雅，与左派的直接狠毒攻击相较，有小巫见大巫之别，遂对之加以优容"②。正是这一种非常务实的办刊策略，加上编者高明的商业手段，使它在短时间就成了非常畅销的"软性刊物"，林语堂之后又趁热打铁创办了《人间世》《宇宙风》，而《十日谈》《新语林》《小品文月刊》《文艺茶话》等类似刊物也见机行事、纷纷出炉，在1934年前后掀起了不大不小的"幽默风"，炒作出了一个"小品文年"。小品文理论与杂文理论在"小品文论争"中得到了广泛而深入的探讨。

20世纪30年代，不是同人的兴趣而是商业价值决定了杂志的命运。杂志由同人性质转为商业性质之后，读者顺理成章地成了杂志的重心。在20世纪20年代末曾办过文学刊物《璎珞》《文学工场》《无轨列车》、1932年又被现代书局聘为《现代》杂志编辑的施蛰存就深有感触，他说："五四运动以后，新文化阵营中的刊物，几乎都是同人杂志。以几个人为中心，号召一些志同道合的朋友，组织一个学会或一个社，办一个刊物，为发表文章的共同园地。每一个刊物所表现的政治倾向、文艺观点，都是一致的。当这一群人的思想观点，政治立场发生分歧的时候，这个刊物就办不下去了。《新青年》《少年

---

① 鲁迅. 从讽刺到幽默 [A] //鲁迅全集：第5卷 [M]. 北京：人民文学出版社，2005：46-47.

② 万平近. 林语堂论 [M]. 西安：陕西人民出版社，1987：81.

中国》《创造》都可为例子。我和现代书局的关系，是雇佣关系。他们要办一个文艺刊物，动机完全是起于商业观点。"① 上海的现代书局，1932 年之前，曾出版过几种左翼文艺刊物，如《畸形》《南国月刊》《拓荒者》《大众文艺》等，正是因为当时蒋光慈等人的无产阶级文学作品已成了畅销书。销售不错，只可惜被划为"宣传赤化"的书店，不仅杂志被查禁，差点连书局都被查封。虽没查封，却被迫出版宣传民族主义文学的《前锋月刊》，开始似乎很受读者的欢迎，但随后受到左翼青年的捣毁，损失较大。无论是左翼还是右翼的刊物，都使现代书局在名誉和经济上受到损害。也许是吃一堑长一智，之后再办刊时，经理张静庐就特别慎重。"他理想中有三个原则：（一）不再出左翼刊物，（二）不再出国民党御用刊物，（三）争取时间，在上海一切文艺刊物都因战事而停刊的真空期间，出版第一个刊物。"② 选编辑时选了施蛰存这个既没加入"左联"，也和国民党没关系，还有不错的编辑经验的人。应当说，现代书局的这一策略是正确的，《现代》一出版，销售就达 6000 册，这可是当时文艺刊物发行量的新纪录。他们为了扩大销路，从"特大号"，到"增大号"，再到"狂大号"，翻尽了编辑上的花样，在内容上也要将栏目编排得琳琅满目。可由于"第三种人"苏汶（即杜衡）的参编，引起了左翼作家的不满，把《现代》当作"第三种人"的同人杂志，许多人不再为它撰稿，刊物销路不好，营业额下降，坚持不多久就闭门歇业了。书局希望能把杂志办成一个"普通的文学杂志"，"不预备造成一种文学上的思潮、主义或党派"，这样可以保证不再受到因发表政治倾向鲜明的文章而招致的经济损失。但在政党政治浓重的时期，这种不偏不倚的中立态度是很难维持的，可能会招致两方的不满意。

与身居北平各大学不愁衣食还有闲情逸致的"京派"文人相比，上海的文人生活艰难得多，写文章、编杂志、开书店不完全是文学理想和革命工作的需要，还有迫于生计不得已而为之的苦衷。徐志摩 1927 年筹办新月书店，主要是当时他失去了父亲的经济援助，生活拮据，为了满足陆小曼的挥霍和

---

① 施蛰存.《现代》的始末 [A] //宋原放. 中国出版史料：现代部分：第一卷下册 [M].
   济南：山东教育出版社，2001：15.

② 施蛰存. 我和现代书局 [J]. 出版史料，1985（4）.

偿还债务，他不得不自谋出路，教书、写文、开书店，希望能有所赚头。丁玲回忆 20 世纪 30 年代初在上海"倚文为生，卖稿不易，收入不平衡，更不稳定"时，"也想模仿当时上海的小出版社，自己搞出版工作。小本生意，只图维持生活，兼能出点好书"。于是办起了红黑出版社和《红黑月刊》。① 当然由于是书生开店，文人下海，在激烈的商场里搏击，往往是亏多于盈。新月书店经常没资金周转，有邵洵美的入股也无多大起色，后来还是托胡适的关系才让渡给了商务印书馆；《红黑月刊》出了八期就结束了，还欠了几百元的债。邓明以回忆陈望道在 1928 年办大江书铺时，就明确指出，"但是在旧社会里要想在书业界中立足站住，没有一点生意经的头脑是根本不行的。而陈望道等人毕竟是书生一群，难以与同行们竞争。书铺终因不善于经营而渐渐不支，加上当时大江书铺的明显的左倾立场，所出书刊有许多被列为禁书，造成亏本，以致后来竟到了无法维持的地步，不得不将大江书铺的全部财产及存书折价盘让给了开明书店。"② 因此，20 世纪 30 年代真正主宰文坛的报纸、杂志、图书市场的还是那些老牌的、实力较大的、经营路数更多的印刷出版机构，像商务印书馆、中华书局、泰东书局、世界书局、北新书局、现代书局、开明书店等。它们热心期刊出版事业，打破了前一时期社团学会办刊的单一局面，但显然他们的办刊是"利"字当头，有时还带有同行的相互竞争和有意抬杠的因素，其杂志上所载的作品的思想倾向性就很难完全与书局老板、股东的等同。

商务印书馆正是看到了新文学具有独立的生命力和商业价值，为了达到争取读者、扩大销量的商业目的，在 1921 年就决定把几十年来为"鸳鸯蝴蝶派"所把持的《小说月报》交给文学研究会的人员进行改版，使之成为新文学的刊物，并出版了许多新文学著作。但同时它又不放弃过去数十年的作者和读者，因而还保留了《小说日报》给"鸳鸯蝴蝶派"，完全是一种"双轨制"的做法。这些经营策略都是为了能有多种生存发展空间，更有远见，做法也更聪明，颇有商业者的精明，它并不一定是从文学的角度或政治的角度

---

① 丁玲. 胡也频［A］//丁玲文集：第 5 卷［M］. 长沙：湖南人民出版社，1984：175.

② 邓明以. 陈望道与大江书铺［A］//宋原放. 中国出版史料：现代部分：第一卷下册［M］. 济南：山东教育出版社，2001：192.

来看待新文学的。中华书局则为了与商务印书馆分庭抗礼，展开了强大的图书市场竞争，从 1922 年就支持、扶植反对新文学的《学衡》；同样对新文学没有什么好感，《大公报·文学副刊》在 1928 年请"学衡派"的吴宓来主编。可能由于新文学的大势所趋，也由于经费的原因，中华书局于 1933 年解除了与《学衡》的合作，《学衡》也就走到了尽头；同年，《大公报》也更换了吴宓，改由"京派"的沈从文、杨振声来主编文艺副刊，改文言文为白话文，改偏重学术为侧重创作与评论，使其更像一家现代报纸的副刊。而萧乾做主编时，为了争取青年读者，包括用一些观点与官方对立的文章"来把报纸打扮得'民间'色彩一些"，虽如此也曾有当局的"'警告''传票'给他带来的不便，可是带来更多的却是好处"，即报纸销售量的增加。① 同样，正是左翼文学的高涨和流行，能获得读者的青睐，带来可观的利润，注重趣味主义、长期为"鸳鸯蝴蝶派"所把持的《申报·自由谈》于 1933 年转移到了左倾的新文学者手中，由黎烈文主编。强调以"描写实际生活之文字，或含有深意之随笔杂感等"为主，并约请鲁迅、茅盾等左翼作家为其撰稿。仅在 1933 年 1 月至 1934 年 9 月的《申报·自由谈》上，鲁迅用 40 多个笔名发表了 130 多篇杂文，一个人就构成了一支驰骋文坛的"游击队"。以至于国民党官办杂志《社会新闻》连连发表文章，称"鲁迅、沈雁冰，现在成了《自由谈》的两大台柱子了"，刊物"也完全在左翼作家手中"，"书局老板现在竟靠他们吃饭了"。② 虽后来迫于当局压力而吁请"多谈风月，少发牢骚"，可为了吸引读者还是采用鲁迅等左翼作家的稿件。这些报刊的形式和内容都有了极大的改观，但不变的是办刊宗旨——赚钱、生存、壮大。因此，人们可以从当时一些重要的文学期刊内容的调整、形式的变化甚至人事的变动中，隐约感受到文学潮流的涌动和文学观念的新变。

　　如果说，实力较为雄厚的大书店、老字报都得求变，那刚下海的小报、小刊、小书店，就更需变着花样来追赶潮流，见风使舵，才能苟延残喘。全凭杂志上所刊载的作品和文章来很难判定其文学思想和倾向的。在革命文学

---

① 萧乾. 鱼饵·论谈·阵地：记《大公报·文艺》（1935—1939）［J］. 新文学史料，1979（2）.

② 朱晓进. 论三十年代文学杂志［J］. 南京师范大学学报（社科版），1999（3）：108.

论战中，云集上海的数十种杂志把《文化批判》的声音不断放大和复制，从而形成了不可抗拒的"时代潮流"。在当时，不仅新出的刊物打出"革命文学"的旗帜，而且老刊物也纷纷"转向"，因为"革命文学"成了一个时髦的名词。1929 年 10 月，《现代小说》也宣布"蜕变"，声称要在新兴文学方面努力。连宣称"不愿受时代的束缚""不属于任何派，要超过任何派"只讲文艺的《金屋月刊》也不得不追趋新潮，翻译左倾的作品来招揽读者。当时邱韵铎对此现象就在《"一万二千万"个错误》中讥讽："尤其梦想不到的，是素以唯美派自居的《金屋》也竟然印行起这位不唯不美而且凶险的赤色文章……这样看来我们可以大言不惭地说，革命文学已经轰动了国内的全文坛了，而且也可以跨进一步地说，全文坛都在努力'转向'了。"① 实际上，这些杂志的"转向"只是手段，而办刊盈利的目的并没转变，刊载什么内容多从商业角度出发。1928 年 4 月，泰东编辑部刊出《九期刷新征文启事》，说：

> 本刊从下期起，决计一变过去芜杂柔弱的现象，重新获得我们
> 的新生命，以后要尽量登载并且征求的是：
> （1）代表无产阶级苦痛的作品。
> （2）代表时代反抗精神的作品。
> （3）代表新旧势力的冲突及其支配下现象的作品。
> ……至于个人主义的，温情的，享乐的，厌世的——一切从不
> 彻底不健全的意识而产生的文艺，我们总要使之绝迹于本刊，这是
> 本刊生命的转变。

可事实并不如其所言，《泰东月刊》既发如《革命的文学家！到民间去！》鼓吹革命文学的文章，也登如《"革命的文学家！到小姐的绣房去！"》反对革命文学的文章。在"左联"与"第三种人"争论正酣之际，《现代》则索性专为他们开辟一个战场，双方你来我往的文章全都照登不误。这与十

---

① 旷新年 . 1928：革命文学［M］. 济南：山东教育出版社，1998：34.

年前的同人杂志《语丝》所持的立场截然不同，"和我们辩驳的文字，倘若关于学理方面的，我们也愿揭载，至于主张上相反的议论则只好请其在别处发表，我们不能代为传布，虽然极愿加以研究和讨论"①。这也从一个方面说明了为什么1928年以后的几年内，文学热点一个又一个，文学论战一场接一场，规模一次大过一次。因为对于商家来说，热点就是卖点，论争不断也就商机无限。实际上，每一次文学理论论争都会吸引不少报刊的参与，尽管不少报刊更看重的是其商业价值而不是文学价值，但如果没有它们的积极介入，文学理论问题也不可能得到广泛而深入的探讨。

现代传媒是现代政治的产物，更是现代商品经济的产物，从一诞生起就试图摆脱政治的控制，营造一个相对独立的"公共空间"。它可以成为专制的工具，可又不可避免地消解专制。因此1928年以来，虽然国民党的文化政策越来越严，通过了许多"合法"和非法的手段来控制传媒，可是报纸、杂志、书店、出版社等的数量不但没有减少，反而还在增多。有人统计过，1928年间，随着文化中心的南移，在左翼文学的带动下，上海的书店在原来的基础上一下子增加到61家。② 而到1933年，"上海书业——包括出版家、印刷家——尚有一百余家"，总财产时值五六千万元。书业的营业，清末每年四五百万元，民国初年约一千万元，当年不到三千万元。当然与发达国家是没法比的。③ 1927—1936年，"以出版物的数量论，这十年中的第一年全国新出版物只有1323册，其第十年则进至9438册，约7倍于第一年"，而社会科学和文学类的图书占有较大的比重。④ 从一定意义上说，中国现代期刊的壮大繁荣昌盛最先是文学期刊的壮大繁荣。

鉴于20世纪30年代的文学杂志具有较浓的商业色彩，即使是国民党中

---

① 语丝发刊词［A］//阿英.中国新文学大系·史料 索引［M］.上海：上海良友图书印刷公司，1936：112.

② 包子衍.1928年间上海的书店［A］//宋原放.中国出版史料：现代部分：第一卷下册［M］.济南：山东教育出版社，2001：447.

③ 陆费逵.六十年来中国之出版业与印刷业［A］//宋原放.中国出版史料：现代部分：第一卷下册［M］.济南：山东教育出版社，2001：420.

④ 王云五.十年来的中国出版事业［A］//宋原放.中国出版史料：现代部分：第一卷下册［M］.济南：山东教育出版社，2001：437.

央党部在查禁图书、书店和出版社时，也得考虑"出版界不过是借书籍以贸利的人们，只问销路，不管内容，存心'反动'的是很少的"①。为"体恤商艰起见"，还是会或解禁，或要求删改，或暂缓发售，真正禁止的还是有限。国民党政府也清楚，靠"焚书坑儒""文字狱"手段是难以奏效的，让一些不太"过激"的言论或"反动"的作品见见世面，非但能体现其"民主"，而且更有利于其专制统治。历史也已无数次证明了统治者或任何权威都无法依靠暴力和专制维持其统治，特别是在传媒愈来愈发达的现代社会里。

## 第五节　现代传媒对文学论争的推波助澜

现代报刊不仅为文人创作与发表提供了渠道，而且为文人活动和文学交流提供了便利，所构成的现代交流空间打破了以往文人酬唱的封闭圈子。古代文学史上也有会社、派别，如"江西诗派""常州词派""公安派""竟陵派""茶陵诗派""桐城派"等，从名称上就可看出，传统的文学派别与地域有着密切的关联，成员之间的关系多为同乡师友，其诗论、词论、文论往往由某个宗师开创，后来者继承发扬，有时可绵延上百年，但很难突破空间的局限。再看现代文学的社团、派别，"文学研究会""创造社""语丝社""南国社""未名社""现代派""学衡派""现代评论派""新月派""太阳社""前锋社"等，几乎全都编辑、发行同名杂志。正是报刊打破了地域的隔绝，文学研究会除了在北京，还在上海、广州等地设分会，而后来的"左联"则在全国各地都有分会，甚至延伸到了海外。斯宾格勒曾说："印刷的书籍是时间无限的标记，报纸是空间无限的标记。"②

空间的无限扩大改变了中国文论的生产过程。中国古代文论除了像刘勰

---

① 鲁迅.《且介亭杂文二集》后记［A］//鲁迅全集［M］.北京：人民文学出版社，2005：474.

② 奥斯瓦尔德·斯宾格勒.西方的没落［M］.齐世荣，等，译.北京：商务印书馆，1963：653.

的《文心雕龙》、钟嵘的《诗品》那样具有系统性的理论专著外，大量的散见于子、书、史、集之中，而且多为感悟、顿悟和觉悟式的诗文评。由于过去没有现代的报纸、期刊以及由此构成的公共空间，上述文论也就不必为"发表"而考虑，其文学思想和观念多为个人直观、感悟的结果，表现为自言自语的独白。所以有人说，中国古代的文学批评是写给慧根的人读的，是写给圈内人看的。即使被出版也需要时日，甚至都得在死后才公之于众，导致其影响或反响的延时性。但随着现代报刊的产生与勃兴，现代文论是在广泛交流和不断争论中产生、发展着的。古代的那种概念模糊、不求系统、不重逻辑的"点到为止"批评模式就得让位于重条理重系统、讲究概念范畴的明晰性的"条分缕析"批评方法。因为中国现代的文学批评更强调的是文章要钝根人也能读明白、圈外人也能看清楚，它直接面向的是大众，大众对作品、批评、理论的接受和认可程度又成为评判的标准。胡适、陈独秀的"文学革命"刚提出时，除了得到钱玄同、刘半农、傅斯年的强烈呼应外，似乎在舆论被禁锢、传媒不发达的"无声的中国"并没有激起多大的波澜，旧文人的反抗言论竟是寂寂无闻，弄得发难者们都不胜寂寞。于是钱玄同、刘半农在《新青年》上上演了一出"双簧戏"，由钱玄同化名"王敬轩"给《新青年》写信，模仿旧文人的口吻，将他们反对新文学与白话文的种种观点、言论加以汇集，然后由刘半农写回信，逐一辩驳。这才引出了复古派林纾对白话文的攻击，以及之后新文学与"学衡派""甲寅派"的论战，从而把白话文运动推向了深入。

文学期刊从诞生起，就发挥着加强作家与作家间的交流、作家与读者的沟通、作家与社会的联系的纽带和桥梁作用。"研究一种学问，本不是一个人关了门能够成功的；至于中国的文学研究，在此刻正是开端，更非互相补助，不容易发达。……一个人的见闻及经济力总是有限。"① 20 世纪 30 年代的"革命文学论战""文艺自由论辩""'京派''海派'之争""文艺大众化大讨论""小品文之争""国防文学论争"等一系列的论战，无不与众多杂志的

---

① 文学研究会宣言［A］//阿英. 中国新文学大系·史料 索引［M］. 上海：上海良友图书印刷公司，1936：71.

参与有关，很难想象，没有报刊这种现代传媒，这样频繁的论战是否能够组织起来。因此，可以说这几年里所进行的几次大规模的论战，无不是各方以报纸、期刊为阵地所进行的"杂志大战"。

1928 年的"革命文学"论战中，《创造月刊》《太阳月刊》《文化批判》《流沙》《战线》《戈壁》《洪荒》《畸形》《我们月刊》《血潮》《时代文艺》《泰东月刊》等形成了"文化批判"的阵营，对鲁迅、茅盾、"新月派""无政府主义派""国家主义派"等的文艺观进行全线出击，而鲁迅、茅盾等人则以《语丝》《北新》《小说月报》《大众文艺》《奔流》等杂志予以坚决回击，《新月》《长夜》《现代文化》《文化战线》《山雨》《狮吼》等杂志也卷入论战，从各自的立场来否定"革命文学"。《晨报副刊》《民众日报副刊》《民国日报副刊》也有零星论战。正如鲁迅所观察到的："旧历和新历的今年似乎于上海的文艺家们特别有刺激力，接连的两个新正一过，期刊便纷纷而出了。他们大抵将全力用尽在伟大或尊严的名目上，不惜将内容压杀。连产生了不止一年的刊物，也显出拼命的挣扎与突变来。"① 两年时间里，就有 130 余种报刊，发表了 350 多篇文章参与论战。对文学的革命性、政治性、工具性、阶级性、人性等方面进行了广泛的讨论。主要在 1932—1933 年所进行的"文艺自由论辩"，围绕着文艺创作的自由、艺术价值的独立、文学的真实性、党派性等方面，参加论战的杂志虽然只有 20 种左右，但发表的文章却不少，超过了 100 篇。而发生在 1936 年的"两个口号"之争则涉及了 300 余种报刊，有 480 篇文章之多，以上海为中心涉及全国不少大中城市，真是蔚为大观。

而 20 世纪 30 年代持续时间最长，展开论争最为热烈的当数"文艺大众化大讨论"。1930—1932 年关于文艺大众化问题的讨论主要是在左翼文学内部进行的，围绕大众文艺的语言、内容、体裁、作家以及与无产阶级革命之间的关系等方面，采取由刊物牵头、编辑部组织发起的座谈会和征文活动来开展，前者强调论者的面对面对话，后者重视广泛的社会交流性。1930 年 3 月《大众文艺》第二卷第三期（新兴文学专号上册）着重载文讨论文艺大众化

---

① 鲁迅. "醉眼"中的朦胧［A］//鲁迅全集：第 4 卷［M］. 北京：人民文学出版社，2005：61.

问题，有编辑部举行文艺大众化座谈会（沈端先、冯乃超、许幸之、孟超、郑伯奇、陶晶孙、蒋光慈、洪灵菲、潘汉年、俞怀、邱韵铎出席）的记录，有沈端先、郭沫若、陶晶孙、冯乃超、郑伯奇、鲁迅、王独清等关于大众化的应征文章。《拓荒者》第一卷第三期发表沈端先的《文学运动的几个问题》和钱杏邨的《大众文艺与文艺大众化》，参加文艺大众化的讨论。1930 年 5 月，《大众文艺》再次登出新兴文学专号下册，把编辑部召开的第二次文艺大众化座谈会的情况予以公布，包括沈起予、孟超、华汉、冯宪章、叶沉、白薇、潘汉年、田汉、钱杏邨、戴平万、洪灵菲、冯乃超、蒋光慈、陶晶孙、龚冰庐等 18 人的发言，筛选了以"我所希望于大众文艺的"为题所征集到了 26 人的文章。1931 年 3 月左联成立之后，把无产阶级文学的大众化问题特别提了出来。1932 年 7 月，《北斗》第二卷第三、第四期合刊出版，周扬、何大白、寒生、田汉等人关于文学大众化的文章得以发表，还征集到了陈望道、魏金枝、杜衡、张天翼人等十多人的文章。"左联"的其他刊物，如《文艺新闻》《文学导报》《文学》《文学月报》也都积极响应，瞿秋白、冯雪峰、鲁迅、茅盾都发表了重要的文章，他们的一些观点对后来的大众化讨论起到了导向的作用，为 1934 年更大规模的大众语改革运动拉开了序幕。这场针对"文言复兴"的复古逆流的大众语运动，尽管历时只半年多，爆发出的能量却是空前的，包括文艺界、语言界、教育界的一些知识人士在内的上百人参与了论战，发表文章近 500 篇。当时较有影响的报纸，如《申报》《中华日报》《大晚报》《社会月报》，还有各派别的代表性杂志，如《现代》《独立评论》《人间世》《新垒》《礼拜六》《新语林》都在登载讨论文章，几乎每天都有这方面的文章面世，颇有百家争鸣之势。

　　20 世纪 30 年代，除了上述大规模的论战，还有不少小范围的理论论争，如因政治立场不同而发生的"无产阶级文学"与"民族主义文学"之争，因地域不同而产生的"京派"与"海派"之争，因文艺态度相左而产生的"小品文论争"。那些零零星星的看似由个人恩恩怨怨而引起的纷争，雨点虽小，但所涉及的文学理论内容却很耐人寻味，如鲁迅与梁实秋的"人性论"之争，周扬与胡风的"典型论"之争，李健吾与卞之琳、巴金的批评与反批评……不管这些论争规模的大与小、时间的长与短、内容的多与少、讨论的深与浅，都离不开现代传媒的积极介入，而传媒也正是通过对文学热点的关注而赢取读者的。《申报·自由谈》为例，进入 20 世纪 30 年代后，其固有的办刊方针与最普遍的阅读需求渐生距离，为了"调和读者兴趣"，于是决定进行改革，拟"时常举行有兴趣的民意测验或悬赏征文，务以不违时代潮流与大众化为原则"①。1932 年，《北斗》杂志就以"创作不振之原因及其出路"为题征集了郁达夫、张天翼、叶圣陶、鲁迅、郑伯奇、茅盾等 21 人的讨论。1934 年，《春光》月刊以"中国目前为什么没有伟大的作品产生"为题征文。它们搭起了沟通的桥梁，提供了交流的平台，打破了时空的限制，加速了信息的传输，让人们能最快捷地了解文坛的最新动态，做出及时的回应。各种文学理论正是借助现代传媒得以多元对话与交流，正是通过各种形式的论争得到发展和促进。可以说，20 世纪 20—30 年代文学理论的发展史就是一部从未间断的文学论争史，也从某个方面折射出文学报刊的演变史。

所以有论者针对 20 世纪 30 年代的杂志指出，"杂志越来越直接地引导和支配着现代文学的发展方向。甚至事实上刊物的聚合构成了所谓文坛。随着杂志的勃兴，作家之间的联系被加强了，文学越来越社会化。杂志推动和加速了文学内容、题材、风格、流派演变的节奏与周期。杂志改变了古典文学的氛围。杂志一方面加强了社会认同和一体化，一方面又导致了风格的不断花样翻新。通过杂志无形的编制与调动，使'时代''潮流''时代精神''思潮'和流行刊物一道变得流行和多变起来。"②

---

① 朱晓进.论三十年代文学杂志［J］.南京师范大学学报，1999（3）：107.
② 旷新年.1928：革命文学［M］.济南：山东教育出版社，1998：26.

# 余　论

　　把 1928—1936 年的文学理论做一番检视后，著者十分赞佩当时的文学理论家们在现代性追求过程中所表现出来的批判精神、科学态度和开放意识，是他们把文学理论的地位提升到了一个前所未有的高度，是他们把中国文学理论与世界各国的文论紧密地联系在一起，是他们带来了中国古代文论的现代转向。但他们在文学理论的现代性追求过程难以避免地存在着不足、局限与弊病，这些问题似乎在文学理论界至今都还没能完全根除。

## 一、"追新""赶西"不止

　　胡风曾留日回来后说，"在落后的东方，特别是在落后的中国，启蒙的思想斗争总是在一种'赶路'的过程上面"，许多人因为思想能力、知识水准跟不上"赶路"的中国式节奏，只好满足于仅仅在思想和知识本身的平面拔足飞奔，从知识到知识地贩运，从思想到思想地演绎，离开自己生活的地面，一味地"坐着概念的书机去抢夺思想锦标的头奖"。① 一个"赶"字形象地反映了近代以来直到现在，中国人渴望摆脱落后、屈辱和回到世界中心的急迫、焦躁和奋进的心理，不仅表现在政治、经济方面，还表现在思想、价值方面，也表现在文化、教育方面，甚至渗透到了人们的日常生活。西方成了压在中国人心头的巨石，又是中国人追赶的目标和动力。西方文学中近百年发展而来的各种"主义"、理论、思潮在中国不到二十年就仓促地上演完毕；但"新

---

① 胡风. 如果现在他还活着［A］//胡风评论集［M］. 北京：人民文学出版社，1984：
　　165.

潮之进中国，往往只有几个名词，主张者以为可以咒死敌人，敌对者也以为将被咒死，喧嚷一年半载，终于火灭烟消。如什么罗曼主义，自然主义，表现主义，未来主义……仿佛都已过去了，其实又何尝出现"①。

如果说，五四时的引进还有一个时间差的话，那么，1928年之后的"革命文学"理论，似乎能与苏联和日本乃至世界的左翼文学发展动态同步了。日本辛岛骁说：

> 到了一九二九年以后革命文学时代，泛滥在日本文坛的苏俄的，差不多次月上海已有翻译，接近到那样。日本左翼评论家的议论，强烈的影响着中国的左翼文学运动，特别是平林初之辅、冈泽秀虎、青野季吉、藏原惟人、川口活等的文章，曾经和蒲列哈诺夫、卢纳卡儿斯基的文章并列着，在中国评论家的论说中，像金科玉律的引用过。②

当苏联把唯物辩证法确定为创作方法时，革命论者也跟着鼓吹它；当它被否定时，左翼理论家也随之倒戈；当苏联确定用社会主义现实主义来代替它时，国内马上有理论家附和宣传。似乎谁最早、谁最多把国外流行的新事物介绍到中国来，谁就有资格居功至伟。甚至连国外的文学论争也要在中国文坛翻版一次。

"追新""赶西"成了文学理论的主旋律，它积极的一面是促使中国文学理论与世界一直保持时断时续的联系，但一味地趋新、趋西也给中国文学理论的发展带来了很大伤害。不顾中国文学实际，盲目地为新而新，唯新而动，一知半解，生吞活剥，虎头蛇尾，变来变去，非但"欲速则不达"，而且还会乱了自己的步伐，失去了自己应有的节奏。胡秋原就曾指出走马灯式的理论口号的变化所带来的弊病，"我国理论界要选择地有批判精神地学习苏联，不能一步一步地蹈袭；否则，今日崇拜波格达诺夫与布哈林，明日又扔进茅厕

---

① 鲁迅.《现代新兴文学的诸问题》小引［A］//鲁迅全集：第5卷［M］.北京：人民文学出版社，1981：291-292.

② 旷新年.1928：革命文学［M］.济南：山东教育出版社，2002：56.

去；今日喊德波林，明日又批判；今日唱新写实主义，明日又否定；今日翻朴列汗诺夫，明日又丢掉；……这样走马灯似的追逐，结果成了理论的游戏"①。

"追新""赶西"之风日盛，促使人们把西方性完全赞同于现代性，形成对西方的欣羡情结。伍启元则说得更直白："中国总逃不出'模仿'的工作，例如张君劢不过想做中国的柏格森，胡适不过想做中国的杜威，陈独秀不过想做中国的马克思，郭沫若不过想做中国的恩格尔，甚至最近梁漱溟提倡中国文化的文章，也不过是'模仿'罗素的理论吧！"② 鲁迅曾不无讥讽地说："梁实秋有一个白璧德，徐志摩有一个泰戈尔，胡适之有一个杜威，——是的，徐志摩还有一个曼殊斐儿，他到她坟上去哭过——创造社有革命文学，时行的文学。"③ 梁实秋鼓吹的新人文主义，胡适崇拜的实证主义，革命作家宣传的马克思主义，都是外来思想。同时也就把中国古代文学、古代文论全都斥为传统落后的东西。"赋比兴""风雅颂""乐而不淫、哀而不伤""教化""美刺""温柔敦厚""春秋笔法""兴寄""妙悟""神韵""天人感应""夺胎换骨、点铁成金"等古代文论话语全都被束之高阁，取而代之的是外国的诸如"现实主义""浪漫主义""人道主义""形象性""真实性""典型性""内容""形式""主题""题材""文体""风格""艺术性""思想性""倾向性"等文论话语。1928 年之后的音译外来词更成了文坛的一大风景，如"奥伏赫变""布尔乔亚""普罗列塔利亚""意德沃罗基"等，并由此产生了有关翻译的笔战。中国古代文论真的失去了生命力？没有现代转换的可能性？

## 二、吸收消化不良

20 世纪 20—30 年代从国外引进、翻译、介绍了不少理论著作和理论流派，但由于存在"时不我待""只争朝夕"的急躁心理，又导致了学术上的

---

① 旷新年 . 1928：革命文学 ［M］. 济南：山东教育出版社，2002：158.
② 伍启元. 中国新文化运动概观 ［M］. 合肥：黄山书社，2008.
③ 鲁迅. 现今的新文学概观 ［A］//鲁迅全集：第 4 卷 ［M］. 北京：人民文学出版社，2005：137.

浮躁心态。

瞿秋白在《多余的话》中对自己的理论根底进行了彻底的解剖。他说："马克思主义的主要部分：唯物论的哲学，唯物史观——阶级斗争的理论，以及政治经济学，我都没有系统的研究过。资本论——我就根本没有读过，尤其对于经济学我没有兴趣。我的一点马克思主义理论的常识，差不多都是从报章杂志的零星论文和列宁的几本小册子上得来的。可是，在一九二三年的中国，研究马克思主义以至一般社会科学的人，还少得很，因此，仅仅因此，我担任了上海大学社会学系教授之后，就逐渐地偷到所谓的'马克思主义理论家'的虚名。其实，我对这些学问，的确只知道一点皮毛。当时我只是根据几本外国文的书籍传译一下，编了一些讲义，现在看起来，是十分幼稚，错误百出的东西。"① 应当说，瞿秋白就义前写在狱中的这篇《多余的话》，自责自贬的成分太浓，其中是否有国民党当局篡改之处，仍难以断定。但从文章内容、所叙事实和文风来看，肯定是瞿秋白所写，而且可以看作他在最后时刻的肺腑之言。姑且不论其他，著者倒十分认同瞿的感叹：作为具有文人气质的他，整整十年没能从事他自己最喜欢的苏俄文学研究和翻译，以他的俄文水平，从他翻译的马列主义的理论著作来看，他完全可以在这一方面做出更大的贡献。但世事难料，等他 1931 年从他不擅长的政治岗位退下来时，却已时日不多，他已无法系统地对马克思主义文学理论原著进行研究和翻译。这是瞿秋白的遗憾，也是中国马克思主义文艺理论的遗憾。

事实上，当时有相当多年轻的马克思主义者在介绍或运用国外理论时，常常出现断章取义、牵强附会，甚至张冠李戴、强词夺理的现象。1932 年的"文学自由论辩"中，以"马克思主义者"自居的一些左翼理论家，在论争中所表现出的马克思主义理论素养，似乎还比不上被他们称为"自由人""非马克思主义者"的胡秋原。胡秋原于 1929 年赴日留学，专门搜集有关普列汉诺夫的著作，并研读《马克思恩格斯全集》，1930 年完成了普列汉诺夫研究专著《唯物史观艺术论》，也因此被苏汶讥为"学院派的马克思主义"。相对于某些左翼理论家大量引用日本藏原惟人、青野季吉等人的话语来进行论争，

---

① 瞿秋白. 我和马克思主义 [A] //多余的话 [M]. 南昌：江西教育出版社，2009：15.

他倒更多地援引了马克思主义典籍中的材料，并且他所打的旗帜也是"马克思主义文艺理论之拥护"。但并不意味着胡秋原的理论就完全正确，他的理论来源——普列汉诺夫和弗里契的"庸俗社会学"，同样也有着极大的片面性。

从对列宁的那篇关于党的组织和出版物的文章的译介和引用上可看出左翼文学论者的偏颇。该文于 1905 年 11 月 13 日在俄国《新生活报》第 12 号上发表，1926 年上海《中国青年》杂志第 144 期所载的中文节译题为《论党的出版与文学》；1930 年，成文英（冯雪峰）以《论新兴文学》为题重译，发表在《拓荒者》第 1 卷第 2 号上；1933 年，瞿秋白把它译为《党的组织与党的文学》，从而把列宁的这篇文章翻译经典化了，成了长期的"党的文学原则"；直到 1982 年的《红旗》杂志，才把它译为《党的组织与党的出版物》，对这一经典进行了重新诠释。从名称上不难看出，"党的文学"把文学置于党的领导之下，文学具有了政治党派的属性；而"党的出版物"显然比前者更为宽泛，也就说明列宁主要的不是论文学而是论出版物。从 1982 年的译文中可见，列宁的文章强调党的出版物与唯利是图的企业主、商人报刊相区别，其原则是"写作事业不能是个人或集团的赚钱工具，而且根本不能是与无产阶级总的事业无关的个人事业"，并且呼吁"无党性的写作者滚开！超人的写作者滚开！写作事业应当成为整个无产阶级事业的一部分，成为由整个工人阶级的整个觉悟的先锋队所开支的一部巨大的社会民主主义机器的'齿轮和螺丝钉'，写作事业应当成为社会民主党有组织的、有计划的、统一的党的工作的一个组成部分"[①]。而冯文、瞿文等基本上把"出版物"译成"文学"，把"写作者"译成"文学者""文学家"，也就出现了冯文中"不属于党的文学者走开吧！文学者的超人走开吧"，瞿文中"打倒无党的文学家！打倒文学家的超人！"等较为激进的口号，从而把党与文学紧密地联系在一起。更为严重的是左翼文学论者在征引列宁的这篇文章时，往往只强调这一段，而忽视了列宁的后话。其实列宁自己都承认把写作事业比作"齿轮和螺丝钉"，把生气勃勃的运动比作"机器"，是有缺陷的，肯定会遭到一些激进知识分子的反

---

① 列宁. 党的组织与党的出版物［A］//列宁全集：第 12 卷［M］. 北京：人民出版社，1987：92.

对。所以他又说："无可争论，写作事业最不能机械划一，强求一律，少数服
从多数。无可争论，在这个事业中，绝对必须保证有个人创造性和个人爱好
的广阔天地，有思想和幻想、形式和内容的广阔天地"；"无产阶级经常把某
些不十分彻底的、不完全是纯粹马克思主义的，不十分正确的分子和流派吸
收到自己党内来，但也经常地定期'清洗'自己的党"。① 显然列宁意识到了
文学的特殊性，党的力量需要不断壮大与充实，而不应实行关门主义与宗派
主义。

### 三、理论脱离实践

理论本来应是来源于实践，还应回到实践中加以检验的。可这个时期的
现代文学理论并不完全是土生土长的，而是从国外移植过来的，借用李初梨
的话可以说不是"自然生长"的，而是有"目的意识"的。这也就或多或少
会出现水土不服、营养不良、不切实际的情况。

鲁迅就曾指出"革命文学"论者的机械、教条，"第一，他们对于中国社
会，未曾加以细密的分析，便将在苏维埃政权之下才能运用的方法，来机械
的地运用了。再则他们，尤其是成仿吾先生，将革命使一般人理解为非常可
怕的事，摆着一种极'左'倾的凶恶的面貌，好似革命一到，一切非革命者
就都得死，令人对革命只抱着恐怖。其实革命是并非教人死而是教人活
的"②。鲁迅还特别忠告："倘若不和实际的社会斗争接触，单关在玻璃窗内
做文章，研究问题，那是无论怎样的激烈，'左'，都是容易办到的；然而一
碰到实际，便即刻要撞碎了"，"'左翼'作家是很容易变成'右翼'作家
的。"③ 事实证明，后来就有一些"左联"成员害怕革命、反对革命甚至背叛
革命，沦为变节者、叛徒和汉奸。而鲁迅似乎早就料到了这一点，"所以革命

---

① 列宁. 党的组织与党的出版物 [A] //列宁全集：第 12 卷 [M]. 北京：人民出版社，
1987：97.
② 鲁迅. 上海文艺之一瞥 [A] //鲁迅全集：第 4 卷 [M]. 北京：人民文学出版社，
2005：304.
③ 鲁迅. 对于左翼作家联盟的意见 [A] //鲁迅全集：第 4 卷 [M]. 北京：人民文学出版
社，2005：238.

前夜的纸张上的革命家，而且是极彻底，极激烈的革命家，临革命时，便能撕掉他先前的假面，——不自觉的假面"①。

客观地说，不只是左翼文学理论存在着脱离中国实情的现象，其他流派亦如此。"新月派"在阶级斗争激烈的 20 世纪 30 年代提倡"普遍的、常态的"人性论，不也是脱离实际吗？"自由人""第三种人"等"生在有阶级的社会里面而要做超阶级的作家，生在战斗的时代而要离开战斗而独立，生在现在而要做给与将来的作品"②，不也是一个心造的幻影吗？在风沙扑面、内忧外患的 20 世纪 30 年代的中国提倡"幽默""小品文"不也是一种不切实际吗？福柯清楚地看到了，以往各种权力模式尽管在具体观点上尖锐对立，但它们在本质上均不脱离宏观普遍之总体叙事框架。有某种宏观大概念以及"总而言之"或"归根结底"之类的大逻辑，将一切纳入一个总体框架并无助于弄清问题。它看似某种方便法门，究其底里，不过是大而无当的"万金油"式的东西。其实，任何一种文学都有存在的合理性，因为生活是复杂的，社会是复杂的，人性也是复杂的，想要用一种文学理论来一统文坛，树立起"只此一家，别无他店"的招牌，只会把复杂的问题简单化。

1928—1936 年是一个批评盛行的时代，是一个论争不断的时代，是一个现代批判意识勃兴的时代。当时大家都觉得封建的"文人相轻"思想不好，都认为理论斗争一定要态度严肃认真，作风平易近人；要讲道理，以理服人；要摆事实，多做学理分析；不要耍霸道，随便给人戴帽子；不要简单粗暴，夹杂人身攻击。为此，成仿吾提出了"同情"，周作人提出了"宽容"，"新月派"提出了"尊严"，"自由人"提出了"自由"，可在实际论争中却表现出不少的"冷酷无情""锱铢必较""人身攻击"，在话语争夺中表现出一种偏激和极端化的思维倾向，采取非此即彼的二元对立模式。不用说某些左翼理论家存在着"不革命的就是反革命""不是马克思主义者就是反马克思主义者"的简单粗暴，而其他流派也同样对左翼文学缺乏同情与宽容。

---

① 鲁迅. 非革命的急进革命论者［A］//鲁迅全集：第 4 卷［M］. 北京：人民文学出版社，2005：232.
② 鲁迅. 论"第三种人"［A］//鲁迅全集：第 4 卷［M］. 北京：人民文学出版社，2005：452.

本文指出 1928—1936 年的文学理论现代性追求存在着的不足，绝不意味着对其历史地位的否定，只不过给后来者以史为鉴，引以为戒，不重蹈覆辙！就如现代性发展到一定阶段又伴随着现代性的反面的出现，现代性在推翻传统的神话之时，却不知不觉树立起了新的三大神话：理性神话、进步神话、科学神话，可人们绝不应否认现代性，至少在中国说"现代性终结"还为时尚早。中国文学理论的现代性追求还有很长的路要走，中国古代文论的现代性转型还需时日，要想完成这些任务，文学理论界还需处理好以下方面的关系。

其一，处理好中国与西方的关系。文学理论界在如何对待西方文论的问题上，整个 20 世纪都没能把握好。在"预设苏联的今天就是中国的明天"的 50 年代，苏联的文学理论成了中国的模板，文学成了政治斗争的工具，文学批判成了政治风云的晴雨表，文学理论成了教条马克思主义哲学的注脚，文学创作中，复杂的人性简化为单一的阶级性，现实主义成了唯一的创作方法。在"预设西方的今天就是中国的明天"的 80 年代，文学成了"全盘西化""洋化"的急先锋，包括象征主义、存在主义、表现主义、超现实主义、荒诞派戏剧、意识流文学、黑色幽默、魔幻现实主义等各种名目在内的西方现代派蜂拥而来，令人目不暇接，也成了理论界极力介绍和创作界极力模仿的对象。而到了"经过短期恶补之后中国已与西方接轨了"的 90 年代，当西方后现代主义之争余烟未烬，中国就有"后主"在宣告"中国的现代性已终结了"，而后现代主义、后殖民主义、后启蒙主义、后新时期、后东方等各种"后话"，以及新写实、新状态、新历史、新生代、新新人类等各种"新语"，更让人感觉眼花缭乱，不知所云，如坠云里雾里。百年来中国文学理论的进口不少，但输出不多，而今人们除了具有世界眼光和开放胸襟，敢于汲取其他民族的优秀文艺及文学理论，还要先利用西方话语把具有中国特色、中国风格、中国气派的文艺和文化传播出去，将中国文艺和文化理论成果推向世界，以积极的姿态介入国际文艺、文化理论争鸣中，而不只是众声喧哗中的旁听者、附和者和传声筒，要发出中国声音，讲好中国故事，创造出优秀的中国作品。如今我国文艺界在翻译、介绍、运用西方的一些流行的、时髦的、热点的文艺理论时，有的人特别善于从国外弄些时髦的理论术语，然后在中国找事例来进行认证，从而根本脱离了中国语境。

其二，处理好传统与现代的关系。把西方文论用汉语翻译过来不算中国化，用西方文论来解读中国的文学现象也不算中国化。中国文论要想在世界立足，就得有自己本民族的特点，因为"越是世界的越是民族的，越是民族的越是世界的"。民族性不是从其他民族那里能够引进的，它是一个民族千百年来发展过程中所积淀下来的文化指纹，它体现在一个民族的文化观念、思维方式、伦理道德、情感方式、风俗习惯、心理特征等方面，其总和构成了民族的传统。我们以往总把现代与传统完全对立起来，把现代等同于进步，而传统就是落后。实际上，任何一个民族都无法摆脱传统的纠葛，现代无非是传统的延续。中国文学理论的现代性追求同样要充分利用中国古代文论资源，古代文论中的一些概念、范畴、话语甚至体系并没有完全僵死，还是有其生命力的，两者并不是不可通约的。如"气势""气象""含蓄""自然""主旨""意象""神似""形似""知音""品味""衬托""对仗""伏笔""直叙""补叙""插叙""托物抒情""情景交融""诗中有画、画中有诗""疏密相间""前后呼应""波澜起伏""声情并茂""知人论世""意在言外""中和之美""和而不同"等都已融入中国现代文论之中了。

其三，处理好审美与功利的关系。自 20 世纪初梁启超所开创的文学的政治功利论和王国维所开启的文学的审美自主论以来，两者就成了百年来文学理论现代性追求的双重变奏，有时是政治功利论占主导，有时是审美自主论占上风，而有时则是两者相互纠缠处于胶着状态。应当说，审美与功利是文学现代性的两翼。审美应是文学的主要追求，文学毕竟是创造"美"的艺术。但如果文学只关注"美"本身，则容易自我封闭在"象牙塔"之内，因脱离生活、脱离现实而导致艺术生命的枯竭，也会不自觉地使文学在"纯审美"的漂亮外衣下做无关社会的形式表演。当文学不再关注社会、关注大众时，社会、大众也就不再关注文学了，文学很容易被边缘化。功利也应是文学的一个维度，文学毕竟要对社会有用，不管是直接还是间接，眼前还是长远，因为一个没用的事物是没有存在价值的。但文学的特殊之用决定其不能太偏执于功利性，否则很容易会沦为党派政治的附庸和阶级斗争的工具。偏执于审美或太注重功利都曾给二十世纪的中国文学发展带来了不利影响。因此有必要建立审美功利主义的现代文学理论，"要深入研究艺术生产的理论，"因此有必要建立审美功利主义的现代文学理论，而"要深入研究艺术生产的理论，努力探索审美教育的规律，以便更好地实施艺术教育，培养和改进现代人的审美心理结构，推动现代人格的形成"①。

现代性是开放的、流动的，文学理论现代性也是不断发展的。中国文学理论在现代性追求过程中，中外之间、古今之间、文学自我与他者之间的对话与交流不可或缺，希望本文对20世纪30年代文学理论现代性表征的总结与反思能对中国现当代文学理论和文学批评的建设有所启发与帮助！

---

① 蒋述卓，李自红. 二十一世纪文艺学发展与中国现代人格建设［J］. 文学理论研究，2001（1）：45.

# 参考文献

一、主要文集

[1] 阿英, 编选. 中国新文学大系 (1917—1927) 第十集: 史料 索引 [M]. 上海: 上海良友图书印刷公司印行, 1936.

[2] 阿英. 阿英文集 [M]. 北京: 生活·读书·新知三联书店, 1981.

[3] 蔡元培. 蔡元培全集: 第4卷 [M]. 高平叔. 上海: 中华书局, 1984.

[4] 陈独秀. 陈独秀文章选编 [M]. 北京: 生活·读书·新知三联书店, 1984.

[5] 成仿吾. 成仿吾文集 [M]. 北京: 人民文学出版社, 1985.1

[6] 冯乃超. 冯乃超文集: 下 [M]. 广州: 中山大学出版社, 1991.

[7] 郭沫若. 郭沫若全集: 第15卷, 第16卷 [M]. 北京: 人民文学出版社, 1990.

[8] 郭绍虞. 中国历代文论选: 第一, 二, 三, 四册 [M]. 上海: 上海古籍出版社, 1979.

[9] 黄候兴. 创造社丛书: 文学理论卷 [M]. 北京: 学苑出版社, 1992.

[10] 胡风. 胡风评论集: 上, 中, 下 [M]. 北京: 人民文学出版社, 1984.

[11] 胡适. 中国新文学大系 (1917—1927): 第一集: 建设理论集 [M]. 上海: 上海良友图书印刷公司, 1936.

[12] 吉明学, 孙露茜. 三十年代 "文艺自由论辩" 资料 [M]. 上海:

上海文艺出版社，1990.

[13] 姜亮夫. 文学概论讲述 [M]. 昆明：云南人民出版社，2000.

[14] 蒋光慈. 蒋光慈文集：4 [M]. 上海：上海文艺出版社，1988.

[15] 老舍. 老舍文集：第 15，16 卷 [M]. 北京：人民文学出版社，1996.

[16] 李何林. 中国文艺论战 [M]. 西安：陕西人民出版社，1984.

[17] 李健吾. 李健吾批评文集 [M]. 珠海：珠海出版社，1998.

[18] 李长之. 李长之批评文集 [M]. 珠海：珠海出版社，1998.

[19] 梁启超. 梁启超选集 [M]. 上海：上海人民出版社，1984.

[20] 梁实秋. 浪漫的与古典的文学的纪律 [M]. 北京：人民文学出版社，1988.

[21] 梁实秋. 偏见集 [M]. 南京：正中书局，1934.

[22] 梁宗岱. 诗与真诗与真二集 [M]. 北京：外国文学出版社，1984.

[23] 梁宗岱. 梁宗岱批评文集 [M]. 珠海：珠海出版社，1998.

[24] 刘半农. 刘半农文选 [M]. 北京：人民文学出版社，1986.

[25] 鲁迅. 鲁迅全集 [M]. 北京：人民文学出版社，1981.

[26] 马良春，张大明. 三十年代左翼文艺资料选编 [M]. 成都：四川人民出版社，1980.

[27] 茅盾. 茅盾全集第 18，19，20 卷 [M]. 北京：人民文学出版社，1991.

[28] 瞿秋白. 瞿秋白文集：文学编 1—5 [M]. 北京：人民文学出版社，1985.

[29] 瞿秋白. 多余的话 [M]. 南昌：江西教育出版社，2009.

[30] 芮和师，范伯群，等. 鸳鸯蝴蝶派文学资料 [M]. 福州：福建人民出版社，1984.

[31] 沈从文. 沈从文批评文集 [M]. 珠海：珠海出版社，1998.

[32] 宋原放. 中国出版史料：现代部分：第一卷上下册 [M]. 济南：山东教育出版社，2001.

[33] 苏汶. 文艺自由论辩集 [M]. 上海：现代书局，1933.

［34］王国维. 王国维集［M］. 北京：中国华侨出版社，2018.

［35］文振庭. 文艺大众化问题讨论资料［M］. 上海：上海文艺出版社，1987.

［36］冯雪峰. 雪峰文集：2［M］. 北京：人民文学出版社，1983.

［37］杨犁. 胡适文萃［M］. 北京：作家出版社，1991.

［38］郁达夫. 郁达夫文集：第五卷：文论［M］. 广州：花城出版社，1982.

［39］徐志摩. 徐志摩全集：4［M］. 南宁：广西民族出版社，1991.

［40］郑伯奇. 郑伯奇文集［M］. 西安：陕西人民出版社，1988.

［41］郑振铎. 中国新文学大系（1917—1927）：第二集：文学论争集［M］. 上海：上海良友图书印刷公司，1936.

［42］郑振铎. 郑振铎文集：4［M］. 北京：人民文学出版社，1985.

［43］中国社会科学院文学研究所现代文学研究室. "革命文学"论争资料选编：上下册［M］. 北京：人民文学出版社，1981.

［44］中国社会科学院文学研究所现代文学研究室. "两个口号"论争资料选编：上下册［M］. 北京：人民文学出版社，1982.

［45］周扬编. 中国新文学大系（1927—1937）：第十九，二十集：史料索引一、二［M］. 上海：上海文艺出版社，1987.

［46］周扬编. 中国新文学大系（1927—1937）：第一，二集：文艺理论集一、二［M］. 上海：上海文艺出版社，1987.

［47］周扬. 周扬文集：1［M］. 北京：人民文学出版社，1984.

［48］周作人. 中国新文学的源流［M］. 上海：华东师范大学出版社，1995.

［49］周作人. 周作人批评文集［M］. 珠海：珠海出版社，1998.

［50］朱光潜. 朱光潜全集：1—7［M］. 合肥：安徽教育出版社，1998.

## 二、主要论著

［1］艾晓明. 中国左翼文学思潮探源［M］. 长沙：湖南文艺出版

社，1991.

　　［2］蔡清富.冯雪峰文艺思想论稿［M］.文津出版社，1991.

　　［3］陈嘉明，等.现代性与后现代性［M］.北京：人民出版社，2001.

　　［4］陈建华."革命"的现代性：中国革命话语考论［M］.上海：上海古籍出版社，2000.

　　［5］陈建华.二十世纪中俄文学关系史［M］.北京：高等教育出版社，2002.

　　［6］陈平原，山口守.大众传媒与现代文学［M］.北京：新世纪出版社，2003.

　　［7］陈平原，夏晓虹.二十世纪中国小说理论资料［M］.北京：北京大学出版社，1997.

　　［8］陈平原.老北大的故事［M］.南京：江苏文艺出版社，1998.

　　［9］陈平原.文学的周边［M］.北京：新世界出版社，2004.

　　［10］陈平原.中国小说叙事模式的转变［M］.上海：上海人民出版社，1988.

　　［11］陈其荣，曹志平.科学基础方法论：自然科学与人文、社会科学方法论比较研究［M］.上海：复旦大学出版社，2004.

　　［12］陈少明.现代性与传统学术［M］.广州：广东人民出版社，2003.

　　［13］陈寿立.中国现代文学运动史料摘编：上下册［M］.北京：北京出版社，1984.

　　［14］陈晓明.现代性与中国当代文学转型［M］.昆明：云南人民出版社，2003.

　　［15］陈辛仁.现代中外文化交流史略［M］.北京：中国书籍出版社，1997.

　　［16］陈子展.中国近代文学之变迁最近三十年中国文学史［M］.上海：上海古籍出版社，2000.

　　［17］丁晓原.二十世纪中国报告文学理论批评史［M］.合肥：安徽大学出版社，1999.

　　［18］段治文.中国现代科学文化的兴起（1919—1936）［M］.上海：上

海人民出版社，2001.

[19] 范培松. 中国散文批评史 [M]. 南京：江苏教育出版社，2000.

[20] 冯并. 中国文艺副刊史 [M]. 北京：华文出版社，2001.

[21] 高恒文. 东南大学与"学衡派" [M]. 桂林：广西师范大学出版社，2002.

[22] 高恒文. 京派文人：学院派的风采 [M]. 上海：上海教育出版社，2002.

[23] 高旭东. 梁实秋：在古典与浪漫之间 [M]. 北京：文津出版社，2005.

[24] 戈公振. 中国报学史 [M]. 北京：生活·读书·新知三联书店，1955.

[25] 葛兆光. 中国思想史 [M]. 上海：复旦大学出版社，2004.

[26] 郭延礼. 中国文化碰撞与近代文学 [M]. 济南：山东教育出版社，1999.

[27] 黄健. 京派文学批评研究 [M]. 上海：上海三联书店，2002.

[28] 黄开发. 人在旅途：周作人的思想与文体 [M]. 北京：人民文学出版社，1999.

[29] 黄霖. 近代文学批评史 [M]. 上海：上海古籍出版社，1993.

[30] 黄曼君. 中国近百年文学理论批评史（1895—1990）[M]. 武汉：湖北教育出版社，1997.

[31] 黄延复. 水木清华：二三十年代清华校园文化 [M]. 桂林：广西师范大学出版社，2001.

[32] 黄药眠，童庆炳. 中西比较诗学体系 [M]. 北京：人民文学出版社，1991.

[33] 霍益萍. 近代中国的高等教育 [M]. 上海：华东师范大学出版社，1999.

[34] 姜文振. 中国文学理论现代性问题研究 [M]. 北京：人民文学出版社，2005.

[35] 旷新年. 1928：革命文学 [M]. 济南：山东教育出版社，1998.

[36] 旷新年. 现代文学与现代性 [M]. 上海远东出版社, 1998.

[37] 旷新年. 中国二十世纪文艺学学术史: 二: 下册 [M]. 上海: 上海文艺出版社, 2001.

[38] 赖干坚. 中国现当代文论与外国文学 [M]. 厦门: 厦门大学出版社, 2003.

[39] 李承贵. 二十世纪中国人文社会科学方法问题 [M]. 长沙: 湖南教育出版社, 2001.

[40] 李何林. 近二十年中国文艺思潮论 (1917—1937) [M]. 西安: 陕西人民出版社, 1981.

[41] 李杨. 现代性视野中的曹禺 [M]. 北京: 人民文学出版社, 2004.

[42] 李泽厚. 中国现代思想史论 [M]. 合肥: 安徽文艺出版社, 1994.

[43] 廖超慧. 中国现代文学思潮论争史 [M]. 武汉: 武汉出版社, 1997.

[44] 林淙. 现阶段的文学论战 [M]. 上海: 文艺科学研究会刊, 1937.

[45] 林伟民. 中国左翼文学思潮 [M]. 上海: 华东师范大学出版社, 2005.

[46] 林贤治. 鲁迅的最后十年 [M]. 上海: 东方出版中心, 2006.

[47] 林毓生. 中国传统的创造性转化 [M]. 北京: 生活·读书·新知三联书店, 1988.

[48] 凌宇. 沈从文传 [M]. 北京: 北京十月文艺出版社, 1988.

[49] 刘川鄂. 中国自由主义文学论稿 [M]. 武汉: 武汉出版社, 2000.

[50] 刘为民. 科学与现代中国文学 [M]. 合肥: 安徽教育出版社, 2000.

[51] 刘小枫. 现代性社会理论绪论 [M]. 上海: 上海三联书店, 1998.

[52] 刘炎生. 中国现代文学论争史 [M]. 广州: 广东人民出版社, 1999.

[53] 陆耀东. 徐志摩评传 [M]. 西安: 陕西人民出版社, 1986.

[54] 罗荣渠. 现代性新论: 世界与中国的现代化进程 [M]. 北京: 商务印书馆, 2004.

［55］罗继祖. 王国维之死［M］. 广州：广东教育出版社，1999.

［56］吕若涵. "论语派"论［M］. 上海：上海三联书店，2002.

［57］马永强. 文化传播与中国现代文学［M］. 合肥：安徽大学出版社，2003.

［58］毛庆耆，董学文，杨福生. 中国文艺理论百年教程［M］. 广州：广东高等教育出版社，2004.

［59］孟繁华. 中国二十世纪文艺学学术史：三［M］. 上海：上海文艺出版社，2001.

［60］南帆. 二十世纪中国文学批评99个词［M］. 杭州：浙江文艺出版社，2003.

［61］倪伟. 民族想象与国家统制：1928—1949年南京政府的文艺政策及文学运动［M］. 上海：上海教育出版社，2003.

［62］钱竞，王飙. 中国二十世纪文艺学学术史：一［M］. 上海：上海文艺出版社，2001.

［63］钱中文. 文学理论：走向交往对话的时代［M］. 北京：北京大学出版社，1999.

［64］商金林. 朱光潜与中国现代文学［M］. 合肥：安徽教育出版社，1995.

［65］佘碧华. 现代性的意义与局限［M］. 上海：上海三联书店，2000.

［66］沈卫威. 回眸"学衡派"［M］. 北京：人民文学出版社，2000.

［67］孙旭培. 华夏传播论［M］//中国传统文化中的传播. 北京：人民出版社，1997.

［68］谭好哲，任传霞，韩书堂. 现代性与民族性：中国文学理论建设的双重追求［M］. 北京：社会科学出版社，2005.

［69］万平近. 林语堂论［M］. 西安：陕西人民出版社，1987.

［70］汪晖，陈燕谷. 文化与公共性［M］. 北京：生活·读书·新知三联书店，1998.

［71］汪晖. 死火重温［M］. 北京：人民文学出版社，2000.

［72］汪民安. 现代性［M］. 桂林：广西师范大学出版社，2005.

［73］王向远. 二十世纪中国的日本翻译文学史［M］. 北京：北京师范大学出版社，2001.

［74］王瑶. 中国文学研究现代化进程［M］. 北京：北京大学出版社，1996.

［75］王一川. 中国现代性体验的发生［M］. 北京：北京师范大学出版社，2001.

［76］王永生. 中国现代文学理论批评史［M］. 贵阳：贵州人民出版社，1986.

［77］王友贵. 翻译家鲁迅［M］. 天津：南开大学出版社，2005.

［78］温儒敏. 中国现代文学批评史［M］. 北京：北京大学出版社，1993.

［79］吴立昌. 文学的消解与反消解：中国现代派别论争史论［M］. 上海：复旦大学出版社，2004.

［80］辛小征，靳大成. 中国二十世纪文艺学学术史：二：上册［M］. 上海：上海文艺出版社，2001.

［81］许道明. 中国现代文学批评史新编［M］. 上海：复旦大学出版社，2002.

［82］许焕隆. 中国现代新闻史简编［M］. 郑州：河南人民出版社，1988.

［83］许祖华. 五四文学思想论［M］. 武汉：华中师范大学出版社，2002.

［84］严家炎. 中国现代小说流派史［M］. 北京：人民文学出版社，1989.

［85］杨春时. 现代性视野中的文学与美学［M］. 哈尔滨：黑龙江教育出版社，2002.

［86］杨春时. 现代性与中国文化［M］. 厦门：国际文化出版公司，2002.

［87］杨晓明. 梁启超文论的现代性阐释［M］. 成都：四川民族出版社，2002.

[88] 殷国民. 二十世纪中西文艺理论交流史论 [M]. 上海：华东师范大学出版社，1999.

[89] 余虹. 革命 现代 解构 [M]. 北京：中国人民大学出版社，1999.

[90] 余玉花. 瞿秋白学术思想评传 [M]. 北京：北京图书馆出版社，2000.

[91] 俞吾金，等. 现代性现象学：与西方马克思主义者的对话 [M]. 上海：上海社会科学院出版社，2002.

[92] 俞元桂. 中国现代散文理论 [M]. 南宁：广西人民出版社，1983.

[93] 俞兆平. 写实与浪漫：科学主义视野中的"五四"文学思潮 [M]. 上海：上海三联书店，2001.

[94] 袁进. 中国文学观念的近代变革 [M]. 上海：上海社会科学院出版社，1996.

[95] 张大明. 不灭的火种：左翼文学论 [M]. 成都：四川文艺出版社，1992.

[96] 张岱年，成中英，等. 中国思维偏向 [M]. 北京：中国社会科学出版社，1991.

[97] 张法. 文艺与中国现代性 [M]. 武汉：湖北教育出版社，2002.

[98] 张俊才. 林纾传 [M]. 天津：南开大学出版社，1992.

[99] 张婷婷. 中国二十世纪文艺学学术史：四 [M]. 上海：上海文艺出版社，2001.

[100] 张永胜. 鸡尾酒时代的记录者——《现代》杂志 [M]. 上海：上海人民出版社，2003.

[101] 郑春. 留学背景与中国现代文学 [M]. 济南：山东教育出版社，2002.

[102] 郑家建. 中国文学现代性的起源语境 [M]. 上海：上海三联书店，2002.

[103] 支克坚. 胡风论 [M]. 南宁：广西教育出版社，2000.

[104] 周海波. 中国现代文学批评史论 [M]. 上海：上海人民出版社，2002.

［105］周宪. 现代性的张力［M］. 北京：首都师范大学出版社，2001.

［106］朱德发. 世界化视野中的现代中国文学［M］. 济南：山东教育出版社，2003.

［107］朱寿桐. 中国现代文学社团史［M］. 北京：人民文学出版社，2004.

## 三、主要译著

［1］奥斯瓦尔德·斯宾格勒. 西方的没落［M］. 齐世荣，等，译. 上海：商务印书馆，1963.

［2］安东尼·吉登斯. 现代性的后果［M］. 田禾，译. 上海：译林出版社，2000.

［3］本间久雄. 文学概论［M］. 台北：台湾开明书店，1974.

［4］波德莱尔. 波德莱尔美学论文选［M］. 郭宏安，译. 北京：人民文学出版社，1987.

［5］卜立德. 一个中国人的文学观：周作人的文艺思想［M］. 陈广宏，译. 上海：复旦大学出版社，2001.

［6］厨川白村. 苦闷的象征［M］. 鲁迅，译. 天津：百花文学出版社，2000.

［7］道格拉斯·凯尔纳，斯蒂文·贝斯特. 后现代理论［M］. 张志斌，译. 北京：中央编译出版社，1999.

［8］费正清. 美国与中国［M］. 4版. 张理京，译. 北京：世界知识出版社，1999.

［9］弗雷德里克·詹姆逊. 现代性、后现代性和全球化［M］//王逢振. 詹姆逊文集：第4卷. 北京：中国人民大学出版社，2004.

［10］哈贝马斯，等. 文化现代性精粹读本［M］. 北京：中国人民大学出版社，2006.

［11］汉斯·波塞尔. 科学：什么是科学［M］. 李文潮，译. 上海：三联书店，2002.

［12］李欧梵. 现代性的追求［M］. 北京：生活·读书·新知三联书店，2000.

［13］刘禾. 跨语际实践：文学、民族文化与被译介的现代性（中国，1900—1937）［M］. 宋伟杰，等，译. 北京：生活·读书·新知三联书店，2002.

［14］马泰·卡林内斯库. 现代性的五幅面孔：现代主义、先锋派、颓废、媚俗主艺术、后现代主义［M］. 顾爱彬，李瑞华，译. 北京：商务印书馆，2002.

［15］玛丽安·高利克. 中国现代文学批评发生史（1917—1930）［M］. 北京：社会科学文献出版社，1997.

［16］梅尔文·L. 德弗斯，埃弗雷特·E. 丹尼斯. 大众传播通论［M］. 颜建军，王怡红，张跃宏，等，译. 北京：华夏出版社，1989.

［17］齐格蒙特·鲍曼. 现代性与矛盾性［M］. 邵迎生，译. 北京：商务印书馆，2003.

［18］让-弗朗索瓦·利奥塔. 非人：时间漫谈［M］. 罗国祥，译. 北京：商务印书馆，2000.

［19］让-弗朗索瓦·利奥塔. 后现代状况：关于知识的报告［M］. 岛子，译. 长沙：湖南美术出版社，1996.

［20］韦尔伯·施拉姆. 大众传播媒介与社会发展［M］. 金燕宁，等，译. 北京：华夏出版社，1990.

［21］韦勒克，沃伦. 文学理论［M］. 刘象愚，等，译. 北京：生活·读书·新知三联书店，1984.

［22］伊夫·瓦岱. 文学与现代性［M］. 田庆生，译. 北京：北京大学出版社，2001.

［23］于尔根·哈贝马斯. 公共领域的结构转型［M］. 曹卫东，等，译. 上海：学林出版社，1999.

## 四、主要期刊论文

［1］陈琳琳. 关于20世纪30年代幽默、小品文论争的再思考［J］. 福州

大学学报（哲学社会科学版），2001（4）.

[2] 陈太胜. 差异里的建构：梁宗岱的新诗理论及其启示 [J]. 北京师范大学学报，2001（3）.

[3] 陈政. 李健吾文学批评新论 [J]. 首都师范大学学报（社会科学版），2001（3）.

[4] 程光炜. 左翼文学思潮与现代性 [J]. 海南师范学院学报（人文社会科学版），2002（5）.

[5] 邓利. 论李长之的文学批评 [J]. 中国现代文学研究丛刊，2001（4）.

[6] 丁云亮. 现代性危机与文学理论科学化的前景 [J]. 河北师范大学学报（哲学社会科学版），2004（3）.

[7] 董希文. 灵魂在杰作中的冒险：论李健吾的文学批评观 [J]. 烟台师范学院学报（社科版），2003（2）.

[8] 段美乔. 实践意义上的梁宗岱"纯诗"理论 [J]. 北京大学学报（哲学社会科学版），2001（2）.

[9] 范和生. 论现代性 [J]. 东南大学学报（哲学社会科学版），2001（2）.

[10] 方克强. 开放性：文学现代性的标尺 [J]. 华东师范大学学报（哲社版），2002（1）.

[11] 冯济平. 略论中国现代文学史分期诸问题 [J]. 东南学术，2007（1）.

[12] 傅莹. 外来文论的译介及其对中国文论的影响：从本间久雄的《新文学概论》译本谈起 [J]. 暨南学报（哲学社会科学），2001（6）.

[13] 富玲云. 论梁宗岱的诗学观 [J]. 学术研究，2003（6）.

[14] 高群. 中外教育文化冲突与文学革命：现代作家边缘人知识分子身份对现代文学的影响 [J]. 南京社会科学，2010（6）.

[15] 高晓瑞. 留学体验与1920年代文学论争 [J]. 求索，2017（3）.

[16] 哈贝马斯. 现代性：一项尚未完成的事业 [J]. 行远，译. 文艺研究，1994（5，6）.

[17] 胡博. 梁实秋新人文主义文学批评思辨 [J]. 东岳论丛, 2001 (6).

[18] 黄键. 寻根与探路: 朱光潜的文化诗学探索 [J]. 东北师大学报 (哲学社会科学版), 2001 (2).

[19] 黄科安. 周作人散文理论的生成与转换 [J]. 泉州师范学院学报 (社会科学), 2003 (1).

[20] 黄立平, 丘山. 冯雪峰文艺思想述评 [J]. 广西社会科学, 2000 (1).

[21] 姜文振. 中国文论现代性建构的"自律"取向与科学化 [J]. 内蒙古师范大学学报 (哲学社会科学版), 2005 (2).

[22] 姜玉琴. 现代性现反现代性: 胡风文艺思想剖析 [J]. 齐鲁学刊, 2002 (2).

[23] 蒋述卓, 李自红. 二十一世纪文艺学发展与中国现代人格建设 [J]. 文学理论研究, 2001 (1).

[24] 蒋述卓, 李自红. 新人文精神与二十一世纪文学艺术的价值取向 [J]. 文学评论, 2004 (2).

[25] 旷新年. 中国现代文学史分期的政治学与文学 [J]. 涪陵师范学院学报, 2002 (6).

[26] 赖大仁. 当代文学理论批评的现代性问题: 近年来文学理论现代性问题讨论述评 [J]. 江西师范大学学报 (哲学社会科学版), 2004 (4).

[27] 李新宇. 迷失的代价 (上): 二十世纪中国文艺大众化运动再思考 [J]. 文艺争鸣, 2001 (1).

[28] 李新宇. 迷失的代价 (下): 二十世纪中国文艺大众化运动再思考 [J]. 文艺争鸣, 2001 (2).

[29] 李玉平. 现代性与文学大众化问题 [J]. 重庆工学院学报, 2002 (6).

[30] 李哲. 作为研究范式的"论争"及其限度: 以《中国新文学大系·文学论争集》为中心. 汉语言文学研究, 2015 (2).

[31] 廖超慧. 梁实秋审美文学观的理论支架: 白璧德的新人文主义 [J]. 华中科技大学学报 (社科版), 2002 (1).

［32］孟庆澎. 话语夹缝中的思与辨：略论"自由人"时期胡秋原的文艺理论［J］. 中州学刊，2003（3）.

［33］逄增玉. 中国现代文艺思潮中的现代性问题［J］. 作家，1999（2）.

［34］钱振纲. 论民族主义文艺派的文艺理论［J］. 文学评论，2002（4）.

［35］钱振纲. 民族主义文艺运动社团与报刊考辨［J］. 现代文学研究丛刊，2001（4）.

［36］陶长坤. 对三十年代一次重大文艺论争的重新检视［J］. 内蒙古师范大学学报（哲学社会版），1995（2）.

［37］童庆炳. 文学批评的理想形态［J］. 河北学刊，2002（3）.

［38］童庆炳. 中国文学理论现代性转型的标志与维度［J］. 社会科学辑刊，2003（2）.

［39］王纯菲. 革命实践的马克思主义文艺观：冯雪峰文论重估［J］. 辽宁大学学报（哲学社会科学版），2002（5）.

［40］王野. "革命文学"论争与福本和夫［J］. 中国现代文学研究丛刊，1983（1）.

［41］文贵良. 大众话语：对二十世纪30、40年代文艺大众化的论述［J］. 文艺研究，2003（2）.

［42］文学理论：反思研究中的几个问题（笔谈）［J］. 郑州大学学报（哲社版），2002（6）.

［43］吴子林. 没有魂儿的中国现代文学理论［J］. 文艺评论，2002（1）.

［44］现代性与文艺理论（笔谈）［J］. 文艺研究，2000（2）.

［45］谢立中. "现代性"及其相关概念词义辨析［J］. 北京大学学报（哲社版），2001（5）.

［46］徐鹏绪，杜军. 论王国维文艺思想的现代性［J］. 东方论坛，2004（3）.

［47］徐文广. 错位的文学对抗：重评三十年代"文艺自由论辩"［J］. 山东社会科学（哲学社会科学版），2002（1）.

［48］杨春时. 中国文学理论的现代性问题［J］. 学术研究，2000（6）.

［49］姚文放. 文学传统与现代性［J］. 学术月刊. 2001（12）.

[50] 于文秀. 现代性研究中存在问题的反思 [J]. 文学评论, 2005 (3).

[51] 余虹. 20年代新文学自主论及其与革命文学理论的冲突 [J]. 新疆大学学报 (社会科学版), 2000 (1).

[52] 俞兆平. 创造社与马克思主义美学 [J]. 厦门大学学报 (哲社版), 2000 (4).

[53] 袁进. 左联文艺大众化的教训 [J]. 社会科学论坛, 2000 (8).

[54] 斋藤敏康. 福本主义对李初梨的影响 [J]. 刘平, 译. 中国现代文学研究丛刊, 1983 (3).

[55] 翟瑞青. 五四文学革命与留学生教育. 齐鲁学刊, 2002 (4).

[56] 张光芒. 胡风启蒙文学观新论 [J]. 人文杂志, 2003 (3).

[57] 张勇. 创造社"转向"新论 [J]. 郭沫若学刊, 2003 (3).

[58] 赵学勇, 李明. 左翼文学精神与二十世纪中国文学的现代化论纲: 上 [J]. 兰州大学学报 (社会科学版), 2003 (1).

[59] 赵学勇, 李明. 左翼文学精神与二十世纪中国文学的现代化论纲: 下 [J]. 兰州大学学报 (社会科学版), 2003 (2).

[60] 郑春. 留学岁月与现代作家的精神重建 [J]. 山东社会科学, 2015 (9).

[61] 郑春. 从科学到文学: 试论现代作家留学过程中的专业"转向". 文史哲, 2001 (6).

[62] 周启超. 开放中有所恪守对话中有所建构: 关于文学理论学科建设的一点思索 [J]. 湖南师范大学学报 (社科版), 2003 (3).

[63] 周仁政. 论后期京派文学 [J]. 文学评论, 2001 (5).

[64] 朱晓进. "自由人""第三种人"的政治文化意识: 三十年代文学群体的"亚政治文化"特征研究之二 [J]. 江苏社会科学, 2002 (2).

[65] 朱晓进. 论三十年代文学杂志 [J]. 南京师范大学学报 (社科版), 1999 (3).

[66] 朱寨. 关于胡风文艺思想的评价问题 [J]. 文学评论, 1999 (1).

# 后　记

这是我多年前写的博士论文，可没能及早出版，主要是当时觉得论文还存在诸多不足，尚需时日进一步修改和完善。可这一搁就是十来年，这十来年我在不同的行政管理岗位上历练过，但却从来都没有离开过高校最为繁重的本科教学管理工作，以致没有多少时间静下心来修改论文。等到前两年换到编辑出版岗位后，才终于有时间、有精力也有兴致重拾旧作，颇有点朝花夕拾的感觉，但还是犹豫过是否有必要正式出版。

尽管读博时，我就清楚选择"现代性"这样的热门话题，选择"20世纪30年代"这个被反复言说的时代，也就意味着任何"重新说"或"接着说"都很难说。但十多年后，我依然确信本文所论及的"现代性"问题并未过时，20世纪末一度甚嚣尘上的"后现代"并没有终结"现代性"，反而被"现代性"所同化，成为"现代性一种"或"重写现代性"；本文所论及的"20世纪30年代文学"仍然有其价值，研究"现代文学三十年"者一度被人笑称"池子水浅王八多"，可至今仍不断有新人加入新论叠出新作问世。

于是工作之余我全身心地投入论文修改之中，借书、买书、读书、查书成了这一年的生活常态，似乎又找到了读研期间的感觉，而发达的互联网、海量的电子图书以及孔夫子网丰富的旧书，让我足不出户即可查阅到不少旧刊、旧书、旧报。经过大半年的忙碌，终于完成了对大小标题的重新拟定，对逻辑框架的重新建构，对核心概念的再次厘清，对原始资料的认真核实，对关键词句的反复推敲，对学术前沿的充分吸收，对原有篇幅的较大扩充。

当我的博士论文就要付梓出版时，要感谢恩师蒋述卓先生对我的耐心启迪和细心指导。读博期间，蒋老师身居要职，事务繁忙，工作繁重，但我的每一次登门拜访或电话请教，都能有求必应、有问必答。毕业之后，蒋老师也十分关心我的生活、工作和学术发展，每一次见面都会向我提出好的建议。当我这次请蒋老师为此书作序时，蒋老师又是欣然应允，并在百忙之中写下长序。蒋老师您的言传身教，弟子将铭记在心！

同时也借此机会，向读博期间的老师们和学友们送上我再次的感谢！感谢饶芃子老师对我的教诲和帮助，您敏捷的思维、旺盛的精力和年轻的心态，有时让晚辈的我都自叹弗如。感谢赵一凡先生对我的教导和指点，您有关"现代性""后现代"等西方哲学概念的讲解让我茅塞顿开、受益匪浅。感谢暨南大学文艺学博士点的刘绍瑾老师、费勇老师、李凤亮老师，感谢同门师兄赵君、温宗军，一路有您，使我的求学之路走得更为坚实也更为充实！

当然，最不应忘记和最要感谢的还是我的妻子吴毅华、我的儿子、我的父母和我的亲人们，正是你们对我学习上的大力支持、对我生活上的悉心照顾和对大家庭的无私奉献，使我免去了许多后顾之忧，你们的鼓励、你们的鞭策是我求学路上的重要动力！最后还要感谢佛山科学技术学院和九州出版社为我的专著出版提供的大力支持，感谢樊仙桃女士等编校人员付出的辛勤劳动。

掩卷而思，单单这部著作还有不断充实、完善之处，更何况学无止境！"路漫漫其修远兮，吾将上下而求索！"

刘雄平于佛山

2022 年 8 月 8 日深夜